天馬、翔ける　源義経　中

安部龍太郎

集英社文庫

天馬、翔ける　源義経　目次

第十四章　三日夜《みかよ》の契り　9
第十五章　天下の創建　44
第十六章　鵯《ひよどり》越《ごえ》　79
第十七章　平家敗走　112
第十八章　伊豆への凱旋　146
第十九章　義高誅殺　179
第二十章　昇殿宣旨《せんじ》　210

第二十一章　義経出陣　241
第二十二章　屋島の戦い　273
第二十三章　水軍動く　306
第二十四章　壇ノ浦　337
第二十五章　平家滅亡　371
第二十六章　景時讒言《ざんげん》　403
第二十七章　大路渡し　433

〈上巻目次〉

第一章　令旨来る
第二章　熊裁き
第三章　頼朝挙兵
第四章　奥州出奔
第五章　兄弟対面
第六章　片瀬の浜
第七章　頼家誕生
第八章　失われた都
第九章　木曾義仲
第十章　十月宣旨
第十一章　法住寺焼討ち
第十二章　頼朝軍上洛
第十三章　義仲最期

〈下巻目次〉

第二十八章　兄弟決裂
第二十九章　腰越状
第三十章　大地震
第三十一章　伊予守義経
第三十二章　頼朝を討て
第三十三章　頼朝出陣
第三十四章　吉野山雪の別れ
第三十五章　静、鎌倉へ
第三十六章　由比ヶ浜
第三十七章　源氏の血脈
第三十八章　再会
第三十九章　北帰行
解説　縄田一男

天馬、翔ける　源義経　中

第十四章　三日夜《みかよ》の契り

一

京都の冬は寒い。

地の底から冷気が忍び上がり、いつの間にかあたりがしんしんと冷え込んでいる。空気はじっと動かないのに、冷たさの糸が鋭く張りめぐらされ、骨まで凍《い》てつくようだった。

源九郎義経《げんくろうよしつね》はひとつ胴震いした。

今の今まで何ともなかったのに、いつの間にか寒さが忍び寄り、まるで氷の上に座っているようだった。

寒さには慣れているつもりである。

鞍馬寺《くらま》の冷え込みは洛中《らくちゅう》の比ではないし、奥州《おうしゅう》の雪と吹雪《ふぶき》は言語に絶するほどに激しい。

だがそうした寒さは正面から襲いかかってくるもので、身構えてしのぐことができた。

ところが洛中の寒さは背後から音もなく忍び寄るので、気を抜いているとひどい目にあわされる。

「武蔵守《むさしのかみ》、火鉢の炭が燃え尽きていないか」

義経は遠慮がちに声をかけた。

「二つとも大事ござらぬ」

師岡《もろおか》武蔵守重慶《しげよし》は火鉢をのぞき込み、あわただしく文机《ふづくえ》に戻った。

机には宇治《うじ》川の合戦での軍忠 状《ぐんちゅうじょう》がうずたかく積まれていた。

義経は軍忠状の確認など戦目付《いくさめつけ》に任せておけと言ったが、坂東《ばんどう》武者たちはこの措置を嫌い、あくまで義経に手柄の確認を求めた。

武士は悪鬼羅刹《あっきらせつ》となって敵を殺すのではない。我が所領と領民を守るために、氏神の名代として刀をふるい弓を射る。

その氏神の上位に、八幡大菩薩《はちまんだいぼさつ》や天照 大神《あまてらすおおみかみ》がいる。

総大将はそうした神々の名代として軍忠状に印証を与えるのだから、戦目付が内容を確認すればいいという問題ではない。

武者たちはそう言い立て、戦目付に軍忠状を出すことを拒否したのだった。

「このようなことになるゆえ、あの場で受け取るべきだと申し上げたのでござる」

武蔵守が苛立《いらだ》たしげに鬢《びん》のあたりをかきむしった。

「戦は機を見ることが肝要じゃ。いちいち軍忠状を改めていては、勝てる戦も勝てなくなるではないか」

義経は坂東武者の作法になど興味はない。要は戦に勝てばいいと考えていたが、武蔵守の仕事があまりに大変そうなので気が咎《とが》めていた。

「それは時と場合によりまする。されど昨日は、あの場に留まるべきでござった」

「留まるべきかどうかは私が決める。人には見えぬ勝機が、私には見えるのだ」

「軍忠状は恩賞の備えとするばかりではござらぬ。鎌倉殿《かまくらどの》への報告にも欠かせぬものでござる。しかるに、これでは」

武蔵守が頭を抱えて絶句した。

軍忠状には討ち取った敵の氏名や人数、身方の手負や死人が記されている。だが今からではそれが事実かどうか確かめようがなかった。

武者たちもそれを知っているので、少しでも多くの恩賞に与《あずか》ろうと水増しして報告する。そのために討ち取った兜首《かぶとくび》は合わせて八百にも上っていた。

木曾《きそ》勢はせいぜい五、六百騎しかいなかった。

その半数ちかくが敗走したのだから、八百もの首が取れるはずがなかった。

「今さら一人一人を呼んで詮議にかけたところで、嘘《うそ》と認める者はおりますまい。かといって等分に値切るわけにもいかず、さてもさても困り果てた次第にござる」

「よいではないか。全部その通りに認めてやれ」

「そのようなことをすれば、我らまで不正に加担したと見なされまする。鎌倉殿は理非に厳しきお方ゆえ、どのような叱責をこうむるか分りませぬぞ」

武蔵守が血走った目を向けた時、近習《きんじゅ》が使者の到来を告げた。

「ただ今七条朱雀《すざく》にて、樋口《ひぐち》次郎兼光《かねみつ》どのを生け捕った由《よし》にございます」

「そうか。すぐ行く」

義経はこれ幸いとばかりに外に飛び出した。

宿舎としている六条堀川《ほりかわ》の屋敷からは目と鼻の先である。

数人の郎党《ろうとう》を従えて栗駒《くりこま》を駆って行くと、大宮《おおみや》の辻《つじ》で軍勢に行き合った。

兼光主従二十人ばかりが、兜を脱ぎ武蔵児玉《こだま》党の軍勢に前後を囲まれて歩いていた。

一行の先頭には、竹竿《たけざお》の先に笠《かさ》をかかげた下人が歩いている。

これが降人《こうにん》となった者を引き回す時の作法だった。

「それがしは真下《ましも》太郎忠宗《ただむね》と申しまする。樋口次郎どのとは類縁ある身によって、降人となるようお勧め申し上げました」

大将格の若い武者が下馬の礼を取った。

「我ら児玉党五百騎の恩賞に替えて、何とぞ寛大なるご処分をお願い申し上げます」

「殊勝なる申し様じゃ」

義経は馬から下り、兼光に歩み寄った。

「お久しゅうござる。木曾どのは昨日、近江《おうみ》の打出《うちで》の浜にて果てられました」

「淀《よど》の大渡《おおわたり》でそのことを聞きました。もはや生き延びたとて詮方《せんかた》なき身ゆえ、都へ戻って討死しようと参じましたが、縁ある方々に語られてかような仕儀とあいなり申した」

兼光は覚悟の定まったおだやかな目をしていた。

妻が真下家の出なので、児玉党の者たちとは以前から面識があったのである。

「ご懸念には及びませぬ。この者たちの願いが通るように奏上いたしますゆえ、私の屋敷でゆるりと過ごされるがよい」

義仲《よしなか》の例もある。法住寺殿《ほうじゆうじどの》の焼討ちに加わった兼光の助命は難しかろうと思ったが、義経はそう言わずにはいられなかった。

「貴殿ほどの武者を降人としては、泉下《せんか》の義仲どのにもはばかりがございます。この馬をお使い下され」

郎党の馬を差し出したが、兼光は好意を受けようとはしなかった。

「心に期することあっての投降でござる。お気遣い下されますな」

丁重に辞退すると、底冷えのする都大路を胸を張って歩き始めた。

翌日、静御前《しずかごぜん》に招かれた義経は、佐藤継信《さとうつぐのぶ》、忠信《ただのぶ》兄弟を連れて祇園《ぎおん》に向かった。都の者たちに生粋の奥州武士を見せてやりたくて、二人を供としたのだった。

祇園の橋を渡り、四条通を東へ向かうと、突き当たりに八坂《やさか》神社の大鳥居がある。その南側の細長い町並みが祇園だった。

白河《しらかわ》院の寵愛《ちょうあい》を受けた祇園女御《にょうご》で知られるように、この里から出て朝家や公家、武家の寵姫《ちょうき》となった者たちは数多い。

平家《へいけ》や後白河《ごしらかわ》法皇も祇園を手厚く保護したので、今や遊女三千人を擁すると言われるほどの隆盛を示していた。

静の実家は紫雲閣《しうんかく》という遊郭を営んでいた。

家と家との間の狭い路地を入ると、奥には中庭と井戸がある。

この中庭を取り囲み、通りに面して建つ家がすべて紫雲閣だった。

「まるで柵のような作りじゃな」

継信が忠信に声をかけた。

柵とは奥州の城のことである。館《やかた》の周囲に高い柵をめぐらしているのでそう呼ばれるが、四方に町屋をめぐらした作りは確かに柵によく似ていた。

路地をことさら狭くしているのも、行手をさえぎるように所々に廊下を渡しているのも、敵の侵入を防ぐためだとすれば理にかなっていた。

「夜盗の輩《やから》が、女や金を狙って店を襲うのでございましょう」

忠信は頭をぶつけないように烏帽子《えぼし》に手をかざして歩いている。

大柄な二人には、狭い路地はいかにも窮屈そうだった。

迎えの者に案内されるまま、路地を二、三度折れてから大きな町屋に入った。

入口は半間（約九十センチ）ほどしかなかった。奥には広々とした式台があり、三人の女が指をついて出迎えた。

「ようこそおこしやす。静御前は上でお待ちでございますので、ご案内いたしましょう」

五十がらみの老婆が、義経の手を取った。

舞いの名手らしく、無駄のない美しい動きだった。

二階につづく階段は狭くて急である。しかも万一の場合には階段口を閉ざして人が上がれないように仕掛けがしてあった。

静は大広間で待っていた。

烏帽子、水干《すいかん》という白拍子《しらびょうし》の装束のまま、五人の侍女にかしずかれていた。

小柄だが背筋を真《ま》っ直《す》ぐに伸ばしたすっきりとした姿である。

あごの尖《とが》った細い顔が、外から差し込む光を受けて鮮やかに浮き立っていた。

義経は案内されるまま上座に着き、継信と忠信が胸を張って左右に控えた。

老婆はそれを見届けてから静の左に席を占めた。右には三十ばかりとおぼしき女が控えている。

三人はそろって美形で、顔立ちも驚くほどよく似ていた。

「本日はようこそお出《い》で下されました」

老婆が着座するのを待って、右側の女が口上をのべた。

「わたくしは静の母で磯《いその》禅尼《ぜんに》と申します。左に控えておりますのが、祖母の川禅《かわのぜん》尼《に》でございます」

三人は親、子、孫だという。

祖母は淀川の江口《えぐち》で、母は河口の神崎《かんざき》で遊女を生業《なりわい》としていたが、今は浄土宗の僧から得度《とくど》を受けて禅尼と名乗っていた。

かつては二人とも、都にまで名の聞こえた舞いの名手だった。

特に磯禅尼は烏帽子、水干という男装をして舞う白拍子舞いをあみ出し、遊女を白拍子と呼ぶ起源ともなった。

時代は少し下るが、そのいきさつについて兼好《けんこう》法師は『徒然草《つれづれぐさ》』の中で次のように記している。

〈多久助《おほのひさすけ》が申しけるは、通憲《みちのり》入道、舞の手の中に興ある事どもをえらびて、いその禅師といひける女に教へてまはせけり。白き水干に、鞘巻《さうまき》を差させ、烏帽子をひき入れたりければ、男舞《をとこまひ》とぞいひける。禅師がむすめ、静と云《い》ひける、この芸をつげり。これ白拍子の根元《こんげん》なり。仏神の本縁《ほんえん》をうたふ〉

通憲入道とは保元《ほうげん》の乱で活躍した信西《しんぜい》入道のことで、後白河の側近だった。

兼好は通憲が磯禅尼に教えたと記しているが、実際には磯禅尼が工夫した白拍子舞いを後白河が気に入り、都へ呼び寄せたのである。

静はその母から白拍子舞いを受け継いだ名手だけに、母子《おやこ》二代にわたって後白河の寵愛を受ける光栄に浴したのだった。

「静が源九郎さまに下されたことは、常盤源二光長《ときわげんじみつなが》さまからうけたまわっております。充分なおもてなしもできませぬが、本日はゆるりとお過ごし下されませ」

磯禅尼が階下に下り、義経の沓《くつ》を抱きかかえるようにして持って来た。

これは婿取《むことり》り婚がつづいている都の風習で、花嫁の母親が婿の足が幾久しく途絶えぬようにと祈りながら抱いて寝るのが仕来《しきた》りである。

つまり義経は婚礼の儀に招かれたわけだが、そうとは知らないまま静の美しさに目を奪われていた。

二

婿取りの婚礼は三日間つづく。

初日二日目と婿が通い、三日目に三日夜餅《みかよもち》を食べて夫婦《めおと》となった証《あかし》とする。

三日目に初めて床入りが許されるという色里の風習は、こうした伝統を踏襲したものである。

婚礼の初日は、酒宴が延々とつづいた。

飢饉《ききん》や戦乱に荒れた畿内《きだい》でよくぞこれだけと驚くほどの豪華な酒肴《しゅこう》が並べられ、紫雲閣で働く者たちが次々と現われて義経から盃《さかずき》を受けた。

男は無口で精悍《せいかん》な面構《つらがま》えをした者ばかりで、このまま合戦に連れて行っても坂東武者に引けを取らぬ働きをしそうである。

女は色白で柳腰の美人が多く、晴れの装束を華々しくまとっている。

そうした者たちが十人ばかりまとまって下の間に現われ、義経が回した盃で有難そうに酒を飲んでいく。

盃を回し終えると、女たちが芸を披露してから次の一団と入れかわる。

こうした宴《うたげ》が夜を徹してつづく。

これでは静と二人きりになるどころか、ゆっくり話をすることもできなかった。

「一族の者たちが、源九郎どのとの結縁《けちえん》を祝っているのでございます。受けてやって下されませ」

磯禅尼が朱塗りの大きな柄杓《ひしゃく》で酌をした。

紫雲閣に住んでいるのはすべて同族の者たちで、磯禅尼や静は長《おさ》の家柄になる。

そこに婿入りした義経は、一族の頭《かしら》になったと目されていた。

二日目は武蔵守と伊勢三郎能盛《いせさぶろうよしもり》を連れて行った。

朝帰りした三人から事情を聞いた武蔵守は、義経の婚礼に出なければ泉下の義朝《よしとも》に合わす顔がないと、刀にかけて同行を迫ったのである。

この日は午後から雷鳴がとどろき、夕方には地震まで起こった。

義経はそんなことには頓着《とんじゃく》もせず、今夜はどんな趣向で迎えてくれるかと心弾ませて出かけていった。

「確かにこれは城の構えでござるな」

武蔵守が通りに面した町屋を見上げてつぶやいた。

窓をおおった幅広の連子《れんじ》は、合戦の時には矢狭間《やざま》になる。

屋根には放火された時の用心に、雨水をためるための大きな樋《とい》がめぐらしてあった。

その夜も酒宴が開かれたが、内輪だけのささやかなものだった。

静は白拍子の装いをして、母と祖母にかしずかれて座っている。

昨日は側《そば》にさえ寄れなかったが、この日は酌をしてくれたし話をすることもできた。

静は法住寺合戦の後、ずっとここで義経の上洛《じょうらく》を待っていたのである。

「源九郎さまに下された身ゆえ、主上《しゅじょう》のお側には上がれへんのどす」

「御所の暮らしが恋しくはないか」

「いいえ。うちはもうあなたさまのものやさかい」

静がちらりと義経を見やり、恥しげに身をすくめた。

一刻《とき》（二時間）ばかりして座がにぎやかになった頃、

「これにてひとまずお開きとし、源九郎さまには別の家《や》にお移りいただきます」

磯禅尼が申し出た。

川禅尼が昨日のように手を取って隣の棟へと案内した。

明りを耿々《こうこう》と灯《とも》した部屋に待っていたのは、白小袖を着た老婆だった。

川禅尼よりひと回り以上も年上らしく、背中を丸めてちょこんと座っている。

髪は真っ白で顔はしぼんだように小さかったが、その姿にはそこはかとない気品があった。

「ようこそ、わが里にお出で下さいました」

白髪の老婆が深々と頭を下げた。

これまた舞いの名手のような見事な所作だが、驚いたのは声の美しさである。

少し高めで艶があり、歯切れがよくて可愛《かわい》らしい。鈴を振るようなという形容がぴったりの声だった。

「わたくしはこの者の母で乙前《おとまえ》と申します。このたびは静のもとにお通い下さり、まことにありがとうございます」

「乙前といえば、たしか法皇さまの」

「お若い頃に今様《いまよう》の手ほどきをさせていただいたのは母でございます。母が八十四歳で亡くなりました後は、わたくしが乙前の名を継いで代役を務めさせていただいております」

後白河の今様の師匠を務めるほどだから、声がいいのは言うまでもない。

それにしてもこの老婆の母から静まで母子五代、そろって芸の達者とは驚くべきことだった。

「ここへお出でいただきましたのは、そのことについてお話し申し上げたかったからでございます」

乙前は義経の心の動きを正確に読み取っていた。

「わたくしどもは美濃《みの》の傀儡子《くぐつ》の出でございまして、遊芸を生業とする一族でございます」

すき透るような声で、一族の来歴を語った。

傀儡子とは諸国を漂泊しながら生きる芸能の民で、女は遊女を男は奇術や傀儡廻《まわ》し（人形遣い）などをして生活の糧《かて》を得ていた。

その起源は朝鮮半島にあるとも中央アジアにあるともいわれていて、ヨーロッパに向かったロマ族と同族だという説もある。

彼らの芸能の力量は、日本列島に渡来した種々雑多な民族の中でも群を抜いていて、神へ奉納する神楽《かぐら》などには欠かせない存在だった。

義経の時代より百年ほど前に活躍した大江匡房《おおえのまさふさ》（広元《ひろもと》の曾《そう》祖父）は、『傀儡子《かいらいしの》記《き》』の中で次のように記している。

〈傀儡子は、定まれる居《をりところ》なく、当《まも》る家なし。穹盧《きうろ》氈帳《せんちやう》、水草を逐《を》ひてもて移徙《いし》す。頗《すこぶ》る北狄《ほくてき》の俗《ならひ》に類《に》たり。男は皆弓馬を使《わきま》へ、狩猟をもて事と為《な》す。或《あるい》は双剣を跳《をど》らせて七丸を弄《もてあそ》び、或は木人《ぼくじん》を舞はせて桃梗《たうかう》を闘はす〉

傀儡子は定住せず家もなく、毛氈《もうせん》を張りめぐらした天幕を用いて諸国を渡り歩いている。

その風習は北狄に似ている。

男はみな弓矢を持ち、騎馬で狩猟をしている。
また二つの剣を踊らせたり、七つの玉をもてあそんで軽業のようなことをやり、木人（人形）を舞わせて相撲《すもう》をとらせる。
およそそんな意味だが、匡房が彼らを北狄に似ていると記していることが興味深い。

北狄とは古代中国が北方の匈奴《きょうど》や鮮卑《せんぴ》などの遊牧民族に対して用いた蔑称で、傀儡子と呼ばれた一族が中央アジアの騎馬民族に起源を持つことが窺《うかが》えるのである。弓矢を持ち騎馬での狩猟を得意とした男たちは、やがて一騎当千の騎馬武者へと成長していった。

一方、女たちは遊芸を生業とし、時には春をひさぐこともあった。

〈女は愁眉《しうび》・啼粧《ていしやう》・折腰歩《せつえうほ》、齲歯咲《くしせう》を為し、朱を施し粉《しろきもの》を傅《つ》け、倡歌淫楽《しやうかいんらく》して、もて妖媚《えうび》を求む。父母夫聟は誡□（原文一字不明）せず。亟《しばしば》行人旅客に逢《あ》ふといへども、一宵の佳会を嫌はず。徴嬖《ちようへい》の余に、自ら千金の繡《ぬひもの》の服・錦《にしき》の衣、金《こがね》の釵《かむざし》、鈿《でん》の匣《はこ》の具を献ずれば、これを異《うやま》ひ有《をさ》めざるはなし〉

女は愁眉、啼粧、折腰歩、齲歯咲をして、朱をつけ白粉《おしろい》をぬり、歌を唄って淫乱な楽しみを与えて媚《こ》びを売る。

父母や夫はそれを戒めない。

旅の者に出会ったなら、一夜の佳会（逢瀬《おうせ》）を嫌がらない。

そのお礼として千金の刺繍《ししゅう》の衣服、錦の衣、黄金の釵《かんざし》、螺鈿《らでん》の箱などを渡すと、喜んで受け取らない者はいないという。

彼女たちは華やかに化粧をして歌や踊りを披露し、求められれば一夜を共に過ごすこともあったようだ。

だがそれが安易な売春などではなかったことは、匡房が記したお礼の品々を見れば歴然とする。

錦の衣や黄金の釵を礼物として渡せるほどの大尽《だいじん》しか、彼女らに近付くことはできなかった。

後白河法皇は彼女らの芸を深く愛し、身分を問わずに御所に集めて芸を演じさせた。

そのことについて『梁塵秘抄口伝集《りょうじんひしょうくでんしゅう》』の中に次のように記している。

〈京の男女、所々の端者《はしたもの》、雑仕、江口神崎の遊女《あそび》、国々の傀儡子、上手は言はず、今様を謡《うた》ふ者の聞き及び、我《われ》が付けて謡はぬ者は少なくやあらむ〉

後白河のこうした求めに応じて、今様の名手であった乙前は御所に上がり、祇園の一画に屋敷を与えられた。

だが傀儡子というおどろおどろしい名を付けられたことからも分るように、漂泊民である彼らは農業を生業とする常民からは異端視され、有形無形の差別を受けることも多かった。

しかも金があり美人が集っているのだから、戦乱の折には真っ先に略奪の標的にされる。

そうした場合に備えて、町屋をひそかに城構えにしていた。

柵のようだという佐藤継信の見立ては、まさに正鵠《せいこく》を射ていたのである。

「昨日盃を頂戴した百人ばかりの男衆《おとこし》は、すべてわが一族の強者《つわもの》でございます。二、三百の軍勢に攻められても、半日や一日は守り抜くことができますする」

その間に女子供や財物を八坂神社に避難させる手筈《てはず》もととのっているという。

「長々とこのようなことを申し上げましたのも、静をご寵愛いただくのなら我が一族の来し方を知っていただきたかったからでございます」

縁を結ぶとは運命を共にするということである。

こうした来歴を知った上でも静と添いとげてくれるかと、乙前は問いかけていた。

「承知いたしました。そのようなご懸念は無用でございます」

義経には生まれや育ちについての偏見はまったくない。むしろ虐げられた人々にひときわ同情しているだけに、こうして真っ正直に打ち明けてくれたことが嬉《うれ》しかった。

「さすがは源九郎さま。静は運の強き女子《おなご》でございます」

乙前は満足そうにうなずいたが、静を呼ぼうとはしなかった。

そして三日目――。

義経は供の者を館に帰し、ただ一人で紫雲閣に入った。

前の二日と同じように川禅尼が式台で出迎え、控の間に案内した。

「こちらでお召し物を」

三人の若い女が現われ、義経の直垂《ひたたれ》を脱がせて狩衣《かりぎぬ》と立烏帽子《たてえぼし》に着替えさせた。

公家風の薄紫色の狩衣が、細面で華やかな顔立ちをした義経にはよく似合った。

「やんごとなきお方は、さすがに違うものでございます。ささ、こちらにお出で下されませ」

中庭に面した廻《まわ》り縁《えん》に出ると、屈強の男たち十人が松明《たいまつ》をかかげて待ち受けていた。

中庭は一辺が二十間（約三十六メートル）ばかりの正方形で、真ん中に共同の井戸がある。

井戸のまわりには白砂を敷きつめた道がめぐらしてあった。

義経は松明をかかげた前駆《さきがけ》に先導され、この道を三度回って静の待つ町屋に入った。

遠い道をはるばる通ってきたことを示す儀式らしい。

婿入りするための道行きでもあるようで、中庭に面した廻り縁に紫雲閣の者たちすべてが神妙な顔をして控えていた。

静の家では乙前、川禅尼、磯禅尼が、あざやかな装束をまとって待ち受けていた。

この里は女系家族で、家のことはすべて女が取り仕切るのだという。

「三日夜のお通い、かたじけのうございます」

乙前がうずくまるように平伏した。

磯禅尼がそっと席をはずし、義経の沓《くつ》を取りに行った。

「本日は法皇さまより祝いのご使者が参っております。お目通りいただけましょうか」

これは奇妙な問いかけだった。

義経と後白河を対等と見なしていなければ、使者の目通りを許すかどうか訊《たず》ねるはずがないからである。

「拒むこともできるのでしょうか」

義経は興味を覚えてたずねてみた。

「源九郎さまはこの里の主になられたのですから、ご随意になされませ。されどそのご判断には、一族の命運がかかっていることをお忘れ下さいませんように」

「それはどういう意味ですか」

「祝いの使者を拒めば、大和《やまと》と手切れをすることになります。いつ戦になってもおかしくはありません」

「朝廷と戦をすると申されるのですか」

あまりに突飛な言い草なので、義経には本気とは思えなかった。

「そうです。その時には一族の者すべてが死に絶えることになりましょう」

乙前はにこりともせずに答えた。

これは決して大言壮語ではなかった。

この世のどんな権力にも屈しないのが傀儡子たちの生き方であり、もしその自由を犯されれば身命を賭《と》して戦い抜く。

前述した『傀儡子記』の中で、大江匡房は彼らの生き方について次のように記している。

〈一畝《ひとうね》の田も耕《たがへ》さず、一枝の桑も採《つ》まず。故《かるがゆゑ》に県官に属《つ》かず、皆土民に非《あら》ずして、自《おのづか》ら浪人に限《ひと》し。上は王公を知らず、傍《かたがた》牧宰《ぼくさい》を怕《おそ》れず。課役なきをもて、一生の楽《たのしび》と為せり〉

彼らは一畝の田も耕さず、一枝の桑も採まない。

したがって国司や郡司に所属せず、土民ではなく浪人と同じである。

上は王公を知らず、諸国の守《かみ》も怖《おそ》れない。

課役を負わないので、一生楽々と過ごしているというのだ。

紫雲閣はその者たちの里なのだから、法皇でさえ対等と見なすのは当然だった。

使者は常盤源二光長だった。

義経の伯父《おじ》に当たる隻眼《せきがん》の絵師である。

しかも驚いたことに、中庭に立ったまま祝いの口上を述べ、法皇からの引出物を差し出した。

これは法皇と義経が対等だと認めていることに他ならない。

光長がこういう礼を取るのは、後白河もそのことを了解しているからとしか思えなかった。

「法皇さまと源九郎さまは、父と子も同じでございます。この先も末永く手をたずさえて、国の安泰に尽くしたいとおおせでございます」

光長が引き下がると、ようやく床入りの儀となった。

義経は川禅尼にうながされ、御帳《みちょう》の奥で待ち受ける静のもとに忍んでいった。

ところが、またしても二人きりになることはできなかった。

何と乙前以下母子三代が後ろに従い、枕辺に整然と並んでいた。

「衾掩《きんあん》の儀と申しまして、三日夜の契りの手ほどきをいたします。どうぞよろしゅうに」

三人そろって頭を下げ、いそいそと静の身仕度にかかるのだからたまらない。

立ち姿のまま小袖を脱がされ、一糸まとわぬ姿になっていく静を、義経は呆気《あっけ》にとられて見つめるばかりだった。

三

鎌倉は厚い雪におおわれていた。

寒波は一月下旬になってもゆるむ気配をみせず、周囲の山に積った雪が根雪とななって残っている。

その上に新たに雪が降り積って、市中は氷室《ひむろ》のように冷え込んでいた。

この気候のせいか、源　頼朝《みなもとのよりとも》は数日前から風邪《かぜ》をこじらせていた。

くしゃみや鼻水は治まったものの、微熱があり寒気がする。

頭がすっきりとしないことに苛立ちながらも、上洛軍の動向に思いを馳《は》せていた。

七万もの大軍を送ったのだから、よもや敗れることはあるまい。そう思ってはいるものの、合戦はどう転ぶか分らない。

まして都には後白河という大天狗《おおてんぐ》がいるだけに、一瞬たりとも気が抜けなかった。

後白河は先月十五日に頼朝討伐の院宣《いんぜん》を下している。

これは義仲に強要されてやむなく出したものだというが、もし上洛軍に対してあれは朕《ちん》の真意であると触れたならどうなるか。

七万の軍勢が一挙に後白河の手先となり、義仲にひきいられて東海道を攻め下ってくるかもしれないではないか。

集中力を欠いた頼朝の頭に、次から次へと不吉な考えがわき上がってきた。

「殿、御台《みだい》さまが申し上げたきことがあるとおおせでございます」

北条　義時《ほうじようよしとき》が取り次いだ。

太り肉《じし》の小柄な体に錦の衣をまとっている。まるで鞠《まり》でも転がり込んできたようだった。

断われと言おうとしたが、それより先に政子《まさこ》がするすると入って来た。

「今は気分がすぐれぬ」

「気分がすぐれぬとは、会いたくないということでございましょうか」

正面にどさりと座り、切り口上にたずねた。

「風邪をこじらせた。熱があって寒気がするのだ」

「まあ、それでも源氏山にはお出かけになるのでございますね」

政子がここぞとばかりに皮肉をあびせた。

昨日も具合が悪かったが、潮音亭《ちょうおんてい》に住む亀姫《かめひめ》のもとに通った。

それを責めたくなる気持も分らぬではないが、政子のこうした底意地の強さが、
頼朝は近頃ますますうとましくなっていた。

「用があるなら義時に言えばよい。そちの弟なのだから遠慮もなかろう」

「伝えておりますが、いつまでも埒《らち》が明かぬゆえ参上したのでございます」

「聞いておらぬ。何のことじゃ」

「御台さまは比企《ひき》どのの謹慎を解くようにとおおせでございます。はばかり多きこ

とゆえ、言上《ごんじょう》する機会をうかがっておりました」

義時が額を床にすり付けて報告した。

「そんなお前《みやあ》は、おらをだましとったんかね」

政子が伊豆《いず》言葉を丸出しにした。

鎌倉に来てからは行儀作法を改めていたが、相手が弟なのでつい地が出たのである。

「そうではござらぬ。殿は何かとご多忙ゆえ……」

「そうかい。そんならもう頼まねえ。おらから直《じか》に伝えるだよ」

政子は頼朝に向き直るなり言葉を改めた。

「比企どのの謹慎をお解きいただかねば、頼家《よりいえ》の乳母《うば》も御所に出仕することができませぬ。このままでは頼家のためにもなりませぬので、ご処分を解いていただきとう存じます」

「それはならぬ」

頼朝は言下に拒んだ。

比企能員《よしかず》に謹慎を命じたのは、坂東八平氏《はちへいし》の報復から守るためである。

その危険が残っている間は、処分を解くことはできなかった。

「それならお前さまは、頼家がどうなってもいいとおおせられるのでございますか」

「頼家にはそなたがついておるではないか。ひと月やふた月くらい乳母がおらずとも、どうなるものではあるまい」

頼朝は内情を明かさぬまま、蹴り出すように政子を追い払った。

翌日、待ちに待った上洛軍からの使者が来た。

大手の大将蒲冠者範頼《かばのかじゃのりより》、搦手《からめて》の義経、それに甲斐《かい》の一条《いちじょう》次郎忠頼《ただより》が発した使者が、先を競うように御所に到着した。

頼朝は侍所《さぶらいどころ》に鎌倉在留の御家人を集め、皆の前で使者に口上を述べさせた。

「去る一月二十日、大手の軍勢は瀬田《せた》にて木曾勢と合戦に及び、左馬頭《さまのかみ》義仲どの以下宗徒《むねと》の者四十余人を討ち取り、翌二十一日に洛中へと進軍いたしました。先陣は一条次郎どのの軍勢六千騎でございます」

範頼の使者が告げた。

「同じく二十日、搦手の軍勢は宇治川の合戦で木曾勢五百余を討ち取り、その日のうちに洛中に進軍して院の御所の警固に当たり申した。宇治川の先陣は佐々木《ささき》四郎高綱《たかつな》、二番手は梶原源太景季《かじわらげんたかげすえ》でございます」

これは義経の使者である。

「同じく二十日、大手の先陣をうけたまわり、打出の浜の合戦にて木曾勢を討ち果たし、左馬頭義仲どの、今井《いまい》四郎兼平《かねひら》どの以下三百余騎を討ち取り申した。義仲どのを討ち取りしは石田《いしだ》次郎為久《ためひさ》、兼平どのはご自害にございます」

三番目は一条忠頼の使者だった。

列席した御家人たちから感嘆の声が上がった。

木曾勢の強さは坂東にまで鳴り響いているので、ただ一度の合戦で討ち破れるとは思ってもいなかったのである。

だが頼朝は不満だった。

三人の使者の報告では、木曾勢の総数がどれくらいで残余の兵がどうしたのかまったく分らない。

そのことをたずねても、三人とも要領を得ない返答をくり返すばかりだった。

「まさか木曾勢すべてを討ち取ったわけではあるまい。次からはもう少し詳細な報告をせよと申し伝えよ」

三人を叱り飛ばして下がらせた時、梶原景時《かげとき》の使者が到着した。

「大手の戦目付、梶原景時からの注進にございまする。これをご覧下されませ」

汗まみれになった使者が、ぶ厚い包みを差し出した。

中には油紙に包まれた交名注文《きょうみょうちゅうもん》が入っていた。

瀬田と宇治川の合戦に出陣した木曾勢の総数と、討ち取った敵の氏名が詳細に記してある。

その報告によれば、大手の敵は八百騎、搦手は五百騎ばかりで、都の義仲の本陣には二百騎ほどが残っていた。

つまり全兵力は千五百騎ばかりということになり、討ち取ったのは八百五十三名だった。

このうち氏名を確認できたのは三百十八名で、他は死骸《なきがら》を見て数だけ確認したという。

搦手の義経は合戦の後に軍忠状を発給しなかったので、氏名が分ったのはわずか三十五名だった。

(九郎め、あれほど逸《はや》るなと申し聞かせたものを)

軍忠状の発給もせずに洛中に進撃したために、敵をどれほど討ち取ったかさえ分らなくなったのだ。

それゆえ五百騎しかいない敵を全部討ち取ったと、いい加減な報告をしてきたにちがいなかった。

「出征軍の報告とは、景時のごとく成すべきじゃ。皆もよく見て、後日の手本といたすがよい」

頼朝は景時を大いに誉《ほ》め上げ、交名注文を全員に回すように命じた。

思った以上の大勝利にほっとして大御所に下がると、大江広元が後を追って来た。

「卒爾《そつじ》ながら、申し上げたきことがございます」

間近に寄り、あたりをはばかって声を落とした。

「木曾どの滅亡の上は、義高《よしたか》どののご処置を速やかに行なわれるべきと存じまする」

「腹を切らせよと申すか」

頼朝は急に頭痛を覚えてこめかみを押さえた。

「木曾どのは院に背かれた逆賊でございます。義高どのを婿になされたままでは、朝廷への聞こえもいかがかと案じられまする」

「分った。じきに沙汰するゆえ、このこと他言いたすな」

頼朝はそう答えたが、大姫《おおひめ》のことが気になって決断を下せなかった。

義高と祝言《しゅうげん》をして一年たらずの間に、大姫は見違えるほど成長した。

共に暮らしているわけではないが、時折扇ヶ谷《おうぎやつ》の義高の館を訪ね、仲むつまじいひと時を過ごしていた。

扇ヶ谷から戻って来た大姫の生き生きとした表情を見ただけで、どれほど満ち足りているか察せられる。

それだけに義高を殺したくはなかったが、広元が言うように逆賊の子をこのまま婿にしておくわけにはいかなかった。

その夜、頼朝の風邪は悪化した。

頭の芯がきりきりと痛み、骨も凍るほどの寒気がする。

火鉢を増やして部屋を温めたが、妙な寝汗をかくばかりでよけいに眠れなくなった。

やがて尿意を催し、宿直《とのい》の者に灯《あか》りを持たせて厠《かわや》に行った。

御所の背後にそびえる山が、雪に白くおおわれている。

その上空には、細く欠け残った月がかかっていた。

空気がきりりと冴《さ》えているせいか、ほのかな月明りでもあたりがくっきりと見える。

雪の表面が氷となり、鈍く沈んだ輝きを放っていた。

頼朝はいつぞや雪の朝《あした》に都鳥《みやこどり》をながめたことを思い出した。

あの時、亀姫を連れて都に帰る日も近いと言ったが、結局東国の軍勢をひきいて上洛することはできなかった。

上総介広常《かずさのすけひろつね》の問題で薄氷を踏む思いをし、今は木曾義高の処遇に悩まされている。しかも周りに心を許せる者は一人もいなかった。

亀姫と共に都に戻りたいと、頼朝は切実に思った。

いかに父祖ゆかりの地とはいえ、都で育った頼朝にとって東国は異郷である。二十年を流人《るにん》として過ごした配所《はいしょ》なのだ。見上げる月は配所の月、輝く雪も配所の雪である。それゆえこのように居心地が悪いのだと、我身の境遇がうらめしくなった。

用を足して寝所に戻ると、廻り縁の角にうずくまっている影があった。

遠目には猿でも迷い込んだかと見えたが、近付いてみると大姫だった。

凍てつくような床板に正座をし、背中を丸めて寒さをこらえながら頼朝の帰りを待っていた。

「こんな夜更けにどうしたのだ」

「お願いがあります」

大姫が小さな顔を上げた。

瞳が涙で輝くのを見ると、頼朝は胸を衝《つ》かれた。

「とにかく中に入りなさい。風邪でもひいたら大事《おおごと》ではないか」

頼朝は部屋に入れて温かい湯を勧めたが、大姫は手を出そうとはしなかった。

「義高さまをお助け下されませ」

七歳になったばかりの娘が切羽詰った目をしていた。

「義高がどうかしたのか」

頼朝はそうたずねた。

父の死を知った義高が、危険を察して行動を起こしたのかと思った。

「都で義仲さまが討ち取られたと聞きました。それゆえ義高さまも」

「そのようなことは案じずともよい。義高に罪はないのだ」

「でも……」

大姫がうつむいてしゃくり上げた。

「侍女から何か聞かされたか」

「母上さまが話しておられるのを、御帳《みちょう》の陰から聞いたのでございます。やがて切腹を命じられるはずだとおおせでございました」

（あの、そこつ者が）

頼朝は腹の中で舌打ちした。

近頃政子は、気がふさぐと侍女を相手に酒を飲むようになっている。酔った拍子に口走ったことが、大姫の耳に届いたにちがいなかった。

「そのようなことはせぬ。心配せずともよい」

大姫が不憫《ふびん》で、そう言わずにはいられなかった。

「本当ですか。約束して下さりますか」

「約束するとも。娘が哀《かな》しむことを、この父がするはずがないではないか」

「父上さま、ありがとう」

大姫が感極まって頼朝の手を取った。

小さな手は骨まで冷えきっている。体も凍えて小刻みに震えていた。

それでも義高の身を案じ、廻り縁の上でじっと待っていたのである。

「もう遅いし外は寒い。今夜はここに泊っていきなさい」

頼朝は大姫を抱きかかえ、同じ夜着にくるまった。

細い手足を動かすたびに、くすぐられているようでこそばゆい。こんなことをする面映《おもはゆ》さもあったが、頼朝は初めて大姫と心が通じたようで嬉しかった。

「ありがとう。父上さま」

大姫は胸に顔をうずめ、いつの間にか寝息をたて始めた。

頼朝は大姫の体が少しでも温まるように背中をさすりつづけた。

そうしているうちに胸の奥から温かい思いがこみ上げ、しつこくつづいていた寒気はいつの間にか治まっていた。

第十五章　天下の創建

一

政子とは、一度事を分けて話さねばならぬ。

遅い朝餉《あさげ》を食べながら、源頼朝はそう考えていた。

女の身で夜毎《よごと》に酒を飲むとは言語道断である。まして酔ったはずみに政《まつりごと》の秘事について漏らすとは、貴人の御台《みだい》にあるまじき振舞いだった。

「御台は、どうしておる」

給仕として控えている北条義時にたずねた。

「奥御殿におられますが、何をなされているかは存じませぬ」

小四郎《こじろう》と呼ばれていた義時も、すでに二十二歳になっている。

近頃では頼朝の側近としてますます重きをなしていた。

「話がある。ここに来るように伝えてくれ」

「承知いたしました」

義時は足音も立てず奥に向かったが、政子を連れて来ることはできなかった。

「ただ今手が離せぬゆえ、後ほど参るとおおせでございます」

「何事じゃ」

「そうたずねましたが返答がなく、戸を開けてもいただけませぬ。面目なき次第にございます」

義時がかしこまって平伏した。

比企能員《ひきよしかず》の謹慎を解くようにという政子の頼みを、義時は頼朝に伝えていなかった。

それを怒った政子は、寝所に立ち入ることさえ許さなかったのである。

「何とも業《ごう》の深い姉君じゃの」

「申しわけございませぬ。伊豆にいた頃には、このようなことはなかったのでございますが」

「よい。来ぬとあらば、余が訪ねて行く」

いつぞやのように寝所に引きこもるつもりだろうが、今度ばかりはそうはさせぬ。いつまでも勝手を許しては、御家人たちにも示しがつかぬ。

頼朝はたとえ戸板を蹴破ってでも言うだけのことは言うつもりで奥へ向かった。

寝所へはすんなりと通された。

政子は三歳になった頼家を抱き、縁側に座っていた。

小春日和《びより》のおだやかな日である。やわらかい陽《ひ》が敷居のあたりまで差し込み、二人を暖かく包んでいる。

ぐっすりと寝入った頼家がまぶしくないように、政子は顔のあたりに扇をかざして陽をさえぎっていた。

その甲斐甲斐《かいがい》しい姿を見ると、頼朝は虚を衝《つ》かれて足を止めた。

たとえ至らぬ所は多くとも、大姫や頼家をさずかったのは政子のお陰である。こうして世に立つことが出来たのも、北条家の援助があったからこそなのだ。

そのことに思い到《いた》り、気持をととのえて政子の側《そば》にかがみ込んだ。

「眠っておるのか」

努めてやさしく声をかけた。

「お天道《てんとう》さまが気持いいのでございましょう。ここに座ったらいつの間にか」

「どれ、貸してみろ」

頼朝は扇を取って頼家の顔にかざした。

生後一年半になり、顔立ちもしっかりしてきた。

丸い顔は政子に似ているが、すっきりとした目許《めもと》や細く通った鼻筋は頼朝に瓜《うり》二つだった。

頼朝は己れの容姿に並々ならぬ自信を持っているので、頼家の美しい顔立ちを見るたびに誰彼となく自慢したい気持になる。

この子が元服して自分の横に並んだなら、坂東の猪武者《いのししむしゃ》にも貴種というものがいかなるものか分るであろう。

心中ひそかに、そうした日のことまで思い描いていた。

「お呼びとのことでございましたが、この子が目を覚ますとかわいそうなので」

政子も久々におだやかな表情をしている。頼家を見つめる目は慈愛に満ちていた。

「話はいつでも出来る。気にするな」

「比企の乳母《うば》のことでしょうか」

「それもあるが……、大姫はどうした」

大姫は明け方、乳母につきそわれて奥に戻っていった。

寝所にいないことが分ると騒ぎになるので、皆が起き出す前に戻るという。いつの間にか、そうした分別まで身に付けていた。

「扇ヶ谷《おうぎやつ》に出かけました。何か嬉《うれ》しいことでもあったのか、いつになく張り切っておりました」

「赤児の頃にはまともに育つかどうか危ぶんだものだが、近頃は急に大人びてきた。子供とはいえ、夫を持つと変わるものだな」

きっと昨夜の言葉を木曾義高に伝えに行ったのだろう。いそいそと出かける大姫の姿を思うと、頼朝は今日の天気のようななごやかな気持になった。

「そのことですが、この先どうなされるおつもりですか」

政子は頼家を見つめたままだった。

「義高のことか」

「木曾どのを討ち果たされたからには、このまま婿《むこ》としておくわけには参りますまい」

「義高に罪はない。それに今処罰しては、大姫が哀れではないか」

「まだ七つですもの、何も分ってはいませんよ」

「そうでもあるまい」

政子の無神経さにむっとしたが、昨夜のことは話さなかった。

これは父上さまと私だけの秘密だと、大姫に釘《くぎ》を刺されていた。

「では、どうなされるつもりですか」

政子が横目で頼朝を見やった。

「御家人として余に仕えるなら、しかるべき職につけてやりたい。同じ源氏の血を引く者だからな」

「そのようなことをなされば、義高をかついでお前さまに刃向かう輩《やから》が出て参りましょう。十幡《じゅうまん》の立場とておびやかされることになりかねませぬ」

「腹を切らせろと申すか」

「どうなされるかは、お前さまがお決めになることでございます。されど源氏の一門だからとて甘い措置をなされては、御家人たちへの示しがつきますまい。後顧の憂いとなりませぬように」

「出過ぎたことを申すな」

頼朝は思わず声を荒らげた。

頼家がぴくりと体を震わせて目を覚まし、べそをかいて政子の胸にしがみついた。

「おお、よしよし。怖い父上さまだねえ」

政子がきつく抱き締めて頬ずりをした。

まるで夫から愛情を得られない淋《さび》しさを息子でまぎらそうとするような溺愛ぶりである。抱き締め方にも当てつけじみたしつこさがあって、頼朝は名状しがたい嫌な気分になった。

「近頃いろいろと不満があるようだが、そちなどには考えが及ばぬこともある。酒に酔って侍女に愚痴をこぼすような振舞いはせぬがよかろう」

政子と向き合うと、つい厳しい言葉をあびせてしまう。どうして気持を抑えられないのか、頼朝にもよく分らなかった。

午後になって、義時と大江広元が連れ立って訪ねて来た。

上総介《かずさのすけ》広常の一件を解決した鮮やかな手並みを見て以来、義時はすっかり広元に傾倒し、なにかにつけ教えを乞おうとしていた。

「外記《げき》どのが言上したいことがあるとのことゆえ、ご案内申し上げました」

「何事じゃ」

頼朝は文机《ふづくえ》に向かって筆を走らせていた。

文をしたためながら耳だけ傾けようとしたが、広元は黙ったままだった。

正対するまでは話さぬつもりらしいと察したものの、頼朝は筆を止めようとはしなかった。

広元の手腕には一目置いているが、才に走り過ぎて人を見下したところがある。言葉の端々に都ぶりをひけらかした横柄さが顔を出すので、この際どちらが主人かをわきまえさせてやろうと思った。

しばらく素知らぬふりで文机に向かっていたが、広元は黙ったままだった。水干《すいかん》の袖を散らして座ったまま、のっぺりとした細面の顔にかすかな笑みを浮かべている。

頼朝の胸中など見透《みすか》していると言わんばかりの態度だった。

気まずい空気に耐えかねた義時が、

「外記どのは、扇ヶ谷のことでお耳に入れたきことがあるとおおせでございます」

取り次ぎ役を買って出た。

「ならば早く申せばよい。いかに都の者とはいえ、忠義の道くらいはわきまえておろう」

頼朝はようやく筆を置いて二人と向き合った。

「所謂《いわゆる》忠なる者は不忠にして、所謂賢なる者は不賢なりと申します。忠義の道も、ひとつとは限りませぬ」

広元が落ち着き払って応じた。

「衆人みな酔いて、われ独《ひと》り醒《さ》む、か。いかに東夷《とうい》の地とはいえ、皆が濁りきっているとは思わぬがよい」

「なるほど。ここにも醒めた方がおられましたな」

広元が声を上げて笑い、頼朝もつられて笑みをもらした。

『史記』の屈原《くつげん》の故事を下敷きにしたやりとりだが、漢籍の素養の浅い義時には何のことか分らない。丸い目を見開いてきょとんとしているばかりだった。

「余は天下の創建を目ざしておる。この地で酔っているわけにはいかぬのだ」

頼朝は初めて広元に好意を覚え、正直なことを口にした。

「そのお言葉を伺って安心いたしました。この広元も及ばずながら力を尽くす所存でございますゆえ、何なりとお申し付け下さりませ」

「扇ヶ谷のことで話があると申したな」

「昨日九郎義経さまのご使者が扇ヶ谷の館を訪ね、義仲どののご遺髪を届けた由《よし》にございます」

「聞いておる。軍忠状《ぐんちゆうじよう》の発給は怠るくせに、そのようなことには気が回るようだな」

　頼朝はあからさまに顔をしかめた。

「その折、万一鎌倉において危うきことがあれば、奥州平泉《ひらいずみ》を頼れとおおせられたようでございます」

「何ゆえ、そこまで知っておる」

「景時《かげとき》どのの配下の者が扇ヶ谷の館《やかた》にもぐり込み、義高どのの身近に仕えております」

　景時は出陣前に、配下の雑色《ぞうしき》たちの管理を広元にゆだねていたのである。

「ほう。何ゆえ今日まで知らせなかったのじゃ」

　頼朝はふいに足許が揺らぐような不安を覚えた。

　自分が知らない間に家臣たちが結託し、突然反乱を起こすのではないかという怖《おそ》れが、いつも心の片隅に巣くっていた。

「何か事が起こった時に、お知らせすればよいと思っておりました。陽の当たる道を歩かれるお方は、影の暗さをまとわれぬ方がよいものと存じます」

「信用して任せよと申すか」

「それも大将たる者の器量でございましょう。何もかもご承知の上で義高どのを生かすとおおせであれば、それなりの策を練り上げねばなりませぬ」

広元は巧みに話を元に戻した。

他の者がこんな僭越《せんえつ》な進言をしたなら、頼朝は激怒したはずである。

だが、さりげなく屈原の故事を引いた広元の才覚に感じ入っていたせいか、さして腹も立たなかった。

二

翌日、頼朝は扇ヶ谷の木曾義高を訪ねた。

大江広元をつかわしても良かったが、大姫のために自ら出向いて話をつけようとしたのである。

この機会に、二人が一緒にいるところを見ておこうという心積りもあった。

野も山も雪に厚くおおわれている。

鎌倉市中とは小高い山で隔てられただけなのに、谷が深いせいか数日前に降った雪がそのまま残っていた。

屋敷の者に様子をたずねると、二人は中庭に出て雪遊びをしているという。警固の者を遠侍《とおざぶらい》に残し、案内されるまま奥御殿へ入った。

部屋の明り障子を細目に開けると、中庭で遊んでいる二人の姿が見えた。

大姫はぶ厚い綿入れを着込み、自分の背丈ほどの高さの雪山を作っていた。

どうやら富士《ふじ》山に似せようとしているらしく、手にした板切れで形をととのえている。

義高も反対側に回り、真剣な目をして雪山に向き合っていた。

「あのね。このあたりには、こんなこぶがあるのよ」

大姫は頰を赤くして、斜面に段差を作ろうとしている。

「伊豆と信濃《しなの》からでは、形もちがって見えるからね」

義高の口調には、大姫へのいたわりがにじんでいた。

頼朝は子供が苦手だった。

十四歳の時に伊豆に流罪《るざい》になり、他の子供と交わる機会がまったくなかったので、どう接したらいいか分らない。

それに理性と忍耐によって己れを律してきた頼朝には、身勝手で理不尽な子供の振舞いをおおらかに受け止めることができなかった。

頼朝は遠侍まで引き返すと、たった今着いたように装って中庭に行った。

「父上さま」

大姫がふり向くなり駆け寄ってきた。

「ほら見て。富士のお山を作っているのですよ」

「うむ。さようか」

頼朝はいつものように素気なく振舞った。

義高は片膝をついて控えている。顔を合わせるのは正月以来のことだった。

大姫を御所に帰し、二人だけで向き合った。

「わざわざお運びいただき、かたじけのうございます」

義高の物言いは、十二歳とは思えぬほどしっかりしている。

体もひと回り大きくなっていた。

「都でのことは存じておろう」

「はい。源九郎さまより使いをいただきました」

「源氏同士で争いたくはなかったが、法皇さまのお申し付けとあらば致し方ない。そちの処遇についても難しいことがあるゆえ、早目に話しておいたほうがよいと思ったのじゃ」

「覚悟はいたしております。何なりとお申し付け下されませ」

「大姫から聞いてはおらぬか」

「いえ、何も」

義高の言葉に偽りがないことは、澄み切った目に表われていた。

大姫は義高の気持を思い、自分の手柄を吹聴するようなことはしなかったのである。

「実は一昨日、そちを助けてくれるように大姫から頼まれた。こうして出向いたのは、その策を講じるためじゃ」

「そうですか。姫がそのようなことを」

「余もそちくらいの年に、清盛入道《きよもりにゅうどう》に命を助けられた。池禅尼《いけのぜんに》の取りなしのお陰で、打首をまぬかれたのじゃ。それゆえその恩を、そちにもほどこしたい」

義高の侍女が熱い湯を運んで来た。

頼朝は茶碗《ちゃわん》で手をぬくめてからひと口すすった。

義高はさかんに湯気を上げる碗を見つめるだけで、手をつけようとはしなかった。

「そちは生きたいか」

「生きとうございます」

「ならば源氏を捨てよ。木曾どのの嫡男《ちゃくなん》として生かすことはできぬが、他家の養子となって御家人の列に下るなら話は別じゃ」

それが広元と二人であみ出した策だった。

義高を今の立場のまま助命しては、朝廷に対してはばかりがある。坂東八平氏の面々は源氏にのみ処分が甘いと反発するだろうし、義仲ゆかりの御家人たちが義高を奉じて頼朝に対抗するおそれもある。

だが義高を他家の養子にすれば、こうした懸念をすべて払拭できるのである。

後は義高の気持ひとつだった。

「むろん大姫の婿であることに変わりはない。たとえ御家人となっても、我らの縁つづきゆえ粗略には致さぬ」

「過分のご配慮をいただいて恐縮ですが、今しばらくご猶予下されませ」

「不服と申すか」

「父は自分に万一のことあらば、甲斐なき身など長らえずに腹を切れと遺言いたしました。源氏の名を捨てて生き延びては、その言葉に背くことになりますので」

「名こそ惜しめ、か」

頼朝は義高の言葉を素直に受け取ることはできなかった。

奥州に脱出するための時間かせぎではないかと疑っていた。

「九郎から使者が来たそうだな」

「父の遺髪を届けていただきました」

「見せてくれ」

「仏間にあります。しばらくお待ち下されませ」

「いや、余が行こう」

頼朝は義高とともに仏間に入り、仏壇に手を合わせてから遺髪を改めた。

ただひと筋の髪が陸奥紙《みちのくがみ》に包まれている。

義仲は従兄弟《いとこ》に当たるが、一度も会ったことがないので何の感慨もわかなかった。

「九郎から何か言ってきたか」

「首実検の折に髪を二筋切り分け、一筋は討死の場に納めていただいたそうでございます」

「他には」

「いえ、何も」

義高はふいに頬を紅潮させた。

その理由を読み取ろうと、頼朝はじっと義高を見つめた。

「義仲どのが腹を切れと申されたのは」

そう言いかけ、遺髪を包み直して仏壇に納めた。

「そちに生き恥をさらさせまいとしてのことであろう。だが、まことにそちの身を思うなら、院の御所を焼討ちするような大罪を犯されはしなかったはずだ」

「やむにやまれぬ事情があったと、うけたまわりました」

「もし事に破れたなら、そちも無事ではいられぬ。そのことは義仲どのも分っておられたはずじゃ。それでも決行なされたのは、そちを犠牲にしても構わぬと思われたからではないのか」

「父はそのような男ではございませぬ」

義高の目にうっすらと涙がにじんだ。

「余は責めておるのではない。天下の大事を成さんとする者は、時に我子を犠牲にすることがあるのだ」

頼朝は義高に向き直って説き伏せようとした。

「漢《かん》の高祖《こうそ》を知っておるか」

「劉邦《りゆうほう》という名だけは存じております」

「劉邦が楚《そ》の項羽《こうう》に敗れて国を逃げ出す時、車に二人の子を乗せておった。だが敵の追撃が急なために、二人を車外に捨てて己れだけ生き延びようとした。御者《ぎよしや》があわてて子供を拾い上げたが、劉邦は三度も子供を捨てた。そんな故事がある」

実は頼朝も、父義朝に捨てられたことがあった。平治《へいじ》の乱に敗れ、尾張《おわり》を目ざして落ちのびていた時のことだ。

深い雪におおわれた山の中で一行とはぐれたが、父は先を急ぐあまり迎えの者を寄こそうともしなかった。

あの日以来、人は当てにならぬと深く心に刻み込んできたのだった。

「父はそのような男ではございませぬ」

義高が無念をかみ殺した声でくり返した。

「そちが大人になれば分る。父が子を捨てたのなら、子は父の遺言に縛られることはない。今は生き延びることのみを考えよ」

頼朝はもう一度仏壇に手を合わせた。

死んだ者は裏切らない。それだけに安心して敬意を払うことができた。

二月一日、頼朝は鎌倉に残っている御家人たちを集めて評定《ひょうじょう》を開いた。

月の初めに評定を開くのは恒例だが、この日はこれまで積み残してきた難問を一挙に解決しようと、いつになく強い決意で臨んでいた。

「それでは、ただ今より評定を開きまする」

出陣中の梶原景時に代って、年若い義時が進行役をつとめた。父時政《ときまさ》は鎌倉守護の総大将に任じられているのだから、北条家への優遇ぶりは誰の目にも明らかだった。

「出陣中の戦目付《いくさめつけ》より、尾張の墨俣《すのまた》の渡《わたし》において先陣をめぐる争闘があったとの報告がござった。総大将の範頼《のりより》どのまで争いに加わられたというが、相違ございませぬか」

義時が範頼の留守役にたずねた。

「軍令に反して抜け駆けをしようとした者がいたために、やむなく兵馬をもって阻止しようとしたのでございまする」

老齢の留守役が弁明した。

頼朝のどんな問いにも答えられるように、出陣した武将たちは留守役に逐一状況を報告していた。

「戦目付の報告によれば、先に仕掛けたのは範頼どのの軍勢だということでござるが」

「抜け駆けを阻止しようと行手をさえぎっただけでござる。先に仕掛けたわけではございませぬ」

範頼の処遇に関わるだけに、留守役は一歩も引かなかった。

「それは範頼に非がある」

頼朝は明確に断言した。

「大将たる者は、威をもって配下の将兵を信服させねばならぬ。その力なきゆえ、抜け駆けする者が出る。今後このような不祥事があれば、鎌倉に召し返して謹慎させると申し伝えよ」

頼朝の言葉は絶対的な重みを持つ。留守役も平伏して引き下がるしかなかった。

「皆にも申し渡しておく。戦場での身内の争いは理非がつけ難く、争いの原因となることが多い。それゆえ今後は喧《けん》嘩《か》両《りよう》成《せい》敗《ばい》といたすゆえ、さよう心得るがよい」

江戸時代までつづく喧嘩両成敗の原則は、この一言によって始まったのだった。

「次に比企能員どのの件でござる」

義時が話を先に進めた。

「上総介広常どのを讒《ざん》訴《そ》した疑いによって長らく謹慎に処されておりましたが、このたび一門の朝宗《ともむね》どのを北陸へ勧《かん》農《のう》使《し》としてつかわされることになり申した。能員どのも補佐役として同行なされる予定でございます」

木曾勢と平家の合戦によって荒廃した北陸に、頼朝は勧農使を送って農業の振興に当たらせることにした。

慣れぬ土地での辛《つら》い役目である。

これに比企一門を派遣することで、坂東八平氏の能員への反感をかわそうとした。能員の謹慎を解き、比企の乳母を頼家のもとに出仕させるための措置でもあった。

「なお、上総介どののご一門については、官位官職、所領屋敷とも従前通り安堵《あんど》なされるとのご意向でございます。追って沙汰いたされますゆえ、いっそうの奉公に励んでいただきたい」

これには上総、千葉《ちば》、秩父《ちちぶ》氏ら坂東八平氏の者たちがいっせいに喜色を浮かべた。広常父子誅殺《ちゅうさつ》についての異議が完全に認められたのだから、肚《はら》で快哉《かいさい》を叫ぶのも無理はなかった。

「最後に新参の御家人をご紹介申し上げる。清水《しみず》どの、これへ」

義時に呼ばれて、大紋《だいもん》姿の義高が座の中央に進み出た。

まだ元服前なので烏帽子《えぼし》はかぶっていない。だが、物怖《ものお》じせぬ堂々たる態度だった。

「こちらは清水義高どのでござる。このたび加藤景廉《かとうかげかど》どののご養子となられ、鎌倉殿より清水の姓を与えられました。ご披露申し上げる」

加藤景廉は頼朝が伊豆で挙兵した時から従っている剛の者である。

藤原氏の出身なので、義高を養子としても源氏の牙城《がじょう》をおびやかされることはない。平氏にも異存はあるまいと考えての計らいだった。

清水の姓は、清水冠者《かじゃ》と名乗っていたことにちなんだものである。

「清水義高と申します。弱輩者にございますが、身命を惜しまずご奉公申し上げる所存にございます。何とぞよろしくお願い申し上げます」

義高が迷いなく口上をのべた。

源氏の名を捨てて生きる決意をしたのである。

頼朝は義高のりりしい姿を頼もしげに見やりながら、元服の折には烏帽子親を務めねばなるまいと考えていた。

三

その日の午後、頼朝は潮音亭で酒宴を開いた。

上総介広常を誅殺して以来の懸案をすべて解決したので、近臣ばかりを集めて慰労の宴を張った。

列席したのは大江広元、三善康信《みよしやすのぶ》、二階堂行政《にかいどうゆきまさ》、伏見広綱《ふしみひろつな》、それに北条義時の五人である。

広元は明法《みようぼう》（法学）と文章道に精通し、朝廷の内情にも詳しい。後に公文所《くもんじよ》、政所《まんどころ》の初代別当《べつとう》となり、朝幕間の交渉に当たったことはつとに知られている。

三善康信は頼朝の乳母の妹の子で、頼朝が伊豆に配流《はいる》されていた頃からこまめに文を送って都の政情を伝えていた。

明法道の大家で、後に幕府の訴訟機関である問注所の初代執事に任じられた。

二階堂行政は民部省《みんぶしよう》において主計少判官《しゆけいしようじよう》を務めていた財政学の専門家である。母は熱田《あつた》大宮司藤原季範《ふじわらのすえのり》の妹で、頼朝の母の叔母《おば》に当たる。

その縁で鎌倉に招かれ、後に公文所の寄人《よりうど》や政所別当を歴任することになる。

伏見広綱は二年前に頼朝が右筆《ゆうひつ》として都から招いたが、政子と亀姫との争いが起こった時に、亀姫を館にかくまった科《とが》で流刑に処せざるを得なくなった。

だが政子が亀姫を側室と認めたので、正月に呼び戻したばかりだった。

この四人は、いわば頼朝政権の閣僚である。

新しい天下の創建を成し遂げるためには、伊豆での挙兵以来付き従った武士たちより、都下りの官人を重用する必要があった。

次の間では十二単衣《ひとえ》をまとった亀姫が、侍女と二人で琴を爪弾いている。

長い髪を背に垂らし、うつむき加減に琴を弾く姿はたとえようもなく美しい。皮肉屋の広元や女にはうるさい康信でさえ絶賛したほどだった。

頼朝は得意の鼻を大いに高くしていた。

「今日は無礼講じゃ。皆も楽しんでくれ」

自ら給仕をし、酌をして回るほど機嫌が良かった。

「それがし一人が場ちがいのようで、肩身が狭うございます」

都下りの歴々を前にして、義時は大いに恐縮していた。

それでも座を盛り上げる役だけは果たそうと思ったのか、いつにも増して饒舌《じょうぜつ》だった。

「そうそう。この間の殿と外記どののやり取りの意味が、昨夜ようやく分り申した」

「何のことかな」

広元は大酒呑《の》みである。大盃《おおさかずき》で五、六杯傾けても平然としていた。

「例の屈原の故事でございますよ」

楚の屈原は頃襄《けいじょう》王に重く用いられたが、これを妬んだ同僚が王に讒言《ざんげん》したために次第に疎《うと》んじられるようになった。

広元が「所謂《いわゆる》忠なる者は不忠にして、所謂賢なる者は不賢なり」と言ったのは、賢明な君主が現われ難いのは、世間で言う忠なる者が実は不忠であり、賢なる者が不賢だからであるという『史記』の記述を踏まえてのことだ。

実は屈原こそが忠なる者であったのだが、楚王はそれを見抜くことができずに身の破滅を招いたのである。

ところが王宮を追放された屈原の末路も哀れだった。罪なくして追われた無念さに、狂人のようになって湖南《こなん》の入江のほとりをさまよい歩く身となった。この時屈原が口にしたのが、「挙世混濁してわれ独り清く、衆人みな酔いてわれ独り醒む」という言葉である。

つまり広元は「自分を見誤ると楚の頃襄王のようになりますよ」とほのめかし、頼朝は「お前こそ口が過ぎると屈原のような末路をたどるぞ」とやり返したのだ。

「昨夜ようやく屈原賈誼《かぎ》列伝を読み解きまして、はたと思い当たりました。知恵ある方々のお言葉には、何とも深い味わいがあるものでございますな」

義時は道化役となって座を盛り上げていたが、調子に乗ってつい口をすべらせた。

「しかし外記どの、屈原の轍《てつ》だけは踏まぬようにして下され」

この失言に、座が一瞬しんとなった。

屈原は追放されたばかりか、川に身を投げて自殺している。広元と引き比べるのはあまりにも失礼だった。

「どうやら、知恵なき者は黙っておくに限るようだな」

頼朝が鋭い皮肉をあびせた。

義時は失態に気付き、顔を赤らめて黙り込んだ。

「今頃は上洛《じょうらく》した軍勢も、平家討伐のために西国へ向かっておろう。平家を亡《ほろ》ぼした後にいかなる施策を取るべきか、皆の考えを聞かせてもらいたい」

頼朝はこの機会に、四人の存念を確かめておこうと思った。

「それは鎌倉殿が何を望んでおられるかによりましょうな」

広元は大盃を軽々と飲み干した。

「目下天下は四分の形勢でございます。畿内《きだい》は院と朝廷が治め、西国には平家、奥州には藤原氏が勢力を保っております。これらの勢力との共存を目ざすか、武力によって天下の統一を果たすか。この方針を定めるのが肝要と存じまする」

「そちはどう思う」

「西国と奥州は、平らげねばなりますまい」

「しかし、平家は安徳《あんとく》天皇とご神器《じんぎ》を奉じております。ご両所の安泰をはかるためにも、平家と和を結ぶべきとの意見が都では多いようでございます」

康信が口をはさんだ。

四人の中では最年長で、丸いおだやかな顔に唐風《からふう》のひげをたくわえているので大尽の風格があった。

「むろんご両所のご帰還は果たさねばなりますまい。されどそれは、平家を討ってからでもできることでございましょう」

広元が異を唱えた。

康信とは火と水ほどにも気性がちがうので、そりが合わなかった。

「すでに平家追討の院宣《いんぜん》が下っております。平家を討ち、返す刀で奥州を討つべきでございましょう」

行政が勢い込んで口をはさんだ。

官人でありながら武術の鍛練に打ち込んでいる偉丈夫で、血気にはやり闘《とう》を好むところがあった。

「平家と奥州を亡ぼした後はどうする。朝廷をも亡ぼしてこの国の王となるか」

頼朝はきわどいことを口にした。

父義朝が後白河法皇に翻弄されて無残な敗死をとげただけに、朝廷に対する不信と恨みは根強かった。

「唐土《もろこし》においては、王に徳がなければ天命が改まると申します。武力によって天下を統一した後には、鎌倉殿が帝位につかれる道も開けるかもしれませぬ」

　行政が頼朝の意を汲《く》んで賛同した。

「馬鹿なことを申されるでない」

　広元が大声を出して盃を折敷《おしき》に叩《たた》きつけた。

「朝廷はこの国を束ねるための拠《よ》り所じゃ。天照大神を頂点とする神々の体系と、冠位十二階による身分の秩序があるゆえに、この国はひとつにまとまっておられるのだ。二階堂どの、何も知らずに軽はずみなことを口にするのは慎しまれるがよい」

「ほう、では大江どのはどうすべきだとおおせられるのじゃ」

「朝廷からしかるべき地位に任じていただき、天下の権を司《つかさど》るしかあるまい。木曾どののように征夷《せいい》大将軍になられるのがよいと存ずる」

「上洛して朝廷に仕えよと申すか」

　頼朝も常々、それが最も現実的な方策だと考えていた。

　懐しい都に錦をかざるためにも、そうなることを望んでいた。

「上洛なされば、義仲どののように法皇さまに翻弄されるおそれがございます。都には代理の者をつかわし、強大な武力を後ろ楯《だて》にして朝廷の譲歩を引き出すのが得策でございましょう」

「私も大江どののご意見に賛同いたします」

広綱が初めて口を開いた。

配流先の遠江《とおとうみ》から戻ったばかりなので、他の者たちの考えと座の成り行きをうかがっていたのである。

「殿は昨年の十月宣旨によって、朝廷に代って東国の年貢を徴収する権利を得られました。これを畿内、西国、奥州にまで広げていけば、六十余州の武士はことごとくご下知《げち》に従うものと存じます」

「あれは上洛軍を催すための措置じゃ。平時に用いることはできぬ」

頼朝はそう考えていた。

「その権利を平時にも勝ち取ってこそ、多くの武士から支持されるのでございます」

天下がこのように乱れたのは、律令制度によって定められた公田より、開発領主によって開かれた田畑の方が増えたからである。

領主たちは開拓地の領有権を保証してもらうために、公家や寺社に荘園として寄進したので、朝廷において勢力のあった藤原一門が広大な荘園を保持するようになった。

ところが道長《みちなが》以来の藤原氏の専横を憎んだ白河法皇は、院の政庁を強化して荘園の支配権を奪い取ろうとした。

こうした争いが法皇と藤原氏の対立を激化させ、保元《ほうげん》の乱や平治の乱を引き起こした。

だが、荘園の大半は武士たちが開発領主となって自力で切り開いたものだから、当然武家の領有が認められるべきである。

それなのに院や公家や寺社に寄進することでしか所領が保証されなかったのは、武家の存在が不当に低く見られてきたからに他ならない。

多くの武士たちはこうした境遇から脱し、一所懸命の地を守ってくれる棟梁《とうりよう》の出現を待ち望んでいる。

頼朝は武士たちのこうした期待に応え、朝廷と掛け合って彼らの所領を安堵してやらなければならない。

「そうなった時に初めて、朝廷さえも十全には成し得なかった六十余州の統一が果たせるものと存じます」

広綱は激するでもなく臆《おく》するでもなく、理路整然と持論をのべた。

「ご高説、感服いたしました。初対面ながらこの広元、百年の同志を得たような心地でございます」

広元がふらつく足で広綱に歩み寄り、側にぺたりと座り込んだ。

いずれも多忙をきわめる者たちである。

酒宴は一刻《とき》（二時間）ほどでお開きになり、頼朝と亀姫だけが潮音亭に残った。

頼朝は廻《まわ》り縁《えん》にたたずみ、眼下に広がる鎌倉の町をながめた。

酔いにほてった頬を冷たい風が心地よくなでていく。

酒を飲んでこんなに気分がよくなったのは初めてだった。

（武家の棟梁か）

頼朝はこれまで東国に武家の権門を打ち立てることを目標としてきた。だが、平家を亡ぼしたなら西国にまで源氏の勢力が及ぶ。広綱や広元が言うように、日本国中の武家の棟梁として君臨し、まったく新しい天下を創建することも夢ではない。

その思いに気分は高揚し、寒さなど少しも気にならなかった。

「綿入れはいかがですか」

亀姫が両手で広げて肩にかけようとした。

いつの間にか十二単衣から小袖と袿《うちき》に着替えていた。

「いや、もうよい」

頼朝は戸を閉めて火鉢の側に寄った。

夕暮のように薄暗くなった部屋の中で、火鉢の炭だけが赤々と燃えていた。

「さすがに立派な方々でございますね。お話をうかがっているだけで、こちらも大きな気持になって参りました」

「その道の博士ばかりだからな。坂東武者とは頭のできがちがう」

「あのように楽しげな上さまのお姿を拝見したのは、初めてでございます」

「それは妙だな。余はそちといる時が一番楽しそうにしているはずだが」

頼朝は亀姫の肩を抱き寄せた。

「でも、二人きりの時はお顔がよく見えませぬ」

亀姫が頼朝の胸にもたれかかり、すねたように首を振った。

髪に焚《た》き染《し》めた香が匂い立ち、あたりを甘く包んだ。

「ならば今宵《こよい》は、明りを絶やさぬようにいたそうか」

「まあ、恥しい」

「そちの琴は絶品じゃ。お陰でわしも田舎《いなか》住まいと笑われずに済んだ」

「ならば褒美に、今夜はお泊り下さいませ」

「むろんそうする。こんな気持のまま戻れるはずがあるまい」

頼朝は唇を合わせ、脇の下から乳房に手を触れた。

「戻るなどとおおせられては、淋しゅうございます」

亀姫が指先で頼朝の首筋をなぞった。

「余とてそちをここに残していくのは辛い。いつも傍《かたわ》らにいてもらいたいのだ」

「それでは、ここから御所にお通い下されませ」

「無理を申すな。御台《みだい》の気性は存じておろう」

「女子《おなご》とは愚かなものでございます。無理とは分っていても、気持を抑えることができませぬ」

亀姫が大紋の襟許をつかんですがるように身を寄せた。

「そのうち身が立つように計らうゆえ、何も案じることはない。上洛する時には、そちを真っ先に連れて行くと約束したではないか」

頼朝は亀姫を組み敷き、小袖の裾を割って太股《ふともも》に手を触れた。

その時、侍女が戸の外で声をかけた。

「ただ今、御所より急使が参りました。上さまにこの文をお渡し下さるようにとのことでございます」

「何ごとじゃ」

頼朝は亀姫が衣服の乱れを直すのを待って戸を開けた。

侍女が差し出した文には、十幡が刺客に襲われたので至急戻るようにと記されている。

まぎれもなく政子の筆跡だった。

「すまぬ。急用じゃ」

頼朝は供の者に馬の仕度をさせ、鞍《くら》からずり落ちそうになりながら大倉《おおくら》御所へ急いだ。

だが表門にも屋敷内にも変った様子はない。

ともかく頼家の容体を確かめようと奥御殿に入ると、政子の部屋から大姫と頼家が楽しげにじゃれ合う声が聞こえてきた。

杉戸を開けると、二人は夢中で鞠《まり》を転がして遊んでいる。

面倒をみているのは比企の乳母で、政子は床の間を背にして酒を飲んでいた。

「これは……」

何事だと怒鳴りつけようとして、頼朝は言葉を呑んだ。

政子の目に、憎しみとも怒りとも名状しがたい狂気じみた光が宿っていた。

このようなことがつづくなら、二人を道連れにして自害する。今にもそう叫び出しそうだった。

頼朝は魔に魅入られた心地がして、あわてて杉戸を閉めた。

子供たちは何も気付かなかったらしい。

部屋の中からは楽しげな笑い声がいつまでもつづいていた。

第十六章　鶸《ひよどり》　越《ごえ》

一

達多《だつた》は仏の敵《あた》なれど
仏はそれをも知らずして
慈悲の眼《まなこ》を開きつつ
法《のり》の道にぞ入れたまふ

階下で今様《いまよう》を歌う声がした。

端女《はしため》が拭き掃除をしながら口ずさんでいるのだが、芸能を生業《なりわい》とする一族の娘だけに張りのある美しい声である。

源九郎義経は温かい夜着に包まれ、あお向けになったまま耳を傾けていた。

側《そば》では静御前が安らかな寝息をたてている。

長い髪を乱れ箱におさめ、小さな頭を枕にのせて行儀よく眠っていた。

寝返りを打ったり、夜着を乱したりは決してしない。まるで舞いの立ち姿のような整然とした美しさがあった。

三日夜《みかよ》の契りを交わして以来、義経は毎日のように紫雲閣に通い、静と濃密な夜を過ごしている。

時には二度も三度も交わることがあったが、それでも飽きるということがなかった。

愛《いと》おしさが胸の底から湧き上がり、いつまでも触れ合っていたくなる。

こんなことは初めてだった。

義経はこれまで何人もの女と情を交わし、お冴《さえ》とは手に手を取って駆け落ちまでした。

だがそれらの女たちとの交わりにはどこか肉欲の生々しさがあって、翌朝には気《け》怠《だる》さと自己嫌悪を感じることが少なくなかった。

ところが静には、そうしたところがまったくない。

こうして目覚めても身も心も心地よく満たされ、清冽《せいれつ》な気が五体にみなぎってい
るのを感じるばかりだった。
なぜだろう。
なぜ静は他の女とちがうのか。
その理由を知りたくて、夜着をそっとめくってみた。
静は真っ白な小袖をまとい、緋色《ひいろ》の帯を締めている。
胸許《むなもと》は形良く盛り上がり、太股《ふともも》は豊かで、細いが肉付きのいい足がすらりと伸び
ていた。
舞いの修業は、武道と同じほど体力を要する。
静の体が見事な均整を保っているのは、幼い頃から白拍子《しらびょうし》舞いに打ち込んでき
たからである。
かといって筋肉が発達しているわけではなかった。
体付きはあくまでしなやかで柔らかく、しかも内側に強靭《きょうじん》さを秘めている。
その強さは隠所《かくしどころ》の中にもあって、交わるたびに義経を夢心地にいざなうのだっ
た。
「達多《だった》は仏の敵《あた》なれど、仏はそれをも知らずして……」

端女の声は次第に遠ざかっていく。

紫雲閣の者たちは朝寝をしているらしく、あたりは静まりかえっていた。

義経はふと悪戯心《いたずら》にそそのかされ、静の帯に手をかけた。

帯を解き小袖の合わせをめくると、明け方の薄明りの中で裸身がまぶしく浮き上がった。

小ぶりの乳房が固く張り、くびれた腰のまん中にへそが縦長にくぼんでいる。

その下には大人であることを示すようにわずかな翳《かげり》があり、なめらかな太股へとつづいていた。

義経はふいに額《ぬか》ずきたくなった。

この女がこうして自分のものになったことを、神仏に感謝せずにはいられなかった。

気配を察して、静が目を覚ました。

裸身をさらしていることに気付いても、驚くそぶりも見せない。澄みきった目を物問いたげに向けるので、かえって義経の方が気恥しくなった。

「どうしてこんなにお前が愛おしいのか、確かめようと思ってな」

義経ははにかんで言い訳をした。

「そんで、分りましたやろか」

「分らぬ。おおかた神仏でも宿っておるのであろう」

「そんなら夜着をかけておくれやす。寒うてかなしまへんさかい」

静が小袖で体を包もうとした。

義経はその手を押さえた。

「それなら私が温《ぬく》めてやろう。ながめていた間に、こちらも冷え切ったようだ」

夜着ごと静におおいかぶさり、唇を合わせようとした。

「あかしまへん。朝からそないなことをなされては、気を損じますえ」

静は思いがけないほどの力で押し返した。

「私が嫌いか」

「いつご出陣なされるか分らへんのどっしゃろ。そやさかい申し上げとんのどす」

静の瞳には義経の身を案じる真心がにじんでいて、無理強いするわけにはいかなかった。

「都にはいろいろ面倒な仕来りがあって、不自由なことだな」

義経はごろりとあお向けに寝そべった。

静との三日夜のことばかりではない。西国への出陣も仕来りに反するという理由で延期されているので、不満と憤懣《ふんまん》は次第に抑え難くなっていた。

一月二十九日、鎌倉の源頼朝から出陣の命令が下った。

義経はすぐにも兵を発しようとしたが、後白河法皇から待ったがかかった。

二月四日は平清盛の四回忌にあたるので、法要が済むまで待ってやれと言う。

五日は陰陽道《おんみょうどう》でいう西ふさがり、六日は外出することを忌《い》む道虚日《どうこにち》なので合戦を見合わせよ。

結局合戦は七日以後に行なうことになり、源氏の軍勢は二月三日になっても都に留まっていた。

後白河がこれほど出陣を引き延ばすのは、平家が擁している安徳天皇と三種の神器を無事に取り戻すためだった。

ひそかに平家と和議の交渉まで進めている。

それを知らない義経は待ちぼうけを喰《く》らった犬のように苛立《いらだ》ち、静のもとに通うことで気持をまぎらしていた。

「源九郎さま、六条の館《やかた》よりご使者が参られました」

戸の外から磯《いその》禅尼《ぜんに》が告げた。

「誰ですか」

「いつぞやみえられた師岡武蔵守《もろおかむさしのかみ》さまでございます」

武蔵守が直々に来るとは、火急の用にちがいない。

義経は小袖の上に水干《すいかん》を羽織ったちぐはぐな姿で次の間に出た。

「火事場泥棒のような姿でござるな」

武蔵守は手厳しい。

義経が軍　評　定《いくさひょうじょう》にも出ずに紫雲閣に通うことを快く思っていなかった。

「出陣が決ったか」

「その件につき、午《うま》の刻（正午）より評定がござる。此度《こたび》は出ていただかねば、鎌倉殿からどのようなお叱りを受けるか分りませぬぞ」

「出陣せよというのならいつでも出る。これまで気が進まなかったのは、蒲冠者《かばのかじゃ》どのの煮え切らぬ態度が腹に据えかねたからなのだ」

蒲冠者範頼《のりより》は義経の七歳上の兄で、上洛軍《じょうらくぐん》の総大将に任じられている。

だが自分の意見というものを持たず、周囲の顔色ばかりをうかがう凡庸な武将で、これが実の兄かと疑いたくなる。

義経が評定に出たくないのは、範頼につい手厳しく当たって兄弟間の溝を深めることを危惧してのことだった。

六条堀川の館に戻ると、重立《おもだ》った者たちが仏頂面を並べて待ち構えていた。

総大将の範頼、参謀格の武田信義《たけだのぶよし》、信義の子で木曾義仲の討伐に功のあった一条忠頼《ただより》、戦目付の梶原景時《かげとき》、頼朝の腹心土肥実平《どひさねひら》などである。

義経は所用で他出していたことを詫《わ》び、武蔵守とともに席についた。

「今朝、法皇さまより出陣せよとのご指示があった」

範頼がくぐもった声で告げた。

若い頃の喧嘩《けんか》沙汰で前歯を失っている。話す時にそこから空気がもれるので、きわめて聞き取りにくかった。

「全軍摂津《せっつ》に出陣し、生田《いくた》の森の大手よりひた押しに攻めよとのおおせじゃ」

範頼にうながされて、景時が手早く絵図を広げた。

平家は安徳天皇と三種の神器を擁し、摂津の兵庫《ひょうご》に陣を敷いていた。

前は海、後ろは山に守られた細長い平地に、山陽道、南海道の軍勢八万騎を結集し、都に攻め上る構えを見せている。

東の生田の森を大手口、西の一《いち》の谷《たに》を搦手口《からめてぐち》とし、柵を厳重に結い回し、要所には櫓《やぐら》を立てて来襲する敵に備えていた。

兵庫の港には軍船一千数百艘《そう》を並べ、源氏の軍勢が海ぞいの道を攻め寄せて来たなら側面から攻撃する構えを取っていた。

「出陣は早朝。摂津の昆陽野《こやの》で陣容をととのえ、二月七日の未明より攻めかかる」

範頼が軍扇で絵図を指した。

昆陽野から生田の森まではおよそ六里（約二十三・五キロ）、ゆるゆると馬を進めても一日の行程である。

「それでは戦に勝てませぬ」

義経は直感的に見通していた。

平家の陣地は万全の備えをしているので、攻略するのは至難の業である。しかも海ぞいの細い道では源氏が得意とする騎馬を活《い》かせない。

一方の平家は得意の軍船を縦横に使えるのだから、合戦の不利は目に見えていた。

「これは勝つための戦ではない。数万の大軍で平家を威圧し、三種の神器を返還させることを条件に和議を結べとのご下命なのだ」

「それは、鎌倉殿のおおせでしょうか」

「法皇さまのおおせだが、鎌倉殿も同様のお考えを持っておられる」

「戦に敗《ま》けたなら、どうしますか」

不利な合戦を挑んで緒戦に敗れたなら、配下の将兵は蜘蛛《くも》の子を散らすように逃げ散るにちがいない。

一方、平家の都落ち以来鳴りをひそめていた畿内《きだい》の土豪衆は、いっせいに赤旗を押し立てて蜂起するだろう。

その形勢を見て後白河が源氏追討の院宣《いんぜん》を下したなら、東国勢は、木曾義仲と同じ運命をたどることになりかねなかった。

「それに戦が長引けば、兵糧米《ひょうろうまい》を調達する手立てもなくなります。いかに法皇さまのおおせとはいえ、全軍を危うくするような戦はさけるべきでございましょう」

義経の弁舌はさわやかで、言葉はいずれも理にかなっている。

範頼との器量の差は誰の目にも明らかだった。

「では、どうするべきだとお考えでござろうか」

範頼の窮地を見かねて、武田信義が口をはさんだ。

甲斐源氏の重鎮で、富士《ふじ》川の戦いでは平家を側面から攻めて敗走させる働きをした。

その功が認められ、今度の出陣では範頼の後見役をつとめていた。

「搦手の一の谷にも兵を向け、東西から挟み討ちにするべきと存じます」

「お言葉ながら、一の谷は岩山が崖をなした天嶮《てんけん》の地でござる」

一条忠頼が信義の横から口を出した。

瀬田の戦いで義仲を討ち取っているので、ひときわ鼻息が荒かった。

「しかも平家は海ぞいの岩場に城を構えて守りを固めております。たとえ兵を差し向けても、攻め破ることはとうてい叶《かな》いませぬ」

「たとえ攻め破れなくとも、播磨《はりま》から兵糧米を運び入れるのを阻止することができる」

「確かにその通りでござる」

梶原景時が義経の後押しをした。

「されど播磨はすでに平家に制されております。明石《あかし》や垂水《たるみ》に陣を取れば、我らが挟み討ちにされかねませぬ」

「ならば、私にお任せいただきたい。一万ばかりの兵を引き連れ、見事に役目を果たしてご覧に入れよう」

そう申し入れたが、範頼は許そうとしなかった。

自由にさせてはどんな暴走をするか分らないと危ぶみ、信義に身を寄せて何事かをささやき合うばかりである。

その優柔不断ぶりが腹立たしく、義経はそれ以上物を言おうともしなかった。

二

二月四日の早朝、都に駐留していた東国勢は平家討伐のために出陣した。

範頼を総大将とする大手の軍勢は、鳥羽口《とばぐち》を出て山陽道を摂津へ向かった。武田信義、一条忠頼、梶原景時、畠山重忠《はたけやましげただ》ら、総勢五万余騎の大軍である。

同じ頃、義経ひきいる搦手の軍勢は、丹波口《たんばぐち》を出て山陰道を西へ向かった。丹波篠山《ささやま》、小野原《おのばら》を経て、三木《みき》、明石へと南下し、一の谷の西口へと向かう大迂《う》回《かい》作戦である。

従うのは安田義定《やすだよしさだ》、土肥実平、和田義盛《わだよしもり》、熊谷直実《くまがいなおざね》ら一万余騎で、いずれも坂東屈指の強兵《つわもの》ばかりだった。

丹波口から一の谷への迂回路は、鳥羽口から生田の森へ向かう道の倍以上の距離がある。

二月七日の卯《う》の刻（午前六時）の総攻撃にそなえるためには、六日の夜半までには一の谷の搦手口に到着しておかねばならなかった。

義経はいつものように全軍の先頭に立ち、栗駒《くりこま》の健脚にものを言わせてまっしぐらに駆けた。

敵を目前にし、風を切って疾走していると、奥州で野馬追いをしていた頃のことを思い出す。

まるで体に翼が生えて、天まで駆けていくような爽快感があった。

丹波の小野原に着いたのは戌《いぬ》の刻（午後八時）だった。

都からの二十里（約七十八・五キロ）の道を一日で走破する強行軍である。

だが武将たちもこのことを見越し、屈強の騎馬武者ばかりを引き連れている。半《はん》刻《とき》（一時間）のうちには全軍が勢をそろえた。

あたりはすでにとっぷりと暮れていたが、幸いにも春の月が野山を薄明るく照らしている。

義経は伊勢三郎を呼び、配下の者たちを物見に出して周囲の地形と敵のありかを探らせた。

三郎の一族は鈴鹿《すずか》峠にひそんで山賊を生業としてきただけに、物見などお手のものである。道なき道を猿《ましら》のごとく走り回り、一刻（二時間）もしない間に四方の状況を正確につかんできた。

「丹波から播磨へ抜ける道の両側には、山が迫っております。東側は御嶽《みたけ》山、西側は三草《みくさ》山と申します。この三草山の西の口に、平家の軍勢三千ばかりが夜陣を張っております る」

三郎が軍評定の場で報告した。

鍾馗《しょうき》様のようなひげを生やした丸い顔に、これくらい朝飯前と言いたげな得意の笑みを浮かべていた。

「御嶽山といえば、平家ゆかりの寺があったな」

「清水《きよみず》寺と申します。この寺には五百ばかりの僧兵がいるようでございます」

「平家はその僧兵とひとつになり、我らを待ち伏せようとしているのだな」

三草山と御嶽山に陣を張って、播磨への進撃を阻止しようとしたのだろう。だが、義経らの動きが予想以上に速かったために一日の遅れを取ったのである。

「土肥どの、この戦をいかがなされまするか」

義経が珍しく意見を求めた。

「敵がこちらに気付かぬうちに、夜襲をかけるべきと存ずる」

土肥実平は相模《さがみ》国の土肥郷を領する土豪で、石橋山《いしばしやま》合戦で敗れた頼朝を下総《しもうさ》に脱出させる働きをした。

それ以来頼朝に信頼され、一手の大将に任じられるほど重用されていた。

「安田どのはいかがですか」

「土肥どのと同じでござる。明後日の夕刻までに一の谷に着くためには、先を急がねばなりますまい」

安田義定は甲斐武田家の始祖義清《よしきよ》の四男で、武田信義の義弟に当たる。

木曾義仲が上洛した際には、駿河《するが》、遠江《とおとうみ》の源氏をひきいてこれに呼応し、平家を都から追い落とす働きをした。

ところが義仲と対立したために領国に戻り、鎌倉の頼朝に属していた。

「さすがは歴戦の強兵《つわもの》だけあって、見事なご才覚でございます。それではしばらく人馬を休め、丑《うし》の刻（午前二時）を期して出陣することといたしましょう」

義経が告げると、武将たちは仕度のためにそれぞれの陣所に引き上げていった。

「何やら企《たくら》んでおられまするな」

武蔵守が焦臭《きなくさ》い顔をした。

いかに相手が頼朝の信任を得た者たちとはいえ、何か理由がなければ義経がこれほど下手《したて》に出るはずがなかった。

「私ももう二十六になる。少しは分別を身につけたということだ」

義経は都を出た時からひそかな企みを胸に秘めていたが、武蔵守にさえ明かそうとはしなかった。

五日の丑の刻、源氏の軍勢は夜陰をついて出陣した。

平家が夜営している三草山の西のふもとまでは三里（約十二キロ）の距離がある。

夜半から空が曇り、闇は一段と深くなっていたが、敵の物見に気付かれることを避けるために松明《たいまつ》も灯《とも》さずに行軍した。

馬は夜目が効く。

人の目も夜慣れしているうちに闇の底まで届くようになる。

しかも道はなだらかな下り坂なので、松明など灯さなくても何の不自由もなかった。

先陣は実平、二陣は義定、義経は精鋭五百騎を従えて三番手につけていた。

三里の道を一刻ほどで踏破すると、前方に細長くかがり火がつづいていた。

平家の軍勢が、道ぞいに長く延びて夜営をしている。

夜営をする時には小高い場所を選び、周囲に柵をめぐらすのが鉄則だが、敵が現われるとは夢にも思っていないようで、野辺歩きに出た牛のように道ぞいの田畑に寝そべっていた。

「さて、どう料理しますかな」

実平が馬を返して問いかけた。

「大松明を灯しますゆえ、しばらくお待ち下され」

義経は伊勢三郎に周囲の民家に火を放つように命じた。

これは明りを取るためばかりではない。

夜営の際には大将格の者たちは民家を没収して宿所とするので、これを追い出すためだった。

山賊上がりの者たちが手早く四方に散り、夜営地の周囲に火を放った。

火は平家の軍勢を包囲する形に燃え上がった。

時は寅《とら》の刻（午前四時）。

人の眠りがもっとも深くなる頃である。

兜《かぶと》を枕にし、夜営用の布をかぶって寝ていた平家の軍勢は、何が起こったか分らず、右往左往するばかりだった。

闇の中で強い光を見ると、目はかえって視力を失う。

まるで盲《めしい》た者のように手さぐりで弓や刀を捜しているが、弓は弦《つる》をはずし、鎧《よろい》は脱ぎ置いたままだった。

その様子が炎の輪の中に浮かび上がり、義経らの位置から丸見えになった。

「しからば、参る」

実平が突撃の法螺貝《ほらがい》を吹かせた。

先陣の五百騎が地響きをたてて敵の真っただ中へ突っ込んだ。

しばらく間を置いて、二段目の五百騎がつづいた。

平家の軍勢は、戦う構えを取ることさえできなかった。

弓も鎧も投げ捨て、裸馬にしがみついて南へ逃げ去った。

馬を持たない者たちは、左右に散って山の中に逃げ込もうとした。

「皆の者、左右に分れて山際の道を取れ」

義定が手勢を二手に分け、山へ走り込もうとする者たちの行手をふさいだ。

逃げ場を失った者たちは刀や長刀《なぎなた》をふるって血路を開こうとするが、騎馬武者に馬上から斬り付けられて次々に討ち取られていった。

勝敗はすでに決している。

だが義経は兜首《かぶとくび》のひとつも取って軍神《いくさがみ》の生《い》け贄《にえ》にしようと、馬廻《うままわ》り衆百騎ばかりを引き連れて平家の騎馬隊を追った。

道は途中から西へ折れて、広々とした河原へ出た。

高砂《たかさご》の浜へとつづく加古《かこ》川である。

あたりはうっすらと明け初め、水の面《おもて》がほの白く浮き上がっている。

川ぞいの道をしばらく走ると、前方に三十騎ばかりが馬を休めていた。

ここまで来れば大丈夫と思ったのか、馬に水を与えて息をつかせている。

乱れた鎧をととのえるために、従者に高紐《たかひも》を結び直させている者もいた。

薄闇の中でもきらめくほどの鍬形《くわがた》を打った武者が多いので、名のある大将の一団にちがいない。

義経は野馬の群を見つけたように雀躍《じやくやく》し、栗駒の鐙《あぶみ》を蹴って一直線に敵に迫った。

追手に気付いた平家の者たちは、大慌てで逃げ出した。

相手は一騎だというのに、戦う構えさえ見せずに一目散に南へ走っていく。

「搦手の大将、源九郎義経でござる。我と思わん方は、馬を返して勝負を挑まれよ」

義経は西国言葉で呼びかけたが、誰も馬を返す者はいない。

騎馬戦においては源氏には敵《かな》わないと観念したような、見栄も外聞もない逃げっぷりだった。

義経は猛然と追いすがり、最後尾を遅れがちに走っている騎馬武者の前に回り込んだ。

栗駒の大きさに気圧《けお》された相手の馬は、とたんに戦意を失って足を止めた。

馬上の鎧武者は転げ落ちまいとして鞍《くら》の前輪《まえわ》にしがみついた。

その隙に義経は相手に飛びかかり、あお向けに組み落とした。

それに気付いた平家の二騎が、取って返して助けようとした。

だが、師岡武蔵守ら馬廻り衆が続々と後につづくのを見ると、馬首を転じて走り去った。

義経は組み落とした敵に馬乗りになり、両ひざで鎧の袖を押さえつけた。

兜の目庇《まびさし》を上げて顔を見ると、三十歳ばかりのふくよかな顔をした男である。

顔にうっすらと化粧をし、歯には黒く鉄漿《かね》をぬっていた。

「源九郎義経でござる。氏素姓を名乗られよ」

「嫌や。わしの名を知りたければ、首実検の場に出したらええ。都の者《もん》ならみんな知っとるはずや」

男が甲高い声でわめいた。

武士というにはあまりに弱く、死の恐怖におびえきっていた。

義経は急に哀れになり、刀を納めて立ち上がった。

「この場はお助け申し上げる。平家の陣所に戻られたなら、早々に降伏して三種のご神器を返納するよう伝えられよ」

相手は取り落とした刀を拾おうともせずに逃げ出した。

平家がこれほど弱いとは、思いも寄らぬことだった。

三

その日の夕方、播磨の三木に着いた。

ここから一の谷の西口に出るには、明石まで下って海ぞいの道を東へ向かう。

およそ八里（約三十一・四キロ）の距離で、もはや平家の本陣は指呼《しこ》の間にあった。

義経は陣所に安田義定や土肥実平を招き、ねぎらいの酒を酌み交わした。

「お二方の働きのお陰で、平家との緒戦に勝つことができました。このような時ゆえ何の仕度もできませぬが、酒《ささ》など飲んで英気をやしなっていただきたい」

賓客《ひんかく》をもてなすように酌をして回った。

錦の直垂《ひたたれ》を着て小具足をつけた義経の姿は、華やかで気品に満ちている。

鎌倉でも衆望を一身に集めていた御曹子《おんぞうし》が手ずから酌をするのだから、義定も実平も大いに気を良くしていた。

「これはかたじけない。御大将にこのようなことをしていただくとは、生涯の思い出にござる。のう、土肥どの」

「さよう。大手の者どもに話せば、さぞうらやましがることでございましょう」

勝ち戦の後の酒はひときわ旨《うま》い。

二人は互いの戦ぶりや平家の弱さについて語りながら、上機嫌で盃《さかずき》を重ねた。

「ところで明日のことですが」

義経は用意の絵図を床に広げた。

「夜明け前にここを出て明石まで下り、垂水に陣を構えて七日の合戦に備えるべきと存じます」

これは予定の行動なので、二人にも異存はない。

盃を手にしたまま、身を乗り出して神妙に絵図をながめていた。

「ただし、垂水から一の谷に向かう道は狭く、大軍で攻め込むことはできませぬ。それゆえ全軍を垂水に向けるより、二手に分けるべきと存じまする」

「二手に分けて、別の口から攻めるということでござろうか」

途端に義定が用心深い顔をした。

今度の合戦の第一の目的は、東西から平家を圧迫し、三種の神器の返還に応じさせることである。

義経がそれに反して先走らないように監視するのが義定の役目なのだから、ひときわ慎重になっていた。

「三千ばかりをこの地に残し、平家が垂水の身方を挟み討ちにした場合に備えるのです。それに兵糧米や薪《たきぎ》を確保しておかねば、長期の対陣はできますまい」

「確かにその通りじゃが」

実平も首を傾《かし》げて考え込んだ。

「垂水には私が向かいます。お二方はここに残り、後詰《ごづ》めをしていただきたい」

「とんでもない。御大将を先陣に出しては、我らが笑いものになりまする」

「さよう。臆病者などとそしられては、鎌倉殿に対して面目が立ち申さぬ」

二人は口をそろえて反対し、先陣は我らがつとめると言い張った。

義経はしばらく難色を示してから、

「それでは仕方がありません。後詰めは私がつとめることといたします」

いかにも不本意だというそぶりで応じた。

二人が明朝の出陣に備えて意気揚々と引き上げた後、伊勢三郎と師岡武蔵守を呼んだ。

三郎は義経らが平家と戦っている間に敵状をさぐっていた。

「平家は一の谷の断崖に砦《とりで》を構え、波打ち際には大岩を並べて行手をはばんでおります。あれでは攻め破ることはできますまい」

三郎は筆を取り、絵図の上に平家の防御線を書き加えた。

「馬は通るか」

「断崖の高さは十丈（約三十メートル）ばかりもあります。馬どころか人が登ることさえ難しゅうございましょう」

「山側はどうだ」

「ここから志染川《しじみ》をさかのぼり、山をひとつ越えれば明石川に出ます。この川の上流の木見《こうみ》峠を抜ければ、敵の本陣に攻めかかることができまする」

三郎が明石川と木見峠を書き加えた。

彼らの働きのお陰で絵図は次第に詳細になり、義経の頭の中で地形がはっきりと像を結んでいった。

「峠の備えはどうじゃ」

「陣を構えてはおりませんが、山を下った所に二重の柵をめぐらし、三千ばかりの兵が守備についております」

「やはり、そうか」

平家の備えは万全で、武器や兵糧の蓄えも充分にある。

三種の神器をはばかって長期の対陣となれば、身方が日に日に不利になることは目に見えていた。

こうした状況を打開するには、山側からの奇襲攻撃によって一気に決着をつけるしかない。義経は一の谷へ迂回すると決った時からそう考え、義定や実平を遠ざける機会をうかがっていたのだった。

「明朝我らも出陣する。五百騎ばかりを選《え》りすぐってそろえておけ」

「それでは法皇さまの院宣にそむくことになりましょう」

武蔵守が即座に異を唱えた。

「要は勝つことだ。法皇さまにふり回されて戦の利を失っては、義仲どのの二の舞いになりかねぬ。それにご神器は平家にとっても大事な宝だ。戦にまぎれて失うことはあるまい」

「されど、たった五百騎で平家に勝てましょうか」

「我らは相手の急所を衝《つ》いて混乱させればよい。さすれば大手と搦手の身方が、堰《せき》を切ったように敵陣になだれ込むはずだ」

翌朝未明、義定と実平が七千の軍勢をひきいて明石へ向かった。

その足音が遠ざかるのを待って、義経は五百騎を引き連れて陣所を抜け出した。供をするのは奥州平泉から付き従って来た者たちと、畠山重忠、和田義盛、熊谷直実、佐々木高綱ら、一騎当千の強兵《つわもの》ばかりである。

平家の物見に気付かれぬよう、旗指物《はたさしもの》を身につけず、蹄《ひづめ》の音を抑えるために馬《うま》草鞋《わらじ》をはかせていた。

一行は志染川ぞいにさかのぼり、東西につづく山の尾根を越えて明石川へ出ようとした。

明石川の上流にある木見峠を越えれば、兵庫まではなだらかな道がつづいている。敵は二重の柵を築いているというが、夜の間に干草を積み上げて焼き落とし、一直線に敵の本陣に攻めかかるつもりだった。

ところが、いきなり大きな困難に直面した。

志染川から明石川に出るにはシブレ山の西側の尾根を越えなければならない。ところが道が急な上に雑木林が密生しているので、馬では通り抜けられなかった。

三郎の配下はいずれも徒兵《かち》で、我が庭のように山を走る者たちなので、馬のことまで考えが及ばなかったのである。

「まことに面目なき次第にござる。ただ今、この先の道を探らせておりますゆえ、しばらくお待ち下され」

三郎は平蜘蛛《ひらぐも》のようにひれ伏して不始末をわびた。

「ちょうど腹ごしらえの時刻じゃ。その間に道を捜してくればよい」

義経は全軍に休息を命じた。

陽《ひ》はまだ頭上にある。目的地まではあと三里ほどなのだから、迂回路をたどっても夕方までには着けるはずだった。

幸い野山には春の草が芽吹いている。

馬に水と草を充分に与え、腰兵糧を使ってから、再び川ぞいの道をたどり始めた。

シブレ山の東側の尾根は西側よりなだらかだった。

杣人《そまびと》たちが薪や炭を運ぶ道がある。そこを越えて木見峠に向かうことにした。

ところが尾根は無事に越えたものの、一刻《とき》以上歩いても明石川とおぼしき所には出なかった。

あたりには丈の高い木がうっそうと生い茂り、景色どころか空さえも見えない。

杣人の道も途中から獣道のように細くなり、どちらが南かも分らなかった。

「しばし、お待ち下され」

三郎が近くの大木に登り、枝を打ち払って太陽の位置を確かめた。

「南はあちらでござる。前方に見える高い山の西側が木見峠でございましょう」

そうと分ったものの、雑木林の中をしばらく進むと再び方向を見失った。

陽は走るように西に傾いていく。

義経らは次第に焦り始めた。

「御曹子どの、深山《みやま》で道に迷うた時には、老馬《おいうま》を先に追っ立ててゆけと父が申しておりました。必ず道に出るそうでございます」

別府《べっぷ》の小太郎《こたろう》という若武者が注進に及んだ。

「父の教えを忘れぬとは殊勝じゃ。戦場にてもその心掛けを忘れるな」

義経は大いに誉《ほ》めてやったが、その方法は使えなかった。

道を捜して里に出る時には老馬は役立つが、木見峠への道を教えてくれるわけではない。

義経は全軍に休止を命じ、山の音に耳を澄ませた。

風にざわめく梢《こずえ》の音や鳥のさえずる声に混じって、二人連れの足音がする。

並みの者には聞きとれないかすかな音だが、天性の五感が鋭くそれをとらえていた。

義経は大地に伏せて耳を当てた。

足音は南から聞こえてくる。

一人の足音はひどく重く、もう一人は軽い。荷を背負った大人と子供の二人連れだった。

「三郎、南へ走れ。二人連れが歩いているはずだ」

三郎はまさかという顔をしたが、すぐに五、六人の手下とともに駆け出した。

戻った時には、二人の猟師を連れていた。

一人は大柄の男で、獲物の猪《いのしし》を背負っている。

もう一人はひょろりと背の高い少年で、弓を二張り持っていた。

「御曹子どののお言葉通りでござる。五町（約五百五十メートル）ばかり先でこの二人と行き合い申した」

三郎にうながされ、二人は怖る怖る義経の前に控えた。

「お前たちはこの山に住んでおるのか」

「住まいは鷲尾《わしお》の庄でございまするが、このあたりに狩りに参ります」

粗末な形《なり》をしているので山賤《やまがつ》かと思いきや、武士の物言いをする。

腰には二尺（約六十一センチ）ばかりの刀を帯していた。

「見事な獲物だが、弓矢で仕止めたか」

義経はまずそのことに興味を覚えた。

男は無雑作に背負っているが、四十貫（約百五十キロ）はありそうな大物である。半開きにした口から猛々《たけだけ》しい牙をむき出していた。

「さよう。倅《せがれ》が一の矢をつけ、それがしがとどめの矢を射込み申した」

「我らも平家という大物を狙っておるが、道に迷って難渋しておる。木見峠への道を教えてもらいたい」

「峠ははるか西でござる。今からでは日暮れまでに着くのは無理でございましょう」

山中をさまよい歩いているうちに、目標よりずっと東にそれていた。

「それでは、ここはどのあたりなのだ」

義経は絵図を示した。

「高尾《たかお》山の西側、おそらくこのあたりだと存じまする」

男が絵図を指し示した。

手が猪の血で汚れているので、絵図の上に赤い印がついた。

「見ての通り、我らは源氏の軍勢だ。平家の陣所に攻め込める場所があれば案内してもらいたい」

「あいにく、この獲物を里まで運ばなければなりませぬゆえ」

「それは我らが買い上げて軍神《いくさがみ》に捧《ささ》げよう。聞き分けてくれねば、その方らも血祭りに上げねばならぬ」

義経は奥州から持参した砂金の袋を差し出した。

それでも応じぬとあれば、口を封じるために斬り捨てるしかなかった。

「承知いたした」

男はしばらく考えてから、猪をどさりと地面に投げ落とした。

「これから二里ほど先に、鵯越《ひよどりごえ》という所がございます。平家の本陣の真裏にあたりますが、険しい崖となっておりますので馬で下りるのは無理と存じまする」

それでもいいなら案内するという。

「その崖は鹿は通うか」

「通いまする。春になれば丹波の鹿がこの道を通って印南野《いなみの》の草場に向かいますので、我らも何度か待ち伏せしたことがございます」

「ならば馬とて下りられぬことはあるまい」

二人の案内で高尾山の西の尾根に上がり、鵯越へと向かった。

雑木林の枝を打ち払い、行手をはばむ葛《かずら》を切り払いながらの行軍で、思いのほか時間がかかる。

ようやく森を抜けて広々とした岩場に出た時には、日はとっぷりと暮れていた。

「ここが鵯越でござる。こちらにお進み下され」

男が馬の口輪を取って崖の際まで進んだ。

眼下におびただしいかがり火が焚《た》かれていた。

漆黒の闇の中に、数千とおぼしき火が点々と連なっている。

一の谷から生田の森までつづく平家の陣所だった。

中でもひときわかがり火が多いのは、兵庫の港のあたりである。

岸ばかりか洋上にも光が固まっているのは、平家の軍船がもやっているからだった。

義経は息を呑《の》み、馬を下りて立ち尽くした。

父義朝の仇《かたき》が目の前にいる。

幼い頃からの平家打倒の悲願を、ようやく叶えられる所までこぎつけたのだ。

「武蔵守、見よ」

腹の底からふつふつと歓《よろこ》びがわき上がり、全身が感動に粟立《あわだ》っていた。

「まことに見事なながめでござる。よくぞここまでご辛抱なされましたな」
幼い頃から守役《もりやく》として仕えてきた武蔵守は、義経の苦労は誰よりもよく知ってい
た。
「この下の守りは隙だらけだ。道に迷ったことが、怪我《けが》の功名となったようだな」
こんな険しい崖から攻めて来るとは思っていないのか、この方面には守備の陣さ
え築いていていない。
眼下にはかがり火が一本もなく、黒い闇がぽっかりと口を開けていた。
耳を澄ますと、遠くから波の音が聞こえてきた。
さざ波が同じ間合いで岸に打ち寄せ、波のくだける音を残して引いていく。
(天よ、ご照覧あれ)
義経はここまで導いてくれた神仏に感謝をささげ、明日の合戦に思いを馳《は》せた。
あの敵陣に真っ先駆けて斬り込むと思うと、気持が逸《はや》って体が小刻みに震えだす。
これが武者震いというものかと思いながら、蕨手刀《わらびでとう》の柄《つか》を固く握りしめていた。

第十七章　平家敗走

一

馬を引き出す気配がして、源九郎義経は目を覚ました。

夜はまだ明けきっていない。

夜露をさけて森の中で野営しているものの、春先の明け方の冷え込みは厳しく、母衣《ほろ》をかぶっていても寒いほどだった。

森の中には五百余の家臣たちが思い思いの姿で眠っていた。

木の幹によりかかり片膝を立てている者もいれば、兜《かぶと》を枕にして長々と寝そべっている者もいる。

昨日の強行軍がさすがにこたえたらしい。今日の大戦《おおいくさ》など忘れたように深々と寝入っていた。

義経は地面に耳を当てた。

馬を引き出した者たちが、足音をひそめて遠ざかっていく。

抜け駆けの功をねらっているのか、鵯越《ひよどりごえ》の坂など馬では落とせぬと見て逃げ出したのか。

いずれにしろ騒ぎ立てるほどのことではない。

平家との決戦を前に勝手の振舞いをする慮外者《りょがいもの》を引き止めるより、無二の忠節をつくそうとする者たちをぐっすりと眠らせておきたかった。

もう少し眠っておこうと頭から母衣をかぶったが、気持が高ぶって眠れなかった。

平家の軍勢がこの崖の下にいる。

夜が明けたなら、父の仇《かたき》と刃《やいば》を交えることになる。

その興奮と緊張に、目は冴《さ》えていくばかりだった。

義経は横になったまま、鞍馬寺に入れられた日のことを思い出した。

父義朝が平治の乱に敗れて無念の死をとげたのは、義経が生まれた翌年のことだ。

その後、母常盤《ときわ》が仕えていた九条院《くじょういん》（藤原呈子《しめこ》）の御所で養育されたが、六歳の頃に僧となるべく鞍馬寺に預けられた。

義経はこの日のことをはっきりと覚えている。

鞍馬寺に向かう前に、御所の大きな寝殿で髪を落とされた。

普通、稚児は有髪のまま寺に入る。だが義経を出家させよという平家の要求が厳しかったために、こうした措置が取られたのだった。

寝殿には近衛《このえ》天皇の中宮だった九条院を始め、女御《にょうご》たちがずらりと並んでいた。

その中を頭巾を目深にかぶった男が進み出て、義経の前髪を小刀で剃《そ》り落とした。

あれはどこかの高僧だろうと思い込んでいたが、あるいは後白河だったたかもしれない。

義経の出家に当時の上皇が導師をつとめるとは常識では考えられないことだが、上洛《じょうらく》して初めて後白河に会った時からそんな気がして仕方がなかった。

常識はずれといえば、義経に対する九条院の処遇も尋常ではなかった。

いかに母が九条院に仕えていたとはいえ、天皇の中宮だった人が我子のように義経を養育してくれたのである。

お陰で何ひとつ不自由のない暮らしをしていただけに、鞍馬寺に送られることがひときわ切なく、腹に力が入らないようなやる瀬なさにとらわれた。

平家の赤旗をかかげた二百騎ばかりが御所の門前に待ち構え、牛車《ぎっしゃ》の前後を警固して寺へ向かった。

折しも雪の降りしきる日で、都大路は雪に白くおおわれていた。

寺の大屋根にも町屋の板屋根にも雪がつもり、淋《さび》しさと心細さはたとえようもない。

車を引く牛に雪がふりかかり、背中から白い湯気が立ちのぼった。

鞍馬山に入る頃には車輪が半ばまで埋れるほどの積雪で、やむなく輿《こし》に乗りかえた。

あの日から十年、義経は鞍馬寺で仏門の修行を強いられたが、僧になる気はまったくなかった。

仏道より武道に、仏典より兵法の書に親しみ、平家を倒して父の仇を討つことを夢見ていた。

（その日が、ついにやって来たのだ）

義経は脇に置いた蕨手刀《わらびでとう》を引き寄せた。

再び馬の足音がした。

十騎ばかりが抜け出して西の方へ向かっていく。

この暗がりでは馬を引くのも容易ではなく、木の枝を荒々しくかき分ける不遠慮な音がする。

不意の闖入者《ちんにゅうしゃ》に驚いた鳥が、けたたましい羽音をたてて飛び立った。

「抜け駆けでござるな」

隣で横になっていた師岡武蔵守《もろおかむさしのかみ》が、むくりと体を起こした。

「戦は数でするものではない。好きにさせておけ」

あたりはようやく明け初《そ》め、木々の間から薄明るい空が見えた。

義経は弾《はじ》かれたように立ち上がり、鵯越の崖の際まで走り出た。

崖は想像していたよりはるかに険しかった。

高さは二十丈（約六十メートル）ちかくもあり、ほぼ垂直に切り立っていた。しかも上半分は岩場で、中腹あたりで庇《ひさし》のように突き出して壇になっている。下がどうなっているかも分らなかった。

その岩場の下には、平家の御殿が軒を連ねていた。

かつて平清盛が福原《ふくはら》を都としていた頃の建物が十数棟ほど残っている。平家はその建物に手を加え、一門の宿所としていた。

御殿の四半里（約一キロ）ほど先に兵庫の港があり、大型の軍船十数隻が停泊している。中型や小型の船は数えきれないほどで、波打ち際はびっしりと船に埋めつくされていた。

東の生田の森、西の一の谷には堅固な陣地を築いているが、崖の下は隙だらけで、見張りの兵さえ置いていなかった。

「確かにここから攻めかかれば、敵の不意をつくことができましょうが、馬で下りるのはちと難儀でござるな」

武蔵守が及び腰で下をのぞき込んだ。

「鹿が通うのなら、馬が通えぬことはあるまい」

義経は伊勢三郎を呼び、馬が下りられそうな道を捜すように命じた。

三郎は手早く腰に綱を巻き、他の端を木に結びつけてやすやすと崖を下りていった。

中腹の壇になった所まで下り、右に左に移動しながら崖の様子を確かめていた。

やがて綱を伸ばして岩の下に姿を消した。

「御曹子《おんぞうし》どの、抜け駆けでござる」

佐藤継信《つぐのぶ》、忠信《ただのぶ》兄弟が報告に来た。

「熊谷直実《なおざね》どの、平山季重《ひらやますえしげ》どのが家の子郎党をひきいて陣を抜けておられます」

「抜けたのは二十騎ばかりであろう」

「お気付きでございましたか」

「夜明け前に、馬の足をしのばせて出て行く者があった。熊谷、平山とは意外だが、あの者たちなら敵に臆して逃げたのではあるまい」

ここから崖を下りるのは無理だと見て、木見峠《こうみ》から兵庫へつづく道に出ようとしたにちがいなかった。

「いかがいたしましょうか」

「人はそれぞれ己れの信じるやり方で戦えばよい。好きにさせておけ」

義経は全員を起こし、今のうちに腰兵糧《こしひょうろう》を使っておくように命じた。

やがて伊勢三郎が綱をたどって上がってきた。

「あの岩場の下は草の生えた土の斜面となっております。あそこまでは何とか下りられましょうが、その先は空でも飛ばねば無理でございます」

岩場を登るのに難渋したらしく、三郎が肩で息をついた。

「御曹子どの、我らも木見峠に回った方が得策ではござるまいか」

馬が不得手な武蔵守が、こわごわと崖をのぞき込んだ。

小石をひとつ蹴ってみると、岩場をはねるように転げ落ち、壇の下へ消えていった。

義経は鎧《よろい》をぬぎ、三郎の綱を借りて崖を下りてみた。

岩が所々突き出して階段のようになっている。

馬の足の運びさえまちがえなければ下りられないことはなかった。

どの岩をどう踏ませるか手綱さばきを考えながら、中腹の壇になった場所まで下りた。

馬三頭をつなげるほどの広さがある。

壇の下が大きくくぼんでいるので、三郎が言った通り空を飛ばなければ下りることはできなかった。

壇の下が岩場ばかりなら、下りることは不可能だった。

だが幸いなことに、三丈（約九メートル）ばかり下からなだらかな草地となっている。ここから飛んで馬を滑らせれば下りられないことはない。

岩場の先から身を乗り出して見当をつけていると、西の方で合戦の始まりを告げる喚声が上がった。

木見峠のふもとである。

陣を抜け出した熊谷や平山が、合戦開始と定められた卯《う》の刻（午前六時）を待たずに先陣の功をねらったらしい。

それにつづいて、生田の森でも合戦が始まった。

河原太郎、次郎の兄弟が平家の陣に飛び入り、それに誘われた梶原景時《かげとき》の軍勢が後を追って攻め入ったのだった。

時を同じくして東西で上がった喚声を聞きながら、義経は綱をたぐって軽々と崖を登った。

崖の際には武者たちが身を乗り出してのぞき込んでいる。

兜の下の顔は、いずれも緊張に強張《こわば》っていた。

「突き出した岩場まで下り、ひと息に飛べばよい。裸馬を落としてみるゆえ、馬の足の運びを目に焼きつけておけ」

替え馬の中から身軽そうな雌馬を選び、崖の際から押し出してみた。

馬にも雄雌の差はある。

雌馬でも下りられるならと雄馬を奮起させようとしたが、黄瓦毛《きがわらげ》の馬はあえなく足を踏みはずし、断末魔のいななきをあげながら崖を転がり落ちた。

一騎当千といわれた坂東武者たちが、青ざめた顔を見合わせて黙り込んだ。

裸馬さえ下りられないのなら、二十貫ちかい鎧武者を乗せた馬が下りられるはずがない。そう決め込んで、義経に従った我身の不運を呪っていた。

義経は栗毛《くりげ》の雄馬を引き出し、もう一度落とすことにした。

「今度はこれをつけてみよ」

遮眼帯の役目を果たす馬面《ばめん》をつけさせた。

馬は自分の影にさえおびえる臆病な生き物である。

雌馬が転落したのは、足がすくんだためだと察し、馬面をつけて馬の恐怖心をやわらげようとした。

馬面をつけて崖の際まで押し出してみると、栗毛はたじろぎもせずに岩場を駆け下り、壇の上に立ってぶるりと身震いした。

その時、空を切る数百本の鏑矢《かぶらや》の音がして、東西から地を揺るがして喚声が上がった。

卯の刻を期して、生田の森と一の谷で源平両軍が激突したのである。

総勢十数万にも及ぶ軍勢の喚声が、地鳴りのように義経らの足許《あしもと》まで迫ってきた。

「皆の者、心して聞け」

義経は兜のかわりに額金《ひたいがね》を巻き、小具足姿で家臣たちの前に立った。

「この崖は鎧を着ては下りられぬゆえ、この場で八幡大菩薩《はちまんだいぼさつ》にささげて勝利を祈願する。神仏は我らの戦ぶりをご照覧あらせられ、必ずや果報をもたらして下さるであろう」

金の前立てをした兜と赤糸縅《おど》しの鎧を、うやうやしく崖の際に置いた。

「だが無理強いはせぬ。手綱さばきに自信のない者は木見峠に向かい、熊谷、平山と一手になるがよい」

その言葉が終らぬうちに、武蔵守と佐藤兄弟が黒革縅しの鎧を並べた。奥州から付き従ってきた馬廻《うままわ》り衆が次々と後につづいた。

これを見ては坂東武者も黙ってはいられない。

「方々《かたがた》、雑作《ぞうさ》もなきことでござる。我らが在所《ざいしょ》においては、烏《からす》一羽、鹿一頭を追う時でさえこのような崖を飛び回っており申す。朝夕慣れ親しんだ馬場と思えば、馬を落とすことなどた易《やす》きことでござるわい」

三浦《みうら》の十郎義連《よしつら》がからからと打ち笑い、鎧兜を持って崖の際に進んだ。

他の者たちも遅れじとそれに従った。

それでも尻ごみする者はいて、百五十騎ばかりが木見峠に向かって馬を返していった。

残ったのは三百騎ばかりだが、敵の意表をつくには充分の人数だった。

義経は純白の母衣《ほろ》を背中にかけて栗駒《くりこま》にまたがった。

厚手の絹で作った母衣は後ろ矢を防ぐ役目をする。

鎧を着ていないので、布一枚に命を託すほかはなかった。

「では、参る。この義経の手綱さばきを手本とせよ」

義経は勢い良く鐙《あぶみ》を蹴った。

馬面で顔をおおった栗駒は、怖《おそ》れる気色《けしき》もなく崖に向かって飛び出した。

義経は両足で馬の胴をはさみつけ、鞍《くら》の前輪《まえわ》につかまって、栗駒の動きに身を任せた。

背中の母衣が風をはらみ、天に向けて大きくひるがえっている。

その姿はまさに天馬が空を行くようだった。

二

岩場が壇をなしている所まで、義経は一気に駆け下りた。

先に落とした栗毛が、馬面をつけたまま所在なげに立ち尽くしている。

下に行くことも上に引き返すこともできず、どうしたものかと途方にくれていた。

「よくやった。栗駒に付いて来い」

義経はひと声かけると、壇の上から宙に飛んだ。

両手の手綱をきつく絞ると、栗駒は竿立《さおだ》ちになった姿勢のまま下に落ち、後ろ足で斜面に着地した。

幸い地面には春の草が生えて、衝撃をやわらげる。

栗駒はしばらく尻餅《しりもち》をついたまま斜面を滑り、前足を地につけて体の均衡を保った。

こうして四つん這《ば》いになればしめたもので、下まで流れ落ちに落ちていく。

難しいのは騎馬武者の方だった。

よほどうまく体をそらさなければ、馬が前足をついた時にふり落とされるおそれがあった。

栗駒を下まで滑らせて体勢を立て直すと、間髪を容《い》れず栗毛が滑り落ちてきた。

栗駒を頭《かしら》と見なし、安心して従ってきたのである。

義経はふり返って上を見上げた。

二十丈もの崖が、屏風《びょうぶ》のように切り立っていた。

中腹に大きく突き出した岩場があるので、平家の者たちがこんな所を下りられるはずがないと思うのも当然である。

その難所を、怖れを知らぬ騎馬武者どもが次々と下りてくる。

人は義経を、馬は栗駒を見習って岩場を駆け下り、中腹の壇から竿立ちになって宙に舞う。

色とりどりの母衣を背中になびかせた姿は勇壮で、馬が着地するたびに地響きがした。

百騎ばかりが揃《そろ》った頃、異変に気付いた平家の侍三十人ばかりが、館《やかた》の廻《まわ》り縁《えん》から矢を射かけてきた。

義経は飛び来る矢を蕨手刀《わらびでとう》で払い落とし、館に向かって駆け出そうとした。

「御大将、お待ち下され」

信濃源氏、村上《むらかみ》の三郎基国《もとくに》が引き止めた。

見ると胸と腹に革を当てた直垂《ひたたれ》を着込んでいる。

郎党十騎ばかりも同じ出立《いでた》ちだった。

「矢が鎧の裏をかいた時の用心でござる。革だけでも物の役に立ちますゆえ、我らにお任せ下され」

そう言うなり、許しも得ずに突撃していった。

廻り縁に並んだ敵は、馬上から斬りつけるには恰好《かっこう》の獲物である。

村上源氏の強兵《つわもの》どもは、縁の先をなめるように馬を走らせ、矢をつがえようと焦る敵を次々と斬り倒した。

たまらず平家方が敗走すると、廻り縁に飛び上がって奥へ追いかけていく。

やがて館の一角から煙が上がり、火が襖《ふすま》を破って燃え上がった。

基国らが火種をさがし、方々に火を放ったのである。

「これはよき大松明《たいまつ》でござる。方々、遅れをとられるな」

基国の叫びに呼応し、騎馬武者たちは燃えさしの薪《たきぎ》をつかんで四方の館に投げ入れた。

火は折からの海風にあおられ、またたく間に燃え広がった。

福原の都の威容をとどめる建物が、黒い煙におおわれて焼け落ちていく。

平家の者たちは思いもかけぬ場所からの奇襲に度を失い、煙に巻かれて逃げ落ちていった。

色鮮やかな袿《うちき》をまとった女御や、公達《きんだち》らしい水干《すいかん》姿の子供を背負った者もいる。

太刀《たち》も佩《は》かず、烏帽子《えぼし》もかぶらず、目も当てられぬ取り乱しようだった。

こうした場合、並みの軍勢なら我先にと敵に襲いかかり、女や財宝を奪い取ろうとする。

だが義経の配下たちは轡《くつわ》を並べ、神妙に下知《げち》を待っていた。

鵯越から攻めかかった的確な判断と、真っ先に崖を落とした騎乗ぶりに魅せられ、私欲を捨てて従う気になっていた。

義経は兵庫の港を見下ろす位置まで軍勢を移動させ、しばらく様子をうかがった。

小具足姿の三百騎では、大軍の中に斬り込むことはできない。

東西からの源氏の攻撃によって陣形が崩れかけた時、生田の森の平家の本陣を衝《つ》くつもりだった。

火は燃えさかっていた。

南から吹いていた風は東風《こち》に変わり、火は西へ西へと燃え広がっていく。

ふいの奇襲に取り乱して港まで逃れた平家の者たちは、風上に立ったことで落ち着きを取り戻し、陣形を立て直して源氏を迎え討とうとした。

館の間に隙間なく楯《たて》を並べ、強弓《こわゆみ》の兵を配して追走してくる敵に備えている。

燃え広がる火を間にした対峙《たいじ》がつづき、あたりは不気味な静けさに包まれた。

風の音や火のはじける音に混じって、時折崖が崩れるようなけたたましい音がした。

柱や壁の支えを失った屋根から、瓦が一度にすべり落ちる。崩落の後にはおびただしい砂煙が上がり、真っ黒な煙がもうもうとわき上がった。

義経が敵の本陣を衝こうと腰を上げた時、一の谷から平家の大軍が算を乱して敗走してきた。

木見峠から攻め込んだ熊谷直実らの働きが、功を奏したのである。

突然背後から直実らの百騎ばかりが現われると、福原が炎上するのを見て浮き足立っていた平家は、挟み討ちにされることを怖れて我先にと逃げ出したのだった。

安全な場所は海上しかない。

敗走してきた者たちは身方が築いた楯を突き破り、馬も武器も投げ捨てて船に乗り込もうとした。

このために港の守りを固めていた者たちも大混乱におちいり、船を奪われまいと同士討ちを始める始末だった。

「今だ。つづけ」

義経は鐙を蹴り、赤い陣幕を張った平家の本陣に向かって突き進んだ。

鵯越《ひよどりごえ》の難所を落とした三百騎が、魚鱗《ぎょりん》の陣形を組んで後につづいた。

義経は四半里ばかりをひと息に駆け、本陣の後備《あとぞな》えに斬り込んだ。

敵はいずれも長刀《なぎなた》を持った徒兵《かち》ばかりである。

母衣をなびかせ、凄《すさ》まじい速さで疾走してくる騎馬隊を見ると、左右にぱっと逃げ散った。

義経は蕨手刀をふるって陣幕を切り落とし、本陣に駆け入った。

平家は生田の森に向かって大備えの陣を敷いていた。

前方の敵に備えて先手、二陣、三陣を配し、中備えと脇備えで本陣を固めている。

陣幕の床几《しょうぎ》には大手の大将新中納言《しんちゅうなごん》知盛《とももり》、本三位の中将重衡《しげひら》らが座し、五百人ばかりの馬廻り衆が警固に当たっていた。

義経が駆け入ったのは、図らずも知盛らが床几を並べた真後ろだった。

後備えからの注進で敵襲を知った知盛らは、馬廻り衆に守られて中備えの陣の中に逃れようとした。

「左馬頭《さまのかみ》義朝が一子、源九郎義経じゃ。いざ尋常に勝負せよ」

義経は甲高い声で名乗りを上げ、馬廻り衆に斬りかかった。

知盛は清盛の四男、重衡は五男である。

平家にあっては三男宗盛《むねもり》に次ぐ要人なので、馬廻り衆も体を張って守ろうとする。

義経は蕨手刀をふるって突き進もうとしたが、ぶ厚い壁にはばまれて身動きがとれなくなった。

その間に知盛らは二千ばかりの中備えの中に逃げ込んでいく。

後につづいた三百騎が馬廻り衆を蹴散らした時には、平家の弓隊が矢をつがえて待ち構えていた。

「征矢《そや》だ。伏せろ」

そう叫んだ瞬間、研ぎ澄ました数百本の矢がいっせいに放たれた。

鎧兜をまとわぬ者たちには抗する術《すべ》がない。五十人ばかりが胸や腹を射抜かれて落馬した。

横腹に矢を受けて倒れ伏す馬もいた。

「矢をつがせるな。かかれ、かかれ」

義経はひるむことなく突撃した。

相手が胡簶《やなぐい》から矢を取り出してつがえる前に、蕨手刀を振りかざして手当たり次第に斬りまくった。

奥州名代の刀鍛冶《かじ》たちが丹精込めて鍛え上げた切っ先は、兜や鎧まで断つほどの斬れ味である。

義経はずば抜けて高い栗駒の馬上から、敵の手首や肩口を狙って息つく間もなく刀を振り下ろした。

武蔵守や佐藤兄弟も、義経の側《そば》にぴたりと付いて戦っている。

坂東武者たちも得意の馬術を駆使して弓隊をことごとく追い払った。

だが敵の中備えは二千を越える。

いつの間にか大長刀を手にした徒兵に取り囲まれ、進むことも引くこともままならなくなった。

相手は大長刀の切っ先を隙間なく連ね、徐々に包囲の輪を縮めてくる。

義経は構わず突進し、敵の三間（約五・五メートル）ばかり手前で手綱を絞った。

高々と跳躍した栗駒は、大長刀のはるか上を飛び越えて包囲陣の裏に出た。

その時、生田の森から源氏の騎馬隊が土煙と地響きを上げて突進してきた。

梶原景時や畠山重忠《しげただ》らが、平家の先手や二陣、三陣を突き破って中備えに襲いかかった。

これを見ると、平家の騎馬隊が真っ先に逃げ出した。

知盛や重衡ら一門衆を中にして守りながら、兵庫の港めざして退却を始めた。

景時や重忠らは、徒兵や雑兵《ぞうひょう》には目もくれずに知盛らを追った。

その後から児玉、横山《よこやま》、私市《きさいち》ら武蔵七党の者たちが、党名を記した旗をなびかせて追撃した。

義経は児玉党の後ろに馬をつけ、前へ出る機会を待った。

「御曹子どの、無理は禁物でございまするぞ」

馬術に長《た》けた佐藤兄弟は、抜かりなく義経の左右についていた。

このままでは逃げ切れぬと観念したのだろう。

平家の騎馬隊はそれぞれの大将を守りながら、思い思いの道をたどって落ちて行った。

馬群が二つに割れ、四つに割れ、八つに割れていく。

それを追って源氏の追撃も八方に広がった。

児玉党は海沿いの道を逃げる知盛らに追いすがり、追い抜きざまに背中から斬りつけた。

平家の主力は水軍である。

騎馬戦においては坂東武者の敵ではない。

羊の群のようにひと固まりになって逃げようとするが、外側から一人また一人と討ち取られ、ついに新中納言知盛と、知盛の嫡男知章《ちゃくなんともあきら》、監物《けんもつ》太郎頼方《よりかた》の三騎だけとなった。

知盛は紫裾濃《すそご》の鎧を着て、井上黒《いのうえぐろ》という名の黒馬に乗っている。

知章は萌黄縅《もえぎおど》しの鎧を着て、連銭葦毛《れんぜんあしげ》の馬を駆っていた。

従者の頼方は何とか二人を落とそうと、ふり向きふり向き矢を射かけるが、多勢《たぜい》に無勢《ぶぜい》で如何《いかん》ともし難い。

ついに児玉党の侍に飛びつかれ、のけぞるようにして地に組み落とされた。

義経はこの間に一気に先頭に飛び出し、知盛と馬を並べて引き落とそうとした。

背中から斬り付けるのは簡単である。だが生捕りにして、神器返還交渉の切札にしたかった。

井上黒はさすがに名馬で、栗駒を先には立たせない。

しかも走りながら体をぶつけてくるので、知盛に組み付くことができなかった。

義経は腰をかがめ、弓手《ゆんで》を伸ばして知盛の行縢《むかばき》をつかんだ。

裾をつかんで引き落とそうとすると、知盛が鞍《くら》の前輪にしがみついたまま、もの凄い形相でにらみ付けた。

うっすらと化粧をし、歯に鉄漿《かね》をぬった顔に見覚えがある。

三草《みくさ》山の合戦後に、加古川の河原で組み落とした男だった。

「命は取らぬ。降人《こうにん》になられよ」

そう叫びながら引き落とそうとした。

突然若武者が馬手《めて》の側から組みついてきた。

父を助けようと、知章が馬を寄せて捨身の攻撃を仕掛けたのである。

さすがの義経も意表をつかれ、知章と組み合ったまま落馬した。

だがすぐに体を入れ替え、馬乗りになって肩を押さえた。

知章は元服前の少年だった。義経が鞍馬寺を脱出した時と同じ年頃で、色白の顔には公達らしい涼やかな気品がある。

だが修羅と化した義経は、迷うことなく鎧通しで胸を貫き、蕨手刀で首を押し切った。

骨を断つ鈍い音がして、金の鍬形《くわがた》を打った兜首が胴を離れた。

返り血が顔を赤く染めたが、ぬぐい取ろうともしなかった。

三

戦は卯《う》の刻に始まり、二刻《ふたとき》（四時間）後の巳《み》の刻（午前十時）に源氏方の大勝利で幕を閉じた。

平家方は越前《えちぜん》三位通盛《みちもり》、但馬守経正《たじまのかみつねまさ》、薩摩守忠度《さつまのかみただのり》らを始めとして千余人が討ち取られ、他の者は四国の屋島《やしま》をさして逃げ落ちていった。

義経は生田の森に陣幕を張って首実検を行ない、軍忠状《ぐんちゆうじよう》を出させて合戦の詳細な報告をさせた。

越前三位通盛は、佐々木の源三成綱《なりつな》が七騎の中に取り込めて討ち取った。

但馬守経正は河越《かわごえ》の小太郎重房《しげふさ》が、薩摩守忠度は岡部《おかべ》の六野太忠澄《ろくやたただすみ》が討ち取った。

忠度は平清盛の末弟で、力が強く武芸にも長けた剛の者である。

岡部の六野太は組み伏せられて刺殺されそうになったが、郎党が駆け付けて忠度の右腕を斬り落とした。

観念した忠度は、西に向かって声高に念仏をとなえてから首を討たれた。

六野太は相手が誰かも知らなかった。鎧の高紐《たかひも》に結んであった文《ふみ》を解いて忠度だと分った。

行き暮れて木《こ》の下かげを宿とせば
花やこよひのあるじならまし

「旅宿《りよしゆく》の花」と題した歌の後に、本人の名が記されていた。

備中守師盛《びつちゆうのかみもろもり》は敗走してきた身方を助けようと小舟を岸にこぎ寄せたが、大鎧を着た武者が飛び乗ろうとしたためにあえなく転覆した。

そこに畠山重忠の郎党、本田《ほんだ》次郎親経《ちかつね》が駆けつけて漁夫の利のごとく討ち取った。師盛は清盛の孫で、わずか十五歳だった。

蔵人《くろうど》の大夫業盛《たいふなりもり》は、常陸《ひたち》の国の住人土屋《つちや》の四郎《しろう》、五郎《ごろう》の兄弟が二人がかりで討ち果たした。

若狭守経俊《わかさのかみつねとし》、淡路守清房《あわじのかみきよふさ》、尾張守清定《おわりのかみきよさだ》は、最後まで前線に踏み留まり、源氏の大軍の中に駆け入って討死した。

清房は清盛の八男、清定は清盛の猶子《ゆうし》となって取り立てられた男である。

「このお方は、平経盛卿《つねもりきょう》の末子敦盛《あつもり》どのでございます」

熊谷次郎直実が年若い公達の首を披露した。

敦盛は馬を泳がせて沖の船に逃れようとしたが、直実が追いすがって組み落とした。

馬乗りになり左右の膝で鎧の袖を押さえつけ、いざ首をかこうと兜の目庇《まびさし》を押し上げると、相手は薄化粧をして鉄漿をつけた十六、七歳の若武者だった。

直実はその気品にあふれる姿に心を打たれ、何とか助けてやりたいと思った。我子の直家《なおいえ》も同じ年頃なので殺すに忍びなかったが、ここで逃がしても背後から迫っている身方に討ち取られることは目に見えている。

敦盛も生捕りにされるよりは殺してくれと懇願するので、涙を呑《の》んで首を押し切った。

「その折、敦盛公が鎧の内に忍ばせておられたのが、この笛でございます」

直実が錦の袋に入れた笛を差し出した。

名を「小枝《さえだ》」という。

敦盛の祖父忠盛《ただもり》が、鳥羽《とば》上皇から授けられた名笛だった。

「なるほど。噂《うわさ》にたがわぬ見事さだな」

義経は笛を取り出して構えてみた。

宋《そう》の国から取り寄せた漢竹《かんちく》で作ったもので、ぴたりと手に納まり羽根のように軽い。口をつけて吹いてみたい誘惑にかられたほどだった。

「それにしても、よくも長々と首取りのいきさつを披露したものよな」

義経は笛を袋に入れて投げ返した。

直実はなぜ不興を買ったのか分らず、険しい表情のまま黙り込んだ。

「その首を見よ」

義経は首台に並べた武蔵守知章の首をあごで指した。

「その者は敦盛と同じ平家の公達で、年頃も同じだ。だが私は討ち果たすのにためらいなどしなかった」

直実が涙を呑んで敦盛を討ったと吹聴《ふいちょう》したことが、義経は不愉快だった。容赦なく知章を討った自分の非情をなじられた気がしたからである。

「そちが夜の間に鵯越の陣を抜け出したのは、他の者に勝る手柄を立てたかったからであろう」

「さようでござる」

「ならば何ゆえ一人でも多く敵を討ち取り、本意を遂げようとせぬのだ。いざとなって情などかけるのは、平家に心を寄せているからではないのか」

義経はそう吐き捨てて席を立った。

直実は武蔵国熊谷郷を名字の地としているが、もとは平家の出である。それゆえ敦盛に情をかけたのだろうと、腹立ちまぎれに言ったのだった。

満座の中で侮辱された直実は、蒼白《そうはく》になって黙り込むばかりである。

梶原景時、畠山重忠、土肥実平《どひさねひら》、河越重房ら坂東八平氏《はちへいし》の者たちも、義経の心ない仕打ちを憎んで興醒《きょうざ》め顔を見交わしていた。

二月九日、義経は意気揚々と都へ戻った。

生捕りにした本三位中将重衡を引ったて、平家一門十人の首桶《くびおけ》を馬の鞍につけての凱旋《がいせん》である。

侍や雑兵の首一千ばかりは、髻《もとどり》を解いて長い竿に結びつけ、干し大根のように吊《つ》るして荷《かつ》がせた。

物見高い都の者たちは、沿道に列をなして見物していた。

平家が木曾義仲に追われて都を落ちたのは、昨年七月のことである。

その半年後には義仲が滅び、今またこうして平家の首が都大路を引き回されるのを見て、見物の群衆は世の動乱の激しさに息を呑むばかりだった。

義経は平家の首を検非違使《けびいし》に引き渡し、四条河原にさらすように奏上した。

後白河法皇は左大臣藤原経宗《つねむね》、右大臣九条兼実《くじょうかねざね》らに対応を協議するよう命じたが、結論はなかなか出なかった。

公卿《くぎょう》がさらし首になった先例はないので、難色を示す者が多かったのである。

三日の間、義経は六条堀川の館で苛々《いらいら》しながら朝廷からの知らせを待っていた。

「何ゆえいつまでも返答がないのじゃ。いたずらに日を過ごせば、せっかくの首が台無しになるではないか」

首が色鮮やかなうちにさらしてこそ、都の者たちに平家の凋落《ちょうらく》を思い知らせることができる。

日がたって腐りかけては、都まで大急ぎで運んできた甲斐《かい》がなかった。

「殿上人《てんじょうびと》の首をさらす先例を作っては、やがて我身が危うくなると、公卿衆は考えておられるのでございましょう」

武蔵守がなだめようとした。

「三位とはいえ通盛は武家じゃ。父の首をさらしておきながら、平家の首をさらさぬという方《ほう》はあるまい」

「まだ平家が滅びたわけではございませぬ。ここは朝廷に従い、貸しを作っておいた方がよいものと存じまする」

「ならぬ。そのようなことをしては、本三位の中将の処罰にもさし障りが生じるではないか」

生捕りにした平重衡は、やがて鎌倉に送って頼朝の御前に引き据えられるはずである。

三位の首をさらさぬという特例を認めては、重衡を打首にできなくなるおそれがあった。

「それに我らは勅命によって平家を討ったのだ。その首をさらさぬとあっては、面目が立たぬではないか。しかるべき者を使者に立て、処置を急がれるよう催促せよ」

義経は武蔵守を急き立《せ》てて朝廷への使者を送った。

午後になって蒲冠者範頼《かばのかじゃのりより》の使者が来た。今後の対応を協議したいので来てほしいという。

だが義経は応じようとしなかった。

「範頼どのは総大将でござる。それがしが供をいたしますゆえ、出仕なされませ」

武蔵守が強く迫った。

「どうせ朝廷との折衝のことであろう。この件については私に任せたのだから、黙って待っておればよいのだ」

「返答がないことを知らせるだけでいいのでござる。御曹子どのが顔を出されなければ、範頼どのが諸将に対して面目が立ちますまい」

「ならば向こうから来て、戦で討死した者たちの供養をするべきであろう」

一の谷の合戦では、義経の手勢がもっとも多くの犠牲者を出した。

鎧兜を脱いで坂を落としたために、征矢《そや》や長刀《なぎなた》を防ぎきれず、三百余人のうち百二十五人が死んだ。

今度の勝利はその者たちの犠牲の上に成ったというのに、範頼はねぎらいの言葉さえかけてこない。

そのことが腹立たしく、呼び出しに応じる気にはなれなかった。

「御曹子どのの働きは誰もが認めております。討死した者たちにも、やがて鎌倉殿から恩賞の沙汰がありましょう。ここは神妙に振舞って、人望が集まるようになされませ」

「ならばそちが代わりに行け。人望などというものは、求めて集めるものではない」

義経はふいと席を立ち、後白河が御所としている六条殿へ向かった。

いつの間にか都は春の気配をおびている。

周囲の山々には薄く霞《かすみ》がかかり、桜がつぼみをつけ始めていた。

六条殿にはいくつもの牛車《ぎっしゃ》がつけられ、束帯《そくたい》姿の者たちがあわただしく行き交っていた。

平家の首をどう扱うか、いまだに朝議がつづけられていたのである。

義経は取り次ぎも待たずに後白河の御座所に踏み込んだ。

二十畳ほどの部屋の中央に御帳台《みちょうだい》があり、後白河が法衣《のりのころも》をまとって座っている。

その前に十人ばかりの公卿が控えていた。

「奏上したき儀があって推参いたしました」

義経は南の庇《ひさし》に平伏した。

朝議の最中なので礼を尽くしたつもりだが、公卿たちはいっせいに批難の目を向けた。

許しも得ずに法皇に対面していいはずがない。まして昇殿も許されない身で、南の庇に上がるなど言語道断だと思っていたのである。

汚《けが》れた獣でも踏み込んできたような公卿たちの対応ぶりを見ると、義経の胸にむらむらと反骨心がわき上がってきた。

「平家との戦について至急奏上したきことがあり、非礼をかえりみずに推参いたしました」

怖れる気色もなく御帳台の前まで進み、二列になった公卿たちの間に腰を下ろした。

素早く法皇の前の帳《とばり》が閉ざされ、公卿たちがいっせいに席を立った。

このような非礼を許しては、朝廷の位階制を否定することになる。だが力ずくで義経を止めることもできないので、身をかわして難を避けようとしたのだった。

黒い束帯姿の者たちがそそくさと立ち去ると、後白河が笑いながら御帳台を下りてきた。

還暦に近い年だというのに、今様《いまよう》で鍛えた声は相変わらず若々しい張りがあった。

「無茶しよるな。公卿どもの立つ瀬がないやないか」

「戦の最中に法皇さまの御身が危うくなった時、礼に従って遠くに控えているべきでしょうか。それとも非礼を承知でお救い申し上げるべきでしょうか」

「切り口上に言わんかてええ。言いたいことは分っとるんや」

「ならば願いの儀、お聞きとどけいただきとう存じます」

義経は臆《おく》せずに迫った。

「あかんと言うたら、どないするつもりや」

「それは鎌倉殿がお決めになることでございます。敵の首をさらすのは武士の作法ゆえ、お許しが得られないのなら、これ以上勅命に従って戦うことはできぬとお考えになるやもしれませぬ」

「兵を退く言うんか」

「そのようなことがあっては一大事ゆえ、非礼をかえりみずに奏上しているのでございます」

「源九郎、賢うなったな」

後白河が高い声を上げて笑った。

何もかも突き抜けた軽やかな笑いだった。

「まあええ。いろいろ問題はあるが、望みに任す。そやけどこれは頼朝を怖れてのことやない。源九郎の顔を立てるためや」

翌日、越前三位通盛以下の首が、検非違使たちの手によって鴨《かも》川の河原にさらされた。

その数一千余。

これだけおびただしい首が都にさらされたのは、本朝始まって以来のことだった。

第十八章　伊豆への凱旋

一

　大倉御所の庭には梅林があった。

　東西二町半（約二百七十メートル）、南北二町という広々とした屋敷の一角に、百本ばかりの梅を植えていた。

　源頼朝は梅が好きである。

　長い冬に耐えてつぼみをつけ、春を待たずに花を咲かせる梅を見ると、逆境に立ち向かう勇気を与えられる。

　伊豆の蛭《ひる》ヶ小島《こじま》で流人《るにん》暮らしをしていた頃も、軒端《のきば》に咲く梅の花を見てまた一年生き延びられたと安堵《あんど》の胸をなで下ろしたものだ。

梅林には源氏の白旗にちなんで白梅を植えている。清々《すがすが》しい香りを放つ花も今は散り果て、華やかな桜へと主役の座をゆずろうとしていた。

頼朝は書院の明り障子を開け、緑に覆われはじめた梅林をぼんやりとながめた。この先取るべき施策をまとめておこうと文机《ふづくえ》に向かったが、西国での戦《いくさ》のことが気になって集中することができなかった。

（七万もの大軍を送ったのだ。負けるはずがない）

そう思ってはいるものの、胸の底から不安の泡《あぶく》が次々とこみ上げてきた。

木曾義仲には絶対に負けないという自信があった。義仲軍は兵糧米《ひょうろうまい》の仕度もせず、勢いに任せて都に攻め上っただけである。後白河法皇の信任を失えば自滅することは目に見えていた。

だが平家はちがう。

都を追われたとはいえ安徳天皇と三種の神器を擁し、いまだに西国の大半を支配下におさめている。

数百艘《そう》の水軍と宋や高麗《こうらい》との貿易で得た巨万の富を持ち、営中には平清盛の薫陶を受けた切れ者も多い。

東国の寄せ集めの軍勢でこれに勝てるかどうか、頼朝にも自信がなかった。

もっとも大きな不安は、後白河法皇が平家方につくことだった。

東国勢と平家が正面からぶつかるのはこれが初めてである。もし緒戦に負けるようなことがあれば、後白河は平然と鞍替《くらが》えし、頼朝追討の院宣《いんぜん》を下すだろう。

そうなったなら上洛《じょうらく》軍七万はそっくり法皇方となり、頼朝を討つために東海道をひた走ってくる。その蹄《ひづめ》の音が聞こえるようで、頼朝は落ち着くことができなかった。

「ただ今西国より、蒲冠者《かばのかじゃ》どのの使者が到着いたしました」

北条義時が告げた。

近頃は口に髭《ひげ》をたくわえている。年嵩《としかさ》の荒武者たちから若僧とあなどられないよう、役目に合った重みを身につけようとしていた。

「遠侍《とおざぶらい》に待たせておりますが、いかがいたしましょうや」

「会おう。庭へ通せ」

頼朝は御簾《みす》越しに使者と対面した。

武家にはない習慣だが、東国を統《す》べるためには己れの権威をより高く見せる必要がある。

使者ごときの前に、たやすく姿をさらすわけにはいかなかった。

「去る二月四日、大手の軍勢は都を発《た》ち、生田の森に向かいました。また源九郎どのの軍勢一万余は、丹波路を通って播磨《はりま》へ向かっております」

土ぼこりにまみれた使者が、荒い息をしながら告げた。

「そは誰の差し金じゃ」

側《そば》に控えた義時にたずねさせた。

頼朝は大手からひと押しにして平家を圧倒し、和議に持ち込んで三種の神器の返還に応じさせよと命じている。

その指示を無視されたことに、体面を汚《けが》されたような不快を覚えた。

「源九郎どのにございます。梶原景時《かげとき》どのも同意なされましたゆえ、安田義定《よしさだ》どの、土肥実平《どひさねひら》どのを添えて差しつかわされました」

聞くべきことを聞くと、頼朝は再び文机にもどった。

(九郎め、勝手な真似《まね》を)

不快は澱《おり》となっていつまでも腹に残った。

頼朝が大手から攻めよと命じたのは、軍勢を分散する危険を避けるためである。分散すれば敗北の危険が大きくなるし、軍規がゆるんで義仲勢のように乱暴狼藉《ろうぜき》に及びかねない。

そうならないよう全軍一丸となって大手から力押しにする作戦を取ったのだが、義経ばかりか景時までがそれに従わなかった。

しかも平家が長年知行国としてきた播磨に回り込むとは、無謀としか言いようがなかった。

翌日も使者が来た。

大手の軍勢は生田の森の東側に布陣し、明朝を期して合戦に及ぶという。

蒲冠者範頼《のりより》が発した使者は東海道をひた走り、七日遅れで上洛軍の動向を伝えてくる。

今頃はもう結果が出ている頃なのに、百有余里の距離にへだてられて知ることができないのである。

頼朝は待つ緊張に疲れ果て、ふと亀姫に会いたいと思った。

あのたおやかな体を抱き締め、のしかかる重圧をいっときでも忘れたかったが、御所を出ようとはしなかった。

神仏の目というものがある。

戦が終るまで身を清らかに保たなければ、ご加護を得られないような気がした。

翌朝、頼朝は夜明け前に目を覚ました。

今日やって来る使者が、運命の知らせを持ってくることは分っている。

その緊張と不安、深い谷をのぞき込むような陶酔に、じっとしていられなかった。

頼朝のうなじにかゆみが走った。

手を回してかきむしると、かゆみは肩口や背中へと広がった。

過度の緊張からくる錯覚だが、これほど激しいかゆみを覚えたのは初めてだった。

「これ」

宿直《とのい》の者に湯屋を開けさせ、水垢離《みずごり》を取った。

あたりは朝の冷気に包まれていたが、井戸から汲《く》み上げた水はほんのりと温かい。

頼朝は戦勝を祈願しながら、肩から何度も水を打ちつけた。

身の引き締ったすっきりとした気持で寝所にもどると、八幡大菩薩《はちまんだいぼさつ》を祭った神棚と、父義朝の位牌《いはい》に手を合わせた。

二十五年前、平治の乱に敗れた義朝や頼朝は、尾張をめざして落ちのびた。

熱田神宮の大宮司は義朝の岳父に当たる。ひとまずそこで足を休め、東国に戻って態勢を立て直すつもりだった。

ところが近江と尾張の国境には不破《ふわ》関があり、いち早く平家に呼応した者たちが関を閉ざしていた。

やむなく山中の道を迂回《うかい》することにしたが、折悪《おりあ》しく野山は深い雪におおわれ、馬の足も滞りがちだった。

寒さとひもじさに耐えて懸命に馬を進めたものの、いつしか父とはぐれ方向さえ見失って、馬の口取りと二人だけで雪の中に取り残された。

遅れていることに気付いて、父が迎えの者を寄こしてくれるだろうと思ったが、いつまでたっても誰も来ない。夕闇は刻々と迫り、冷え込みはますます厳しくなっていく。

あの日のことを思い出すと、頼朝は今でも凍《い》て付く思いがする。

それでも父の位牌に向かって懸命に祈った。

我子を捨ててでも再起を果たそうとした父が、その執念を抱いたまま魂魄《こんぱく》となってさまよっているのなら、源氏の再興に力を貸してほしかった。

この朝、頼朝は政子や大姫らと朝餉《あさげ》を取った。

政子も今日がどんな日か察している。食膳に縁起ものの勝ち栗《ぐり》と熨斗鮑《のしあわび》を添え、かいがいしく給仕をした。

大姫は三歳になった頼家を膝に抱き、粥《かゆ》をさじにすくって食べさせていた。

頼家は大姫によくなついていて、差し出されたさじにおとなしく口を運んでいる。

「それだけ子供の世話が上手なら、子が生まれても心配はいらぬな」

二人のむつまじさが嬉《うれ》しくて、頼朝はめずらしく軽口を叩《たた》いた。

「そんなことは、ずっと先でございます」

大姫が怒ったように口を尖《とが》らせ、かすかに頬を染めた。

まだ七歳だが、そうした日が来ることは心のどこかで思い描いているのだった。

「近頃は扇《おうぎ》ヶ谷《やつ》には行かぬのか」

「御家人となられ、忙しい日を過ごしておられますので」

義高の邪魔にならないように行くのを控えている。その代わりに頼家の世話をしているのだった。

頼朝はふと伊豆で挙兵した日のことを思い出した。

山木《やまき》判官《ほうがん》兼隆《かねたか》の館《やかた》を襲撃させた夜、大姫を膝に抱いて戦勝の知らせを待ったものだ。

あれから四年にしかならぬのに大姫はこれほど立派に成長し、頼朝も天下を争う戦ができるまでになったのである。

「人の一生とは、不思議なものだな」

しみじみとそう思った。

「落ち着いたら、皆で伊豆に戻ってみましょうか」

政子もあの月の冴《さ》えた夜のことを思い出していた。

「そうだな。狩野《かの》川の花をめでるのも悪くはない」

平家に勝って韮山《にらやま》の北条館に凱旋すれば、長年胸にわだかまっていた流人という負目《おいめ》を払拭できるような気がした。

辰《たつ》の刻（午前八時）を四半刻《しはんとき》（三十分）ほど過ぎた頃、範頼と義経の使者が相次いで到着した。

頼朝はいつものように御簾越しに引見した。

「ご報告申し上げます。去る七日、大手の軍勢は生田の森、搦手《からめて》は一の谷から平家方に攻めかかり、一千余の首を討ち取る大勝利をおさめました。平家方は海上へ逃れ、四国の屋島へと向かった模様でございます」

範頼の使者が告げた。

「源九郎さまは搦手の軍勢を二手に分け、陣頭に立って鵯越《ひよどりごえ》の難所から敵の背後を衝《つ》かれました。このため平家方は大混乱におちいり、算を乱して敗走したのでございます」

義経の使者が負けじと声を張り上げた。

頼朝は微動だにしなかった。

だが胸は湯のような安堵に満たされ、緊張に固くなっていた背筋から一度に力が抜けるのを感じた。

安心と嬉しさのあまり目頭が熱くなったが、御簾のおかげで誰にも見られることはなかった。

今度は範頼も義経も、詳細な軍忠状《ぐんちゅうじょう》を使者に託していた。

平通盛《みちもり》、忠度《ただのり》、経俊《つねとし》は範頼の手の者が討ち取り、平経正《つねまさ》、師盛《もろもり》は安田遠江守《とおとうみのかみ》義定の手の者が、敦盛《あつもり》、知章《ともあきら》、業盛《なりもり》、盛俊《もりとし》の四人は搦手の義経の手勢が討ち取った。

このうち知章は義経が自ら組み合って首を取り、生捕りにした本三位中将重衡《しげひら》は都に連行した。

わずか半日で平家一門の半数近くを討ち取り、全軍を敗走させる大勝利である。

これもすべて鵯越からの義経の奇襲が功を奏したからだった。

「鵯越とは、いかような所じゃ」

義時にたずねさせた。

生田の森や一の谷は聞いたことがあるが、鵯越とは初めて聞く地名だった。

「かつての福原の都の真北にあたる所でございます。高さ二十丈（約六十メートル）もの崖が切り立っておりますので、よもやここから攻めて来るとは平家も思っていなかったらしく、守りの兵も置いておりませんでした。その崖を源九郎さまは真っ先に駆け下り、敵を追い散らされたのでございます」

それがどれほど見事な戦ぶりだったか、使者の口上を聞いただけで分った。

義経の身勝手なやり方に腹が立つことも多いが、今は上洛軍すべてに感謝したかった。

「義時、すぐに皆を集めよ」

侍所に参集した御家人たちの前で戦勝の報告をさせ、全員で鶴岡八幡宮《つるがおかはちまんぐう》に参籠《さんろう》して感謝をささげた。

平家と源氏では氏神がちがう。

八幡大菩薩を頂点とする神々の体系を作り上げげなければ、源氏が東国を支配する真の基礎は築けない。

頼朝はそう考え、この勝利は八幡大菩薩がもたらしてくれたものだと御家人たちに信じ込ませようとしたのだった。

二

亀姫の愛撫は濃《こま》やかだった。

頼朝をあお向けにして唇を重ね、熱い舌をからませてくる。時には押し込むように強くさし入れ、時にははぐらかすように遠ざかっていく。

そうしている間にも、右手は別の生き物のように下半身に伸びていた。

指先がかすかに触れるほどの軽やかさで内股《うちまた》から下腹へなで上げられると、体中の欲望をそそられるようだった。

頼朝はされるがままに身をまかせ、快楽の海にたゆたっていた。

西国からの報告を待つ間の緊張に、身も心も疲れきっている。

だが体の芯には興奮しきったしこりが残っていて、熱い情欲となってわだかまっていた。

亀姫は愛撫の手に力を込め、次第に刺激を強くしていった。

「もうよい。少し休ませてくれ」

頼朝はたまらず身をよじった。

「ご不快でございましたか」

亀姫が顔を上げた。

唇が妖《あや》しく濡《ぬ》れて、艶《つや》やかな輝きを放っていた。

「これ以上は体がもたぬ。もう若くはないのでな」

頼朝は上体を起こし、夜着を羽織った。

「それでは酒の仕度をさせましょう」

亀姫は緋色《ひいろ》の小袖を手早く着込み、次の間へ向かった。

背中に垂らした髪が乱れ、生き物のように左右に揺れた。

やがて二人の侍女が酒肴《しゅこう》を載せた折敷《おしき》を運んできた。

亀姫も髪をととのえ、若苗色の打掛けを羽織っている。色白で細面の顔が、若々しい薄青色によく映えた。

「どうぞ。おひとつ」

朱塗りの柄杓《ひしゃく》で酒をついだ。

その姿は雅《みや》びやかで気品に満ち、さっきの女とは別人のようだった。

「女は分らぬ。さきほどのそなたは、どこへ行ったのじゃ」

「どこへも行きませぬ。上様のお望み次第に変わるのでございます」

亀姫が恥しげに顔を伏せた。

都の閨房術《けいぼう》は異常な発達をとげている。

公家の娘たちの立身といえば、上位の殿方に愛されて世継ぎを産むことにかかっているのだから、美貌と教養、作法、芸事、そして閨房術に磨きをかけてお成りを待つ。

また遊女や白拍子《しらびょうし》たちも、上位の客をつかむためにありとあらゆる努力を惜しまない。

武士が戦場で血みどろになって手柄をつかもうとするように、彼女たちも己れのすべてを賭けてより良い殿方をつかもうとする。

そうした風土から生み出された手練手管は、とても地方の女たちの及ぶところではなかった。

「平家に大勝なされたからには、上様のご上洛も間近でございますね」

亀姫が体を寄せて酌をした。

「まだ分らぬ。うかつに動けば足許《あしもと》をすくわれるでな」

「でも、いつかはご上洛なされるのでしょう」

「むろん、そのつもりじゃ」

「ならば鴨川のほとりに住みとうございます。上様と二人きりで暮らせるとは、夢のようでございます」

亀姫は頼朝の勝利を無邪気に喜んでいるように見せながら、上洛の際には同行させよと迫っている。

しかも二人きりとは、政子は鎌倉に置いていけという意味だった。

「都に行きたいか」

頼朝には亀姫の手管が透けて見えた。

「はい。いつも上様のお側にいとうございます」

「ならば余の馬になれ」

亀姫はとまどった顔をしたが、すぐにそれと察して四つん這《ば》いになった。

頼朝は後ろから着物の裾をめくった。

若苗色と緋色をかさねて背中までめくり上げると、若々しい尻があらわとなった。

色白で張りのあるふくらみの間に、かげりをおびた谷がある。

頼朝は両手で肉叢《ししむら》を鷲《わし》づかみにして、左右に押し広げて何もかもあらわにした。

秘門が二つ、無防備に姿をさらしている。

それを眺めているうちに、ふいに常ならぬ欲望が突き上げてきた。

亀姫を凌辱《りようじよく》して本性を見てみたいという思いが、魔物にでも魅入られたような激しさで頼朝をとらえた。

頼朝は敵の首をかき落とすような狂暴な衝動に駆られて背後から襲いかかった。

「な、何をなされます」

亀姫は驚いて逃れようとした。

「構わぬ。衆道《しゆどう》では当たり前のことじゃ」

「お許し下さいませ。嫌でございます」

亀姫は本気で逃れようとした。

いつもの手練手管をかなぐり捨て、溺れる者のように手足をもがいた。

頼朝は束ねた髪を手綱のように引き絞った。

亀姫は四つん這いのまま前に突っ伏し、尻ばかりを高々と上げる姿勢になった。

着物が首のあたりまですべり落ち、背中から尻までがあらわになった。

頼朝は亀姫の両手を後ろ手にして押さえつけ、後ろからのしかかった。

亀姫は必死で拒もうとする。その抵抗に打ち克《か》って奥へ進んだ。

熱く柔らかい肉をかき分ける感触があり、いつもの交わりでは得られぬ強烈な快感が体を突き抜けた。

「ああ、ご無体な」

亀姫はもがきながらもされるままになっている。

頼朝は征服者の歓《よろこ》びに陶然となり、荒々しく精を放った。

その日から、二人の仲はいっそう濃やかになった。

ただの男女ではなく、心がぴたりと重なり合った感じだった。

頼朝は満ち足りた数日を過ごし、二月の末に大倉御所に戻った。

若宮大路の桜もいっせいに咲いて、頼朝の前途を祝福しているようだった。

「そちは衆道を存じておるか」

義時を呼びつけてたずねた。

男は新しい恋を得ると、人に話さずにはいられないものである。頼朝もこの歓びを誰かに伝えずにはいられなかった。

「衆道とは、あの、男同士の……」

義時はどう応じていいか分らず、政子とよく似たどんぐり眼《まなこ》を白黒させた。

「そうじゃ。試したことはあるか」

「いえ。無調法ゆえ、いまだに」

「悪左府《あくさふ》と呼ばれた藤原頼長《よりなが》公は、ひときわその道を好まれたそうじゃ」

頼朝はそれとなく話をそらした。

義時が経験があると答えたなら、自分にも武士たちがなぜあんなことを好むのかようやく分ったと言うつもりだったが、知らぬのなら打ち明けた話をするわけにはいかなかった。

平家に大勝したとの知らせに、鎌倉中が沸き立っていた。

上洛した武将たちからそれぞれの家族に知らせが届くので、互いに無事を喜び、手柄を語り、やがて下される恩賞に思いを馳《は》せて連日のように酒宴を張っていた。

頼朝はこの風潮に眉をひそめ、戦没者の供養のためという名目で酒宴を禁じた。勝って兜《かぶと》の緒を締めよという意味もある。

だがそれ以上に、御家人たちが親類縁者を集めて酒宴を開くことに危険を感じていた。

そういう席では自然と同族的な連帯意識が芽生え、一致結束して事に当たろうという気運が高まってくる。

このことが坂東八平氏の団結を生み、反源氏の動きにつながるのを恐れていた。

関東はいまだに平家一門の勢力が圧倒的に強い。どんな危険も芽のうちに摘まなければ、取り返しがつかないことになりかねなかった。

二月二十五日、頼朝は大御所に大江広元《ひろもと》、三善康信《やすのぶ》、二階堂行政《ゆきまさ》、伏見広綱《ひろつな》を招いて評定《ひょうじょう》を開いた。

これに北条義時を加えた五人が、今や鎌倉の政策を決定していると言っても過言ではなかった。

「本日お集まりいただきましたのは、今後の方策についてお知恵を拝借するためでございます」

伺候衆《しこうしゅう》筆頭の義時が進行役をつとめた。

頼朝は上段の間に座し、皆の意見に耳を傾けていた。

「そのようなご下問もあろうかと、皆でこのようなものをまとめておきました」

広元が巻物にした書状を差し出した。

巻頭に「奏請《そうせい》四ヵ条の事」と記されている。

「この四ヵ条を後白河院に奏請なされるべきと存ずるが、目を通される前にお聞き届けいただきたいことがございます」

「何でしょうか」

「酒がなくては舌も回りかねますゆえ、侍女にお申し付けいただきたい」

広元は大酒呑《の》みなので、酒がなくては間がもたないのである。

「お言葉ではございますが、市中での酒宴を禁じられたばかりでございます」

「酒宴は禁じても、酒を禁じられたわけではなかろう。身共一人が酒を飲むのであれば問題はない」

広元は明法家《みようぼう》とも思えぬ奇妙な理屈で義時を煙《けむ》に巻いた。

四ヵ条の内容は次の通りだった。

「一、朝務等の事
右先規を守り、殊に徳政を施さるべく候《そうろう》。ただし諸国の受領等、もっとも計《はか》い御沙汰あるべく候か。東国、北国両道の国々、謀叛《むほん》を追討するの間、土民なきがごとし。今春より浪人等、旧里に帰住し、安堵せしむべく候。しかれば来秋の頃、国司を任ぜられ、吏務を行なわれてよろしかるべく候」

頼朝が東国と北国を平定したので、国司の制を復活して朝廷に政《まつりごと》を行なわせようとしたのである。

これは朝廷に背く意志がないことを明確に示したものだった。

「一、平家追討の事
右畿内《きだい》近国に源氏、平氏と号して、弓箭《きゆうせん》に携わるの輩《やから》ならびに住人等、義経が下《げ》知《ち》に任せて引率すべきの由《よし》、仰《おお》せ下さるべく候。海路たやすからずといえども、殊に急ぎ追討すべきの由、義経に仰するところなり。勲功の賞においては、その後頼朝計らい申し上ぐべく候」

大方の者は、今度の大勝は義経がもたらしたと見ている。それゆえ総大将は義経にするものの、恩賞については頼朝が取り仕切ると宣言したのである。

第三条は諸社の神領を保証し、神事を滞りなく行なうように求めたもの。

第四条は諸寺諸山の所領を保証するかわりに、僧兵については頼朝の下知に従わせるよう求めたものだ。

寺社は広大な荘園を持ち、神人《じにん》や僧兵を抱えて武装しているのだから、これにどう対処するかは、天下の創建を進める上で重要な問題となっていた。

四ヵ条とも頼朝の考えに添ったものだが、いち早く義経を総大将にしたことが気にかかった。

「何ゆえ範頼どのではなく、義経どのを推されたのでございましょうか」

義時に理由をたずねさせた。

「都人は華やかなる者を好み、草が風になびくように今をときめく者に心を寄せます。御曹子《おんぞうし》どのが縦横の働きをして平家を討たれたと聞けば、都中の者が理非を離れて快哉《かいさい》を叫ぶことでございましょう」

広元がにやりと笑って酒を飲み干した。

義経を平家打倒の象徴にすれば、大方の支持が得られる。この冷徹な明法家は、そこまで計算に入れていた。

三

三月十七日、都から梶原景時の使者が到着した。

景時は一の谷で生捕りにした本三位中将重衡を具して、三月十日に都を発《た》った。輿《こし》を用いているので道中困難が予想されるが、月末までには鎌倉に着くという。

その翌日、頼朝は手勢一千余をひきいて伊豆に向かった。

平家に大勝したことを祝って、鹿狩りを行なうためである。

政子との里帰りの約束もあるので、宿所は韮山《にらやま》の北条館と定めていた。

このことを誰より喜んだのは政子である。

戻ると告げた日から人が変わったように明るくなり、大姫や頼家ばかりか侍女たちの着物まで新しくあつらえ、親類縁者への土産《みやげ》の手配にも余念がなかった。

鎌倉から韮山まではおよそ二十里（約七十八・五キロ）。

頼朝は馬で、政子らは輿を用いることにしていたが、出発間際に頼家がむずかった。薄暗い輿に乗るのを嫌がったのである。

「これから伊豆のお祖父《じい》さまの所に行くのですから、我儘《わがまま》を言ってはなりません」

政子が困惑顔でなだめたが、頼家はいっそう激しく泣くばかりだった。

「どれ。貸してみろ」

頼朝が抱き取ると、頼家はぴたりと泣きやんだ。

「ならば余の馬に乗せてやろう。誰ぞ腰帯を持て」

頼家を鞍《くら》の上に乗せ、落ちないように腰帯で体を結び合わせた。

「まーま、まーま」

頼家は鞍の前輪《まえわ》をしっかりとつかみ、馬を走らせようと体をゆすった。

「さすがは武家の子じゃ。習わずとも騎乗の仕方は心得ていると見ゆる」

頼朝は頼家を懐に庇《かば》うようにして馬を進めた。

遠い昔、父義朝に馬に乗せてもらったことがある。

ふり落とされるのが怖くて、必死で前輪にしがみついていたが、馬から下りた後で父がいつになく優しかったことだけははっきりと覚えていた。

こうしていると、その時の父の気持が分ったような気がした。

一行は相模湾ぞいの道をたどり、熱海《あたみ》へ向かった。

沿道には各地の武士たちが出て警固に当たっていた。休息所や昼食《ちゆうじき》の用意も手抜かりなくととのえていた。

空は鮮やかに晴れ渡り、波もおだやかである。遠くに見える富士山が純白の雪に覆われ、ゆるやかに裾野を広げていた。

その夜は熱海の湯の宿に泊り、家族と共に一夜を過ごした。

ゆっくりと温泉に入り、山海の珍味に舌鼓《したつづみ》を打つ。挙兵以来初めて手に入れた安息の時だった。

「頼家が一緒で、さぞお疲れになったことでしょう」

政子が子供たちを寝かしつけて寝所に戻ってきた。

太りきった小柄な体を純白の夜着に包んでいる。光沢のある布地が明りに照らされ、うっすらと朱色に染っていた。

「よろしければ、久々にお揉《も》みしましょうか」

「ああ、頼む」

頼朝は素直にうつ伏せになった。

政子がおおいかぶさるようにして背中や腰を揉んだ。

幼い頃から時政に仕込まれただけあって、壺《つぼ》を心得ている。

しかも指が細いわりには力が強いので、凝りが心地よくほぐれていった。

「ありがたい。年のせいか、馬での長旅は身に徹《こた》えるようになった」

「まだお若いではありませんか。しばらく温泉にでも入って養生なされば、疲れも取れましょう」

「伊豆で挙兵して以来、息つく間もない日々であった。よくぞここまで漕《こ》ぎつけたものじゃ」

伊豆で挙兵した時には、配下はわずか百人ばかりだった。それがたった四年で七万の軍勢を上洛させ、平家に大勝した。

これほど順調に事が運ぶとは、自分でも意外なほどだった。

「お陰でわたくしも胸を張って里に戻ることができまする。父も首を長くして待っていることでございましょう」

「もう揉まずともよい。そなたも疲れたであろう」

頼朝は政子の手を取って側に引き寄せた。

二人はぎこちなく体を合わせ、通いなれた道をたどるように事を終えた。

こうして同衾《どうきん》するのは、頼家が生まれてから初めてのことだった。

翌朝、頼朝は政子を連れて伊豆山権現《ごんげん》に参拝した。

また の名を走湯山《そうとうさん》権現という。

山中の文陽坊《もんようぼう》に住む覚淵律師《かくえんりつし》は、頼朝が伊豆に流罪《るざい》となった頃からの庇護者《ひごしゃ》で、二人の恩人でもあった。

あれは治承《じしょう》元年（一一七七）のことだから、もう七年も前である。流人として北条家の監視下にあった頼朝は、ひそかに政子と情を通じ、将来を誓い合う仲となった。

これを知った時政は、頼朝を伊豆山権現に参籠させ、その間に政子と山木判官兼隆との祝言《しゅうげん》を強行した。

ところが政子はその夜山木館を逃げ出し、頼朝のもとに駆け込んだ。時政も兼隆も激怒し、即座に二人の引き渡しを求めたのだが、覚淵律師は拒み通した。

そのお陰で二人は夫婦《めおと》になり、今日を迎えることができたのだった。

参拝を終えると、行列をととのえて十国峠《じっこくとうげ》に向かった。

東国十ヵ国を見渡せるのでこの名がある。東には相模湾、西には駿河湾が広がり、北には富士山が間近にそびえていた。

雪をいただいて切り立つ山頂から、東西の裾野の果てまで、一望のもとに見渡すことができる。

その雄大な景色に、頼朝はしばし息を呑んで立ち尽くした。

古来富士の歌を詠《よ》んだ歌人は数多いが、ここから眺める美しさは筆舌に尽くし難い。ただ神宿る山とばかり見えて、有難さに頭《こうべ》を垂れるばかりだった。

峠からの坂道をゆるゆると下り、午《うま》の刻（正午）過ぎに三島《みしま》に着いた。

国府の政庁には、北条時政が一族郎党を引き連れて出迎えに来ていた。

「此度《こたび》の勝ち戦、まことにお目出とうござる。これもすべて上様のご威光の賜物と存じまする」

時政が大仰に平伏して頼朝をたたえた。

「今日あるは北条どののお陰じゃ。改めて礼を申し上げる」

頼朝は丁重な挨拶を返した。

腹の底では何を考えているか分らない舅《しゅうと》だけに、用心してかかるのが習慣になっていた。

時政の手勢三百余騎に先導され、狩野《かの》川ぞいの道をさかのぼった。

河原は一面春の草花におおわれ、川は清く澄んでいる。

はるか上流には、天城《あまぎ》の山々が青くかすんで連なっていた。

なじみ深い懐しい景色だが、頼朝は感情の失《う》せた冷ややかな目を向けたばかりだった。

ここに立つと蛭《ひる》ヶ小島《こじま》での屈辱の日々が脳裡《のうり》によみがえり、素直に心を開くことができなくなる。

時として政子をうとましく感じるのも、あるいは同じ理由によるのかもしれなかった。

韮山の北条館には、真新しい御殿が建てられていた。

北条家は伊豆一国の差配を任されているばかりか、三津《みと》の港を本拠地として海上交易を行なっているので、内証《ないしょう》は豊かである。

そこで頼朝を迎えるために豪壮な御殿を新築し、他の豪族に力のほどを見せつけたのだった。

三日間の酒宴を終え、四日目に鹿狩りに出た。

狩野川ぞいの小高い山を一千余の軍勢で取り巻き、徐々に包囲の輪を縮めて逃げ道を断つ。

その中に勢子《せこ》を入れて獲物を追わせ、飛び出して来たところを弓で仕止める。

これは軍事演習を兼ねたもので、武士にとっては日頃の鍛練の成果を披露するまたとない機会だった。

山の周囲には源氏の白旗や豪族たちの旗が勇ましくたなびき、戦場のような張り詰めた空気がただよっていた。

床几《しょうぎ》に腰を下ろした頼朝の前には、下河辺《しもかわべ》庄司《しょうじ》行平《ゆきひら》、同四郎政義《まさよし》、新田《にった》四郎忠常《ただつね》、愛甲《あいこう》三郎季隆《すえたか》ら弓の名手が控え、御前の射手をつとめた。

勢子に追われた鹿が猛《たけ》り狂って飛び出して来た途端に、三人がいっせいに矢を放った。矢は過たず急所に突き立ち、鹿は足を払われたように横に倒れた。

躍動する鹿が一瞬にして射殺される姿には、息を呑むような迫力と美しさがある。

頼朝はその鮮やかさに魅了され、翌日も翌々日も鹿狩りをつづけた。

三月二十七日、梶原景時からの急使が到着した。

平重衡を連行して三島の国府に着いたので、ご指示をいただきたいという。

頼朝はすぐに北条館に来るように命じ、真新しい御殿で景時と対面した。

大柄でりりしい顔立ちをした男だが、平家との合戦を経て一段と精悍《せいかん》さを増したようだった。

「西国への出陣、大儀であった」

頼朝はねぎらいの言葉をかけてから、重衡の様子をたずねた。

「輿での道中ゆえ遅れておりますが、あと半刻《はんとき》（一時間）もすれば到着なされましょう」

「どのようなお方じゃ」

「年は二十八。見目うるわしい公達《きんだち》ではございますが……」

景時が口ごもった。

「遠慮は無用じゃ。申すがよい」

「都を発って以来髭《ひげ》を当たることを禁じておりますので、まことにむさくるしき体《てい》にございます」

自害される危険があるので、捕虜には刃物を使わせないのが武家の作法である。

だが相手は三位の公卿《くぎょう》なので、景時もさすがに気がひけるようだった。

「湯は使わせたか」

「逃亡のおそれがありますゆえ許してはおりませぬが、不届きにございましょうや」

「構わぬ。朝敵に情をかける必要はない」

重衡の落ちぶれ果てた姿を見せれば、坂東八平氏の面々も平家の没落を実感する。

その効果をよりいっそう高めるためにも、重衡をむさくるしくしておくほうが好都合だった。

「一の谷では、九郎がめざましい働きをしたそうだな」

「鵯越《ひよどりごえ》の崖を馬で落とされ、平家の陣を内側から崩されました。坂東武者も及ばぬあっぱれな戦《いくさ》ぶりでございました」

「余は大手から力押しにせよと命じた。しかるにそちも搦手《からめて》に回ることに賛同したそうではないか」

「申しわけございませぬ。しかしそうせねば、戦に勝てなかったと存じます」

「余は責めておるのではない。戦は生き物じゃ。その場に立たねば分らぬことも多い」

その言葉に偽りはなかったが、時がたつにつれて義経が手柄を立てたことより軍令に違反したことの方が気になりだした。

これでは頼朝の戦略家としての才覚が疑われかねない。それに義経の人気がいっそう高まったことが妬ましくもあった。

半刻もしないうちに四方輿《しほうごし》が到着し、後ろ手に縛られた本三位中将重衡が中庭に引き据えられた。

重衡は平清盛の五男である。

頼朝にとっては父の仇《かたき》だけに、彼我の立場を明らかにするためにも重罪人として扱っていた。

頼朝は長々と待たせ、御簾《みす》の中から引見した。

対面したなら、おごる平家の凋落《ちょうらく》ぶりをあざ笑ってやろうと思っていた。

ところが重衡をひと目見るなり、そんなつもりは跡形もなく消え失せた。

重衡は髪も髭も伸び放題で、烏帽子《えぼし》もかぶらぬ放免《ほうめん》のような姿をしていた。それでも背筋を真《ま》っ直《す》ぐに伸ばして御簾を見据え、平家一門としての誇りだけは守り抜こうとしていた。

その姿が二十四年前の自分と重なり、頼朝は激しく心を動かされた。

蛭ヶ小島に連れて来られ、北条時政らの前に引き据えられた時の無念や悔しさが、昨日のことのようによみがえった。

「もうよい」

御簾の外に控えた義時に声をかけた。

「三位中将どのの縛《いまし》めを解き、湯屋に案内せよ。新しい装束の用意も忘れるな」

重衡には明日改めてお目にかかると声をかけ、頼朝は席を立った。

こんな気持になろうとは、思いも寄らぬことである。

賞罰を厳正にせよという日頃の方針にも背くことだが、頼朝は重衡に情をかけた自分に満足し、梅の香を嗅いだような清々しい気分を味わっていた。

第十九章　義高誅殺

一

伊豆の韮山《にらやま》で鹿狩りと温泉を堪能した源頼朝は、四月一日に鎌倉に戻った。挙兵以来初めて取った長の休みだけに、体中に活力がみなぎる爽快な気分だった。

鎌倉の野も山も芽吹きの季節を迎えている。

晴れやかな空につばめが高く飛び交い、なぎわたる海は陽光をあびて輝いていた。

頼朝は真っ先に鶴岡八幡宮を訪ねて帰参の報告をし、先のご加護を祈った。

一の谷の合戦に大勝したとはいえ、平家はまだ数百艘《そう》の船団と巨万の富を持ち、安徳天皇と三種の神器を擁して捲土重来《けんどちょうらい》を期している。

この先ご両所の安全を図りながら平家を討伐するという困難な戦いが待ち受けて

いた。

頼朝はまず平家勢力の分断を策した。

これまで平家方となっていた者でも、向後鎌倉の下知《げち》に従うなら所領を安堵《あんど》すると諸国の在地豪族に伝えた。

この方針を目に見える形で示したのが、池禅尼《いけのぜんに》の嫡男《ちやくなん》平頼盛《よりもり》の所領を返還したことだった。

四月六日、朝廷から頼盛の所領を没収して頼朝に与えるという知らせがあったが、頼朝は禅尼の旧恩に報いるために頼盛の罪を許し、三十四ヵ所の所領を安堵するように奏上した。

この噂《うわさ》はまたたく間に諸国に伝わり、平家方となっていた者たちの投降を容易にすると同時に、頼朝の人気を飛躍的に高くした。

平治の乱の折に命を助けてもらった恩に報いたことで、理より情を重んじる庶民の心をしっかりとつかんだのである。

それはまさに思う壺《つぼ》だが、頼朝にはさらに深い読みと狙いがあった。

御恩と奉公――。

やがて武士の行動原理となるこの原則を、自ら身をもって示したのだ。

これまで朝廷や寺社は、開発領主である東国武士たちから年貢を徴収してきたが、これは征服者と被征服者の関係によるものだった。

古来東国にはいくつかの地方政権があり、それぞれ独自の国家を築いていたが、畿内《きだい》に成立した大和朝廷との戦争に敗れ、支配下に組み込まれた。

以来数百年の間、東国は朝廷から一方的に収奪される地位に甘んじてきた。朝廷による律令制度が崩れ、公家や寺社などの権門による荘園制の時代になっても、東国の有力者に荘園領主となる道は開けなかった。

開発した荘園を畿内の権門に寄進し、その権威のもとに領有権を保証されたにすぎない。

このことに東国武士たちは憤りを覚え、一所懸命の地の領有を保証してくれる武家の棟梁《とうりよう》の出現を切実に願った。

頼朝はこの役目を果たせるだけの血筋の良さと才覚を買われて東国武士に祭り上げられ、わずか四年の間に東国十数ヵ国を勢力下におさめた。

この政権は従来のように征服、被征服の関係を基礎とするものではないだけに、権力を維持するための新しい原則が必要となった。

それが御恩と奉公だった。

鎌倉殿である頼朝から所領を安堵された恩を、軍役によって果たすという契約関係なのである。

それゆえ頼朝は、恩のある者には手厚い保護を加えて範を示し、この原則の定着を図ろうとしたのだった。

四月八日、平重衡《しげひら》が梶原景時《かげとき》に護送されて鎌倉に到着した。

頼朝は大倉御所の一宇を重衡の居所に当て、毎日十人ずつ当番を決めて警固に当たらせた。

頼朝は伊豆で重衡と何度か語り合ううちに、都の香気をまとった平家の公達《きんだち》がすっかり気に入り、肝胆《かんたん》相照らす仲になっていた。

それゆえ坂東武者どもが重衡に非礼を働いたり、私怨を晴らそうとして狼藉《ろうぜき》に及ぶのではないかと心配していた。

また重衡に恩をほどこすことが、頼朝のひそかな喜びにもなっていた。

四月十日、都の源九郎義経から使者が来た。

木曾義仲討伐の功を賞して、朝廷は頼朝を従四位下《じゅしいのげ》に任じたという。

父義朝の左馬頭《さまのかみ》は従五位だから、頼朝は家格を越えた大抜擢《ばってき》を受けたのである。

だが前に申し入れていた征夷《せいい》大将軍への任官は、前例がないという理由で見送られた。

「この措置をどう思う」

頼朝は大江広元《ひろもと》を呼んで意見を求めた。

「確かにご先祖に征夷大将軍を拝命した方はおられませぬな」

朝廷の官位や官職は家柄によって定められている。朝廷はその基準にそって断を下したのだった。

「それはただの言い訳に過ぎぬ。前例を越えられぬのなら、平家一門があのような栄達を遂げられたはずがあるまい」

「なるほど。おおせの通りでございます」

広元は初めて気付いたようなふりをした。

相変わらずつかみ所のない飄々《ひょうひょう》とした応対ぶりだった。

「後白河法皇は余を疑っておられるのであろうか」

「怖《おそ》れておられるのでございましょう。何しろ七万もの大軍を送られたのでございますから」

「院宣《いんぜん》に従ってのことだ。怖れられるいわれはない」

頼朝は法皇を信用していない。だが諸国の武士に号令するためには、院宣という大義名分がどうしても必要だった。

「朝廷は太古の昔より夷をもって夷を征して参りました。それゆえ鎌倉殿の力がこれ以上大きくなれば、朝廷の存在をおびやかすと危惧しておるのでございます」

「余は朝廷に背くつもりはない」

「されど御家人となった者たちの所領を安堵してやらねばなりませぬ。さすれば院や権門の荘園を侵さずには済まぬことになりましょう」

頼朝が東国武士のための権門となって所領を安堵している間は、朝廷との摩擦はまだ少なくて済む。

だが平家を倒して畿内や西国の武士まで御家人としたなら、所領をめぐる対立は避けられなかった。

「それに征夷大将軍に任じれば、奥州征伐の大義名分を与えることになりかねませぬ。平泉の藤原氏は都の摂関家とは昵懇《じっこん》の間柄ゆえ、そのことを危ぶんでおられるのでございましょう」

広元は都の事情と朝廷や法皇の手の内を熟知している。鎌倉にいても掌《たなごころ》を指すように彼らの考えを見通していた。

「上様、よろしゅうございましょうか」

板戸の外から北条義時が声をかけた。

「構わぬ。入れ」

「ただ今、三島の父より使いが参りました。これを上様にお渡しせよとのことでございます」

固く封をした書状を差し出した。

立文《たてぶみ》を糊《のり》付けした上に、誰かが開封すればすぐに分るように朱印を押している。

「大仰なことだな」

頼朝は時政に対して軽い反感を覚え、苦笑しながら文を開いた。

中には時政の文と、短冊形の細い紙片が入っていた。

三島の街道筋の警固に当たっていた者が不審の者を捕えたところ、同封の密書を所持していた。

密書は鎌倉の一条忠頼《ただより》から甲斐の実父武田信義に宛てたもので、小さな字で次のように記されていた。

「急ぎしたため参らせ候《そうろう》。瀬田の恩賞につき、いまだ沙汰なく候。甲斐源氏の面目相立ち申さず無念に候。かくなる上は甲信越の身方を催し、威勢を立つべきと存じ候。されど我らばかりにては旗色ふるい申さずと存じ候ゆえ、かの御方と意を通じ、計略を巡らしおり候。この旨ご承知の上、ご用心専一に願い上げ候」

忠頼は瀬田の合戦で木曾義仲を討ち取る働きをした。ところが頼朝からいまだに何の恩賞もないので甲斐源氏の面目は丸潰れになった。

かくなる上は甲斐、信濃、越後《えちご》の身方を集めて兵を挙げようと思うが、武田家が盟主となっては大義名分が立たないので、かの御方と連絡を取って準備をしている。

このことをご承知の上、いつ挙兵してもいいように仕度をしておいてほしい。

およそそんな意味である。

密書が細い短冊形なのは、こよりのようにしてどこかに隠し持っていたからだった。

頼朝は密書を三度読み返し、黙ったまま宙を見据えた。

一条忠頼に恩賞を与えなかったのは、平家討伐を終えるまで御家人たちの動向を見定める必要があったからだ。

そのことに不満を持って謀叛《むほん》の計略をめぐらしていようとは思いもかけぬことである。

しかも甲信越での旗頭となれる「かの御方」といえば、義仲の嫡男義高以外には考えられなかった。

「あの、どのような知らせでございましょうか」

険しい表情に怖れをなし、義時が遠慮がちにたずねた。

頼朝は無言のまま密書を突き付けた。

義時は黙って目を通し、少しためらってから広元に渡した。

「これが事実なら、由々しき大事にございますな」

広元は素早く目を通し、酒でも飲みたそうにあごをさすった。

「偽書だと申すか」

「その疑いもないとは申せますまい」

「それでは外記《げき》どのは、それがしの父が偽書を用いて讒訴《ざんそ》したとおおせられるのでござるか」

義時が大きな目をむいて気色《けしき》ばんだ。

「誰かが偽の密書を持たせて使者をつかわすこともある。孫子《そんし》の兵法にも記された用間《ようかん》の法だ」

広元は義時を一喝すると、断わりもなく密書を引き裂き、小さく丸めて藤の花を生けた花器に投げ入れた。

紙片は水を吸ってふくらみ、墨をにじませながら沈んでいった。

「このような物にとらわれては、正しい判断はできませぬ。心の目をお開き下されませ」

広元は何事もなかったように、すまして花を見つめていた。

頼朝は広元の学識と才知を高く買っているので何も言わなかったが、一人きりになると急に不愉快になった。

いかに深い考えがあろうと、大事な密書を断わりもなく破り捨てるとは僭越《せんえつ》もはなはだしかった。

（あるいはあの者も、忠頼と同心しているのではないか）

だからこそ証拠の品をいち早く始末したのかもしれぬ。頼朝はそう考え、背筋にぞくりと寒気を覚えた。

広元までがこの計略に加わっているとすれば、御家人の大半は寝返ったと見なければならぬ。今にも血刀を下げた強兵《つわもの》たちが戸板を蹴破って踏み込んで来るのではないか……。

頼朝はじっと座ったままふくれ上がった恐怖を見据え、その是非を見極めようとした。

四半刻《しはんとき》（三十分）ほど気を鎮めてから梶原景時を呼んだ。

頼朝は景時の公平さを買っている。石橋山の合戦で危うい所を救われたこともあって、腹を割って話せる数少ない相手だと見込んでいた。

「さすがに外記どのでござる。腹の据わったことをなされますな」

話を聞いた景時は、広元の処置を誉《ほ》め讃えた。

「上様は武家の棟梁となられたのでござる。証拠などに頼らず、威と徳によって御家人を従わせねばなりませぬ」

「神ならぬ身じゃ。すべてを見通すことはできぬ」

「できるとお考えなされませ。たゆまぬ研鑽《けんさん》をお積みになれば、いつの日か神通力を授かるはずでございます」

雲をつかむような話だが、景時の言葉には不思議な説得力があった。

「では忠頼のことはどうじゃ。どう対処したらよい」

「上様はどのようにお考えでございますか」

「坂東はようやく治まりかけたばかりじゃ。事実とすれば見過ごすことはできぬ」

「承知いたしました。密書に記されたような謀《はかりごと》があるのかどうか、しばらくお二方の動きを探ってみることといたしましょう」

景時は配下の雑色《ぞうしき》を密偵に仕立て上げているので、こうした仕事はお手のものだった。

二

四月十六日、寿永《じゆえい》三年（一一八四）は元暦《げんりやく》元年となった。

平家が擁する安徳天皇から後鳥羽《ごとば》天皇の御世となり、遅ればせながら御代始《みよ》めの改元が行なわれた。

平家が一の谷の戦いで大敗したため、もはや安徳天皇の御代に戻ることはないと見切った上での改元だった。

その翌日、景時が御所を訪ねてきた。

「お二方は黒でござる。魚売りに身を変えた間者《かんじゃ》を使い、ひそかに連絡を取り合っておられます」

同じ魚売りが扇ヶ谷《おうぎやつ》の義高の館《やかた》を日に二度も訪ねた。

おかしいと感じた雑色が後を尾《つ》けると、一条忠頼の屋敷に入っていった。

そこで次の日に扇ヶ谷で待ち伏せ、魚売りを捕えて間者だということを突き止めたのである。

「密書は持参しておりませぬゆえ、責めにかけて口を割らせようとしたところ、隠し持った鎧《よろい》通しで自害したそうでござる」

「命を捨てても守らねばならぬ秘密があるということだな」

頼朝はひどく気落ちした。

大姫のためにも義高には無実であってほしかったが、願いは無残に打ちくだかれたのである。

御家人に取り立てて生きる道を開いてやった恩を、仇《あだ》で返されたことへの怒りも大きかった。

「間者の遺骸は人目につかぬように始末した由《よし》にござるが、手の者が行方知れずとなっては忠頼どのも不審を持たれましょう。事を起こされるなら、機先を制されるべきと存じまする」

「広常《ひろつね》父子の例もある。うかつなことはできぬ」

昨年十二月、頼朝は上総介《かずさのすけ》広常父子を営中で誅殺《ちゅうさつ》させた。

そのために坂東八平氏《はちへいし》の反発を招き、大江広元の機転によってかろうじて事態を収拾した。

もし忠頼を誅殺したなら、武田信義が甲斐、信濃の軍勢を催して反頼朝の兵を挙げる怖れがある。

そうなれば上洛《じょうらく》している信義の義弟安田義定《よしさだ》が、甲斐源氏を引き連れて戦線を離脱するにちがいない。

最悪の場合には、甥《おい》の弔い合戦と称して義経や範頼《のりより》に攻めかかるおそれさえあった。

「ではもう一方の芽を摘むべきと存じまする」

「義高か」

「さすれば計略を未然に防ぎ、身方の犠牲も少なくてすみまする」

「分った。追って沙汰いたすゆえ、扇ヶ谷の見張りを厳重にしておけ」

頼朝は即答をさけた。

確かに義高を除けば忠頼らの挙兵の名分は立たなくなる。甲斐源氏への警告にもなるだろう。

だが大姫のことを思うと、非情の断を下すことはできなかった。

三日後、頼朝の気持を逆なでするような知らせが届いた。

扇ヶ谷の屋敷に信州からの密使が到着した。義高が鎌倉を脱出する手筈《てはず》をととのえているおそれがあるという。

（義高は大姫を捨てるつもりなのだ）

そんな男のために心を悩ますことはない。恩を仇で返した報いがどんなものか、骨身に徹して思い知らせてやる。

頼朝は怒りにまかせて迷いの糸を引きちぎったが、決行を命じる前に大姫に会い、それとなく根回しをしておくことにした。

奥御殿に使いをやると、大姫は一人でやってきた。

近頃童髪《わらわがみ》から垂髪《すべらかし》にしている。まだ肩のあたりまでしか伸びていないが、元結《もとゆい》で小さく束ねた姿には将来の成長をうかがわせる気品があった。

「母上はどうした」

できれば二人きりで向かい合うのを避けたかった。

「比企《ひき》の乳母《うば》と着物を見立てておられます。呼んで参りましょうか」

「いや、構わぬ。たいした用ではないのだ」

あまり改まっては、大姫に勘付かれるおそれがあった。

「近頃は扇ヶ谷には行かぬのか」

「この間も、同じことをおたずねになりました」

大姫が小首をかしげて怪訝《けげん》な顔付きをした。

御家人となって以来、義高は忙しい日々を過ごしているので、行くのを遠慮している。

大姫がそう答えたことを思い出し、頼朝は義高への疑いをますます強くした。計略を悟られないように大姫を遠ざけているのだと思った。

「余は明日訪ねてみるつもりじゃ」

「御用でございますか」

「西国での戦《いくさ》は急を告げておる。義高にもそろそろ重き役目を荷《にな》ってもらわねばならぬ」

役目を申し付けたが従わなかった。不審に思って問い質《ただ》したところ、信州に潜伏している木曾義仲の残党と結んで兵を挙げる謀《はかりごと》をめぐらしていたので、誅殺のやむなきに至った。

頼朝はそんな筋書きで大姫を納得させようと考えていた。

「それでは義高さまに、よしなにお伝え下されませ。立派にお役目を果たされますようお祈りしております る」

大姫が丁重に頭を下げた。

妙に大人びた、聞きわけの良過ぎる応対である。

頼朝はかすかな不審を覚えたが、それ以上深く考えようとはしなかった。

翌二十一日、義時や景時ら十数騎を従えて扇ヶ谷に向かった。

遠出のついでにふらりと立ち寄った風を装い、対面した席で景時に刺殺させる計画である。

景時の手際のほどは上総介広常父子を誅殺した時に証明ずみだし、義高の屋敷には五、六人の家来しかいないので、十数人もいれば充分だった。

館の門は広々と開け放たれていた。

番所には二人の下人がいて双六《すごろく》に興じていたが、頼朝らに気付くとあわてて門の左右に立って姿勢を正した。

「上様のお成りじゃ。急ぎ奥へ伝えよ」

聞くなり一人が奥へ駆け込み、工藤助左衛門《くどうすけざえもん》を連れて戻って来た。

義高に御家人としての心得を教えるために、側役《そばやく》として付けた初老の武士である。

義高の動きを監視せよとも命じていたが、助左衛門は今度のことについて何も気付いていなかった。

「よくぞお出《い》で下されました。そのままお進み下されませ」

助左衛門が頼朝の馬の轡《くつわ》を取って奥へ案内した。

「義高は息災か」

「ただ今、寝所にて双六に興じておられます」

「この家の者は、そろって博打《ばくち》にうつつを抜かしておると見ゆる」

「義高さまが好まれますので、下男下女にいたるまで風に染まるのでございます。
こちらでしばらくお待ち下されませ」

頼朝は義時と景時だけを従えて対面所で待っていたが、義高はなかなか現われなかった。

館の中はがらんとして、人の気配はまったくない。頼朝のお成りというのに応接に出る侍女さえいなかった。

「何やら妙でござるな」

景時は焦臭《きなくさ》い顔をして廊下をのぞいた。

「前触れもなく立ち寄ったゆえ、外出なされているのかもしれませぬな」

今日の計略を知らない義時は、のんびりと部屋の雑作をながめていた。

頼朝は中庭に目をやり、大姫と義高が雪山を作っていたことを思い出した。仲むつまじい二人の姿が脳裡《のうり》をよぎり、義高を殺すことを再びためらった。

(義高に一条忠頼の誅殺を命じればよい)

義高が前非を悔いて従うなら、生かす道もあるのではないか……。

「い、一大事でござる。義高どのがどこにもおられませぬ」

助左衛門が蒼《あお》い顔をして戻ってきた。

「近習《きんじゅ》の海野小太郎《うんのこたろう》と双六をしておられるとばかり思っておりましたが」

寝所にいたのは小太郎ばかりで、義高は消え去《う》せているという。

「最後に姿を見たのはいつじゃ。今朝か」

「さ、昨夜でござる。今日はまだ一度も寝所から出ておられませぬ」

義高は頼朝の動きを察し、小太郎を身替わりにしていち早く脱出したのである。

これだけ周到な策を巡らすからには、昨夜のうちからこのことあるを察していたにちがいなかった。

「御所に戻る。そちはここに残り、事の顛末《てんまつ》を調べておけ」

景時にそう申し付け、頼朝は馬を飛ばして大倉御所に取って返した。

義高が昨夜から脱出を計画していたのなら、甲斐にも連絡を取っているはずである。

今にも甲斐源氏の大軍が攻めてくるようで、落馬の危険もかえりみずに馬を飛ばした。

三

頼朝の対応は迅速だった。

四方の切通しを厳重に閉ざし、敵の来襲に備えた。

鎌倉は三方は山、一方は海なので、切通しさえ閉ざせば大軍に襲われる心配はない。また外部との連絡を遮断するのにも好都合だった。

次に北条、三浦、安達《あだち》らの有力御家人に大倉御所の警固を命じた。

頼朝の尋常ならざるところは、一条忠頼にもこの役を命じたことである。

義高との密謀になど少しも気付いていないふりをして忠頼を安心させると同時に、身近に置いて動きを監視しようとしたのだった。

「万一忠頼に不穏な動きあらば、間髪容《い》れずに討て」

義時にそう言い含めている。

それを聞いて義時も、初めて容易ならぬ事態だと気付いていた。

次に街道筋に所領を持つ御家人に義高の追跡を命じた。

義高は甲斐か信濃に向かうはずなので、その方面の探索は特に厳しくせよと申し付けた。

すべての手配を終えた頃、景時が海野小太郎を引き具して戻ってきた。

「屋敷を抜け出した手口が分り申した」

驚いたことに、手引きしたのは大姫だった。

頼朝の話しぶりから義高に危険が迫っていることに気付いた大姫は、昨夜のうちにこのことを知らせ、今朝早く衣装を届けるという名目で五人の侍女をつかわした。

義高は女房装束をまとってこのうちの一人と入れ替わり、表門から易々《やすやす》と出て行った。

その後で家来たちも抜け抜けに屋敷を出て義高の後を追ったが、小太郎ばかりは館に残り、義高と寝所で双六に興じているふりをつづけていた。

これには監視役の助左衛門ばかりか、景時配下の雑色たちも完全にあざむかれたのだった。

「子供の知恵とは、あなどれぬものよな」

頼朝は腹の中で舌打ちをした。

昨夜の短いやり取りから大姫が異変を察し、義高を逃がす手筈をととのえるとは思いも寄らなかった。

「小太郎とやらはどうした」

「侍所《さぶらいどころ》に押し込めておりますが、いかがいたしましょうか」

「話を聞きたい。連れて参れ」

小太郎は義高と同じ年の前髪姿の少年だった。

色白のおとなしそうな顔立ちをしているが、澄んだ瞳には義高のために身を捨てようという決意がみなぎっていた。

「館を出て行く時、義高は何と言った。迎えに来ると申したか」

頼朝はおだやかにたずねた。

「今生の別れだとおおせられ、脇差を下されました」

「その脇差はどうした」

「侍所で預かっております。しばらくお待ち下され」

景時が取りに行った。

都で名高い粟田口国家《あわたぐちくにいえ》の作で、鞘《さや》には緋色《ひいろ》の錦が巻いてあった。

「源九郎さまが上洛なされた折、義高さまのために買い求められた品だそうでございます」

小太郎が問われぬ先に誇らしげに答えた。

「義高はこれで腹を切れと言ったのだな」

「お口にはなさりませぬが、その覚悟は館に残ると申し出た時から定めておりました」

「見事な心延《こころば》えじゃ。腹など切られては困るゆえ、この脇差はしばらく余が預かっておく」

頼朝は小太郎を丁重に扱うように景時に命じた。

義高が戻って来ぬと言ったからには、挙兵の計画はまだ練り上がってはいない。

そのことが分り、ようやく落ち着きを取り戻した。

翌日、政子が訪ねてきた。

伊豆へ里帰りして以来、気持が伸びやかになっている。顔もふっくらとして、立居振舞いにも自信があふれていた。

「お話がありますが、よろしゅうございましょうか」

「うむ」

頼朝は不機嫌に応じた。

「四方の切通しを閉ざされたと伺いましたが、すぐに開けていただきとう存じます」

「何ゆえじゃ」

「道を閉ざされては、商人や物売りが難渋いたします。それに御家人一人が出奔したくらいでこのような騒ぎをなされては、鎌倉殿の沽券《こけん》にかかわりましょう」

「そちが知らぬこともある。余計な口をさしはさむでない」

「義高どのを旗頭として兵を挙げる者がいるとお考えなのでしょうが、そのような事が起こるとは思えませぬ」

政子は頼朝の措置を見ただけで、何を考えているのか読み取っていた。

「それに義高どのを討たずとも、時がたてば解決の道も見出《みいだ》せましょう。何とか穏便なご処置をなされるようにお願い申し上げます」

「まさか、そなたが大姫に知恵をつけたのではあるまいな」

「あれはあの子一人の考えでしたことです。これほど大事になるとは思っていなかったらしく、昨夜私に泣き付いて参りました」

「義高は謀叛をたくらんでいたのだ。泣き付かれたからといって許せるものではない」

頼朝は話は済んだとばかりに背を向けた。

政子と話しているとついかっとなって不用意な言葉を口走ってしまう。背を向けたのは、それを避けるためだった。

「あなたさまは義高どのをそれほど怖れておられるのですか」

「なにっ」

頼朝は目を吊《つ》り上げてふり返った。

「もし義高どのを討てば、大姫は傷心のあまり生きてはおりますまい。娘をそんな目にあわせてまで討たねばならぬほど、あの童《わらわ》を怖れておられるのですか」

「怖れてなどおらぬ。謀叛人を討つのは当然のことではないか」

「では本当に謀叛を企てていたのかどうか、詮議にかけられるべきでございましょう。今すぐ追手の者どもに使者をつかわし、義高どのを討たぬようにお申し付け下されませ」

政子は膝を詰めて言いつのったが、頼朝は聞き入れなかった。

捕えよと命じれば矢を射かけることができなくなる。取り逃がす危険も増大する。それに義高の脱走に大姫は加担している。いかに悲しむからといって、そのような勝手をした者の頼みに耳を貸すわけにはいかなかった。

鎌倉からも追手を出すこととし、堀親家《ほりちかいえ》を大将に任じた。

御家人の中でも一、二を争う騎射の名手で、郎党にも屈強の者が多かった。

「情をかけるには及ばぬ。見つけ次第討ち果たせ」

厳重に命じ、知らせを待った。

天下の創建をめざす頼朝は、多くの問題に直面していた。

ひとつは平家の追討である。武家の棟梁として兵馬の権を握るためには、源平並び立つ時代を終らせなければならなかった。

もうひとつは武家の権門になるための制度の整備である。

頼朝が目ざしたのは、武家が開拓した一所懸命の地を武家自身が領有する権利を確保することだった。

朝廷の公領たる国衙《こくが》領、公家や寺社の権門が支配する荘園と並んで、武家の所領（後の守護、地頭領）を打ち立てようとしたのである。

だからこそ多くの武士たちが頼朝の旗の下に参集したのだし、彼らの要求をかなえる以外に、頼朝が棟梁の地位を維持する方法はなかった。

これより三十七年後に後鳥羽上皇が承久《じょうきゅう》の変を起こした時、尼将軍と呼ばれた北条政子は武士たちに次のような檄《げき》を飛ばした。

〈皆心を一にして奉《うけたまわ》るべし。これ最後の詞《ことば》なり。故右大将軍朝敵を征罰し、関東を草創してより以降《このかた》、官位といい俸禄《ほうろく》といい、その恩すでに山岳よりも高く、溟渤《めいぼつ》

よりも深し。報謝の志浅からんや〉

関東を草創してという言葉が、頼朝が鎌倉幕府を打ち立てた意味を明確に示している。

ここに至る道筋をどうつけるか、頼朝は日々肝胆を砕いて方策を見出そうとしていた。

そんな矢先の義高の裏切りだけに、余計に許し難く感じたのだった。

翌日、頼朝は中原親能《なかはらちかよし》と大江広元を大倉御所に呼んだ。

「体の具合はどうじゃ」

頼朝は腰痛をわずらっている親能をいたわった。

「温かくなり、ずいぶん楽になりました。伊豆で湯治をさせていただいたのが効いたようでございます」

親能は四十二歳になる。頼朝に命じられて東奔西走してきただけに、乗馬の無理がたたって腰を痛めていた。

「もうひと働きしてもらいたいが、聞いてくれるか」

「文官とはいえ、命を捨ててお仕えする覚悟に変わりはございませぬ」

「ならば頼む。平家追討奉行として、上洛軍の指揮を取ってもらいたい」

親能は昨年、上洛軍のための兵糧《ひょうろう》確保に見事な手腕を発揮している。

この先朝廷との難しい交渉を乗り切るには打ってつけの人材だった。

「次に公文所《くもんじょ》のことだが」

「そのことなら、この外記にお任せ下され」

広元が手回し良く一通の書状を差し出した。

公文所とは公文書の作成や保管のために朝廷や権門にもうけられた記録所のことだ。

頼朝はそれを鎌倉にも設置することにし、広元に手配するように申し付けていた。

広元の書状には摂関家の公文所の組織がこと細かに記され、同様の組織を作るために登用する人名まで記してあった。

初代別当は広元がつとめ、三善康信《やすのぶ》、二階堂行政《ゆきまさ》を寄人《よりうど》として補佐させる。

その下に東海道、東山道、北陸道に分けて担当を十数人任じていたが、半数近くは頼朝の知らない名前だった。

「それは都から呼び寄せる者たちでございます。このようなことは武人より公家の方が手慣れておりますゆえ」

広元の生家の大江家は、『江家次第《ごうけしだい》』という故実《こじつ》の書を残したほどの名門である。

その縁故をたどれば、有能な人材を集めることなど雑作もなかった。

四月二十五日、堀親家の使者が到着した。

「申し上げます。昨日、入間《いるま》河原において清水義高どのを討ち取りました」

義高は鎌倉街道を北に向かい、秩父を抜けて信濃に逃れようとした。

これを知った親家らは、入間河原まで追跡した末に義高主従六騎をことごとく討ち取ったのである。

「ご苦労。親家はどうしておる」

「明日、御首《みしるし》とともに帰参なされます」

使者の言葉通り、翌日には親家らが義高の首を持って戻ってきた。

頼朝は御所の遠侍《とおざぶらい》で、作法通り実検した。

義高の首は中庭の首板に載せられていた。

元服して月代《さかやき》を剃《そ》っているが、顔立ちはまだ十二歳の童《わらべ》である。

空をにらむように見開いた目には、志半ばで斃《たお》れる無念がありありと現われていた。

頼朝は義高を誅するのは当然だと思っていたが、幼い生首を見るとさすがに胸が痛んだ。生きて父の汚名を晴らしたいと言っていた時のことを思い出し、正視することができなくなった。

背後でことりと物音がした。

主殿から遠侍へとつづく渡殿《わたどの》に、大姫が強張《こわば》った顔をして立っていた。首実検のことを聞いて様子を見に来たようだが、怖ろしさと哀《かな》しみのあまり近付くことができなかったのである。

どうしたわけか手鞠《てまり》を持っていた。

立ち止った拍子に落とした手鞠が、渡殿から中庭へと転がり落ちた。

「ここに連れて参れ」

義時に命じた。

義高の首を見せて、武士の世界がいかに厳しいか教えておこうと思った。

だが大姫は義時を見るなり逃げ出そうとした。

手をつかまれても足を踏ん張って抵抗し、もう一方の手で渡殿の柱にしがみついて泣き出した。

そのいたいけな声が、頼朝の胸にひときわ堪《こた》えた。

と同時に、聞き分けなく泣き叫ぶ我子に苛立《いらだ》ち、憎しみさえ覚えた。

頼朝は抗《あらが》う大姫を柱から引き離し、強引に抱きかかえた。

「そなたが愚かなことをしたゆえ、義高はこうなったのじゃ。しかとその目で見届けるがよい」

復讐《ふくしゅう》でもするような気持に駆られ、大姫を遠侍に連れて行こうとした。

「いやだ、いやだ。父上さまの嘘《うそ》つき」

大姫は手足をもがき大声で泣き叫んだ。

「余のせいではない。そなたが悪いのじゃ」

頼朝は大姫の腰がくびれるほどに荒々しく抱きかかえ、容赦なく遠侍に入ろうとした。

その時、大姫が満身の力を込めて嚙《か》みついた。

左手の二の腕に鋭い痛みが走り、頼朝は思わず手を離した。

その隙に大姫は奥御殿に向かって懸命に走り去った。

頼朝は大紋《だいもん》の袖をめくってみた。

厚手の生地の上から嚙んだのに血がにじんでいる。

頼朝は腹に力が入らぬようなやる瀬なさを覚えながら、いつまでも血のにじんだ歯形を見つめていた。

第二十章　昇殿宣旨《せんじ》

一

祇園の紫雲閣の庭には、遣水《やりみず》がめぐらしてあった。夏の暑さをさけるために、東山の中腹から水を引き、庭や床下を回って鴨川へ流れ落ちるように工夫をこらしている。

水路の側には紫陽花《あじさい》が薄青色の大きな花をつけていた。紫陽花という名はあづさあい、真藍《さあい》が集《あづ》まるところからつけられたというが、庭の花は藍色になるまでにはもう少し時間がかかるようだった。

源九郎義経は二階の手すりにもたれてぼんやりと庭をながめていた。元暦元年（一一八四）六月中頃のことである。

大広間には畿内《きだい》近国の領主たちが集まり、軍評定《いくさひょうじょう》にかこつけて飲めや歌えの大騒ぎをやらかしていた。

何しろ義経は紫雲閣の婿《むこ》である。磯禅尼《いそのぜんに》も静も下にもおかぬもてなしをする。

食膳には山海の珍味が並び、肌が透けて見える薄物の単衣《ひとえ》をまとった美女たちが酌をするのだから、戦乱で血が荒れた武士たちは前後を忘れて酔《え》い喰《くら》っていた。

別に招いたわけではない。一の谷の合戦に大勝して一躍脚光をあびた義経を慕ってどこからともなく集まり、臣従を誓う名簿《みょうぶ》を差し出すのである。

いずれも二十騎、三十騎ほどの郎党を従える小領主にすぎないが、今では総勢一万騎以上になり、東国から上洛《じょうらく》した軍勢と拮抗《きっこう》するほどの勢力になりつつあった。

義経が彼らの臣従を許しているのは、平家や木曾義仲に属していた者たちが行き場をなくして野盗と化すことを避けるためである。

また、屋島の平家との決戦のためにも、独自の軍勢を持つ必要があったが、烏合《うごう》の衆であることは否《いな》めない。

その者たちが衆を頼み酔いにまかせて放言することに、義経は次第に耐えられなくなっていた。

この中には平家方となって一の谷に出陣した者たちも少なくない。それがいったん負け色になると、蜘蛛《くも》の子を散らしたように逃げた。

　彼らを配下とすれば、その弱点をそっくり抱え込むことになる。

　これからの戦では、そのことを念頭に置いておかねばならぬと肝に銘じていた。

「それにしても、鎌倉殿は非情じゃ。木曾義高どのを御家人にしておきながら、今になって誅殺《ちゆうさつ》することはあるまい」

　大広間から源頼朝を公然と批難する声が上がった。

「そうじゃ。他人ならともかく、大姫さまの婿になられた方ではないか」

「大姫さまはひそかに義高どのを落とそうとなされたというぞ」

　数人が勢いよく尻馬に乗った。

　いずれも木曾義仲に属していた者たちで、義高にはひときわ同情を寄せていた。

　義経も頼朝のやり方には疑問を感じていたが、自分の座敷で頼朝を批判する者を見過ごすわけにはいかなかった。

「三郎、これへ」

　伊勢三郎を呼んで、誰が言ったのかを確かめた。

「近江の佐々木修理大夫《しゆりだいぶ》どのの一党でございます」

　三郎は畿内の事情に詳しいので、新参の領主たちのまとめ役になっていた。

「名簿を返し、すぐに引き取らせよ。近江までの路銀も渡してやれ」

三郎が大広間でそのことを伝えると、座が水を打ったように静まった。

どこかで蟬《せみ》が高い声で鳴いている。

京の都は、うだるような夏を迎えようとしていた。

長々とつづいた酒宴も、申《さる》の刻（午後四時）には切り上げとなった。

洛中《らくちゆう》にはまだ平家の残党がひそんでいる。

その上、平家の没落とともに所領や職を失った者たちが盗賊と化しているので、日暮れてからの外出は危険だった。

義経は別室に下がり、静と二人だけで飲み直した。

酒宴でもかなり酒を過ごしていたが、不快さがつのるばかりで少しも酔えなかった。

「どうぞ。これをお飲みになっとくれやす」

静が朱塗りの椀《わん》を差し出した。

井戸から汲《く》んできたばかりの水に蕗《ふき》の葉をひたしてある。

口にするとほんのりと甘味があって、酒や美食に麻痺《まひ》した舌がすっきりと洗われるようだった。

「あまりお過ごしになると、体を壊してしまいますえ」

静は白の生絹《すずし》の単衣に緋《ひ》の袴《はかま》という夏姿である。

淡く透き通った衣の下から、形のいい乳房がのぞいていた。

「酒の席だ。飲まぬわけにもいくまい」

「それはそうどすけど、お気をつけとくれやす。近頃は笛の音も沈みがちどすさかい」

「私は一刻も早く出陣し、平家を討って父上の仇《かたき》を報じたいのだ」

一の谷の合戦からすでに四ヵ月が過ぎている。

その間義経は何度も出陣の許可を求めたが、鎌倉の頼朝は許そうとはしなかった。

こうしている間にも、平家は四国の屋島で勢力の挽回《ばんかい》につとめていると思うと、焦りと苛立《いらだ》ちにじっとしていられない。

その気持をまぎらすために酒を飲んでも、美味《おい》しくも楽しくもなかった。

「私は父上の顔を知らぬ。共に過ごしたこともない。だからこの手で仇を討って、父上の子であることを証《あか》さねばならぬのだ」

義経はそれこそ自分の本心だと信じていたが、その思いの裏には微妙な功名心が隠されていた。

一の谷での活躍によって、義経は初めて源義朝の血を受けた武将として世に認知された。ところが日がたつにつれて民衆の熱狂は薄れ、洛中では三種の神器を奪い返せなかった不手際を責める声も上がっている。

それだけに一刻も早く出陣して再び鮮やかな手柄を立てなければ、世間に顔向けができないような気持になっていた。

「そんなに頑なにならんとくれやす。うちはこうしていられるだけで幸せどす」

静は一弦の胡弓《こきゅう》を奏で、義経をくつろがせようとした。

傀儡子《くぐつ》の一族がはるか昔に遠い大陸から渡来した時、この国にもたらしたものだ。低くて芯の太い、どこか哀調をおびた響きには、長い旅を耐え抜いてきた者たちの苦悩と哀《かな》しみが秘められていた。

義経は激しく心を動かされた。

理想の地をめざしてひたすら歩きつづける者たちの強さと哀しさが胸にしみて、じっとしていられないような焦燥を覚えた。

「今日は帰る。また聞かせてくれ」

途中で席を立ち、栗駒《くりこま》を駆って六条堀川の館《やかた》に戻った。

館の庭では師岡武蔵守重慶《もろおかむさしのかみしげよし》が双肌《もろはだ》ぬぎになり、僧形《そうぎょう》の五人に大長刀《おおなぎなた》の手ほどきをしていた。

義経の守役として鞍馬寺で過ごしていた頃、武蔵守は僧兵たちから長刀の手ほどきを受け、向かうところ敵なしといわれるほどの腕前になった。

それを知った比叡《ひえい》山や三井《みい》寺の僧兵たちが勝負を挑んだが、一度として負けたことがない。

しかも僧兵たちから身内のように慕われ、比叡山や高野《こうや》山ばかりか、白山《はくさん》や播磨《はりま》の書写山《しょしゃざん》にまで長刀の指導に出かけていた。

その頃の弟子たちが武蔵守の噂《うわさ》を聞きつけ、稽古をつけてもらいに来るようになっていた。

「ようし、そこまで」

義経に気付くと、武蔵守はすぐに稽古を打ち切った。

「武蔵坊《むさしぼう》さま。ありがとうございました」

僧兵たちは親しみを込めて武蔵守をそう呼んでいた。

「先ほど中原親能《ちかよし》どのの使いが参りました」

武蔵守の麻の僧衣が、汗にぬれてぴたりと体に張りついていた。

「至急お目にかかりたいので、都合のいい時を知らせてほしいとのことでござる」

「何の用じゃ」

親能は頼朝から平家追討奉行に任じられ、土肥実平《どひさねひら》や梶原景時《かげとき》らと共に五月の末に上洛したばかりだった。

「聞いておりませぬ。内密のご用件なのでございましょう」

翌日、親能が訪ねてきた。

義経と親能は、昨年暮れに兵糧米《ひょうろうまい》の確保を命じられて共に上洛している。

雪深い信濃を訪ねて木曾義仲との和議を諮《はか》ったこともある間柄だが、親能が平家追討奉行に任じられて上洛して以来、二人の間はぎくしゃくしたものになった。

親能が頼朝の命と称して何もかも取り仕切ることが、義経には気に入らなかった。

「至急の用とのことだが、出陣の日取りが決ったか」

顔を合わせるなり高飛車にたずねた。

「もうじき蒲冠者範頼《かばのかじゃのりより》どのが三万の軍勢をひきいて上洛なされます。それを待って出陣するようにとのご下命でございます」

「そのような悠長なことでは、平家に立ち直る機会を与えるようなものではないか。洛中には今でも三万以上の軍勢がおる。兄上はなぜ出陣をお許しにならぬのだ」

「軍船の用意がととのわぬからでございます。いかに屈強の軍勢があろうとも、船なくして平家に勝つことはできませぬ」

「摂津、和泉《いずみ》の浦々から船を集めれば、数百艘《そう》はたちどころに集まるはずだ。その船に乗って四国に押し渡ればよい」

「たとえ屋島の陣所を攻め破ったとて、平家は船を連ねてさらに西へと逃れることでございましょう」

平家はもともと海の民である。

船を住処《すみか》とし、津々浦々を渡って漁労や交易に従事してきた者たちが多い。海上での戦となれば源氏の不利は否めないばかりか、安徳天皇と三種の神器の無事を図ることもおぼつかない。

頼朝がひときわ慎重になっているのはそのためだった。

「ならば、どうなされるつもりなのだ」

「そのことについては、追ってご沙汰があるものと存じます。本日は別の用件をおおせつかって参りました」

親能が頼朝の書状を差し出した。

軍令に背いた科《とが》により、義経の任官を朝廷に推挙するのは見合わせると告げたものだった。

「軍令に背いたとは、何のことじゃ」

義経の顔から血の気が引いた。

一の谷の大勝は、ひとえに義経の働きによる。叱責を受けようとは、思いもよらぬことだった。

「上様は大手からひた押しにせよとお命じになりました。その命に背いて奇襲をかけたために、三種のご神器の返還に応じさせることができなかったと、いたくご立腹でございます」

「大手からひた押しにしては勝てぬゆえ、搦手《からめて》に回ったのだ。そのことは軍評定に諮り、蒲冠者どのの了承も得ておる。落度とされるいわれはない」

もしそれが落度なら、軍評定に加わった全員が咎《とが》められるべきである。

だが総大将の範頼は三河守《みかわのかみ》に任じられているのだから、義経にだけ任官を許さないのは理屈に合わなかった。

「搦手に回った方々は、すべて推挙なされぬそうでございます。お気の毒とは存じますが、身共には如何《いかん》ともしがたいことでございます」

親能は用件だけを伝えると、逃げるように去って行った。

二

洛中の夏は手強《てごわ》かった。

湿気が多く蒸し暑い上に、三方を山に閉ざされているので風がそよとも吹き抜けない。

日中の陽射《ひざ》しは焼きつけるように強く、地面からの照り返しもきついので、地獄の釜であぶられているようである。

しかも地に熱がこもるせいか、夜半になっても少しも涼しくならなかった。

義経は蒸し暑さに眠れないまま、悶々《もんもん》とした夜を過ごしていた。

一の谷の合戦の後、どんな恩賞が与えられるかと心待ちにしていた。

範頼が三河守に任じられたのなら、自分も同様の位が与えられると信じて疑わなかった。

ところが頼朝は恩賞を与えるどころか、軍令に背いたことを責めてきたのである。

その処遇が、どうしても納得できなかった。

手柄に見合うだけの名誉を得なければ、家臣にも他の武将にも面目が保てなくなる。義経に従っても恩賞は得られないと思われたなら、次の合戦に支障をきたすことは避けられなかった。

不満はこればかりではない。弟のように可愛《かわい》がっていた義高を誅殺されたことにも、言いようのない憤りを覚えた。

義高と大姫の縁組みをまとめ、義高を鎌倉まで案内したのは義経である。それなのに一言の相談もなく義高を殺すとは、自分を軽んじているとしか思えなかった。

八月に入って程なく、義経は後白河法皇に招かれて法住寺殿《ほうじゆうじどの》を訪ねた。

法住寺殿は昨年十一月の義仲の焼討ちによって、殿舎の大半が焼失した。ところが蓮華王院《れんげおういん》（三十三間堂）だけは奇跡的に類焼をまぬかれ、黄金の千体観音像が荘厳な輝きを放っていた。

後白河は法華堂《ほけどう》で待ち受けていた。

絽《ろ》の僧衣をまとった涼しげな姿で、二人の年若い白拍子《しらびょうし》を従えている。御前にはすでに酒肴《しゅこう》の用意がととのえてあった。

「源九郎、久しいの」

後白河が盃《さかずき》を回し、白拍子が酌をした。

「鶴《つる》と亀《かめ》という。近頃新たに召し抱えたが、舞いの方はいまひとつじゃ。とても静

る。

小太りの方が亀、細身で背の高い方が鶴。後白河らしい直截《ちょくせつ》な名の付け方であ
には及ばぬ」

ちなみに静とは、おとなしく物静かな故につけられた名だった。

「ところで、頼朝とはどんな奴《やつ》や」

しばらく盃を酌み交わしてから、後白河がたずねた。

頼朝が伊豆に流罪《るざい》になったのは十四歳の頃で、後白河とは面識がなかった。

「何事にも用心深く、情より理を重んじる方でございます」

義経は言葉を選んで慎重に答えた。

「酒は飲むか」

「ほとんど口にはなされませぬ」

「女は」

「側室を一人抱えておられます。亀姫という都の女子《おなご》でございます」

「そんなならこれと同じ名や」

後白河が小太りの白拍子を指して愉快そうに笑った。

「官途推挙の名簿に源九郎の名がなかったさかい、どういうことかと不審に思とっ

たが、どうやら肝の細《こま》い猜疑心《さいぎしん》の強い男のようやな」

「いえ、決してそのようなことは」

義経は形だけ庇《かば》ったが、内心ではその通りだと思っていた。

「遠慮せんかてええ。それくらいの器量やから、義高が一条忠頼と結んで謀叛《むほん》を企てていたと邪推したんやろ」

頼朝は二人を誅殺したいきさつをすべて後白河に奏上している。

朝廷から見放されれば東国に号令する大義名分を失うからだが、後白河はその報告を是としてはいなかった。

「武士同士のことやからそれはそれでええが、けったいなのはその後のことや。頼朝は義高を討ち取った堀家の郎従を、さらし首にしたそうやないか」

「それは、いかなる訳でしょうか」

「御台《みだい》の政子に迫られたんや。女子の一人も自由にできんようでは、先々が思いやられるな」

去る六月二十六日のことである。

頼朝は入間河原で義高を討った堀光澄《みつずみ》を梟首《きょうしゅ》に処した。

大姫が悲しみのあまり病みついたために、激怒した政子が光澄を殺すように迫ったからだ。

この間の事情を『吾妻鏡《あずまかがみ》』は次のように伝えている。

〈志水(義高)誅戮《ちうりく》の事によつて、この御病あり。ひとへにかの男(光澄)が不儀より起る。たとひ仰《おほ》せを奉《うけたまは》るといへども、内々子細を姫公《ひめぎみ》の御方に啓《まう》さざるやの由《よし》、御台所あながちに憤り申したまふの間、武衛(頼朝)遁逃《とんたう》するに能《あた》はず、還《かへ》つてもつて斬罪《ざんざい》に処せらると云々《うんぬん》〉

頼朝の命令を果たしたために斬罪に処されては、光澄はたまったものではあるまい。

頼朝の面目も丸潰れになったはずだが、政子の強硬な申し入れに抗することができなかったのである。

頼朝はこの事件をひた隠しにしていたが、鎌倉に下った公家の中には後白河の密偵になっている者もいるので、たいていのことは筒抜けになっていた。

「そのようなことがあったとは、初めてうかがいました」

義経は身の縮む思いがした。

源氏の正嫡《せいちやく》ともあろう者が、そんなに無慈悲で不様なことをしたとは信じ難く、慚愧《ざんき》にたえなかった。

「ところで、官位がのうては何かと不自由やろ」

後白河は義経のもとに畿内近国の武士たちが続々と集まっていることも知っていた。

「あの者たちは烏合の衆や。まとめ上げるためには、朝廷の権威という幹がいる。左衛門少尉《さえもんのしょうじょう》に任じるさかい、検非違使《けびいし》となって治安の維持に当たってくれ」

「ありがたいおおせですが、鎌倉殿の許可なく官職につくことは禁じられておりますゆえ」

義経は辞退しようとしたが、後白河は許さなかった。

「何言うとるんや。そちは頼朝から洛中《らくちゅう》の警固を命じられた身やないか。平家の残党の追捕《ついぶ》もせなならんやろ。検非違使にならんかったら、その役目も果たせんやないか」

検非違使とは洛中の治安維持に当たる職で、衛門府《えもんふ》の官人を任じるのが恒例となっていた。

義経らは後白河の勅命を大義名分として洛中に居座っているに過ぎないので、公《おおやけ》の警察権を行使するためには、衛門府の官人となって検非違使に任じられる必要があった。

衛門府には左右両府があり、督《かみ》（長官）、佐《すけ》（次官）、尉《じょう》（三等官）などによって構成されている。

尉には大尉と少尉があり、この位にあって検非違使となった者を判官《ほうがん》と呼ぶ。

後に義経の代名詞となり、判官贔屓《びいき》という言葉を生んだ端緒は、この日の後白河の計らいにあった。


検非違使に任じられた効果はすぐに現われた。

八月十日、義経は手勢三百をひきいて、伊賀《いが》で反乱を起こした平信兼《のぶかね》の残党を討伐した。

信兼は伊豆で頼朝に討たれた山木《やまき》判官兼隆《かねたか》の父だが、平家が都を落ちた後は義経に従っていた。

ところが息子の兼衡《かねひら》、信衡《のぶひら》らに語らわれて反乱を起こし、伊賀国の守護となっていた大内惟義《おおうちこれよし》の館を急襲した。

大内勢はすぐに陣容をととのえて反撃し、敵の大半を討ち取ったが、信兼父子は山中に逃れて行方をくらました。

このうち兼衡、信衡ら主従十数人は、縁故を頼って洛中の寺に潜伏していたが、義経は寺を包囲して容赦なく討ち果たしたのだった。

洛中の寺社は武士の権力が及ばないので、いかに源氏の威勢をもってしても踏み込むことは許されなかった。

兼衡らもそれを知って洛中まで逃れて来たのだが、義経は検非違使の職権によって公然と寺に討ち入った。

しかも数人を捕えて拷問にかけ、信兼の潜伏場所を白状させると、畿内の武士二千余騎をひきいて伊賀に出陣し、わずか数日のうちに信兼を討ち取った。

伊賀の山中には反乱に加わった者たちが数ヵ所に砦《とりで》を築いていたが、それらもことごとく平定する鮮やかな働きぶりだった。

緋縅《ひおど》しの鎧《よろい》をまとった義経が、信兼らの首をひっさげて都に凱旋《がいせん》したのは八月二十六日のことである。

新判官の勇姿を一目見ようと、都大路には大勢の者たちが列をなしていた。

義経の名声は殿上人《てんじょうびと》にまで達し、高位の公家や女御《にょうご》までが車を連ねて見物に出ていた。

義経は色とりどりの車の前を意気揚々と行軍し、検非違使庁に事の次第を報告してから六条堀川の館に戻った。

館では中原親能と梶原景時が待ち受けていた。

「出迎え大儀じゃ」

義経は鎧姿のまま二人と対面した。

戦勝の祝いに駆けつけたものと思っていたが、親能が伝えたのはまたしても頼朝の叱責だった。

「上様は貴殿が許しも得ずに左衛門少尉に任じられたことに、はなはだ御気色《みけしき》を損じておられます」

そう言って鎌倉からの書状を差し出した。

先に官途推挙を行なわないと通達したにもかかわらず、左衛門少尉に任じられたのは上意に反する。

よって先に任じた平家追討使の職はしばらく停止《ちょうじ》するというものだった。

「あれは私が望んだものではない。法皇さまが是非にとお申し付けになるゆえ、辞退することができなかったのだ。そのいきさつについては、兄上に報告してある」

「その書状に、度々の勲功を黙止《もだ》しがたきによって宣旨《せんじ》をお下しになったと記されたとか」

「いかにも」

官位を与えられたのは、数々の手柄を認められたからだと義経は自負している。それに官途推挙を拒んだ頼朝への反発もあって、つい度を越した表現を用いたのだった。

「勲功への賞というものは、臣下の側から求めなければ下されぬものでございます。それゆえ上様は、貴殿が恩賞として官位を求めたと見なされたのでございます」

「そのようなことは断じてない」

義経は思わず声を荒らげた。

「宇治川の合戦以来の私の戦ぶりは、誰もが知っていることだ。そのことが自然と法皇さまのお耳に達したのであろう。それに平信兼の一党をいち早く討伐できたのも、検非違使に任じられたからではないか」

「上様の推挙なく官位に任じられることは、厳しく禁じられております。この命に背く者は弟とて容赦はせぬと、きついお達しでございます」

「ならば好きにするがよい」

義経は腹立ちのあまり立ち上がった。

武蔵守が鎧の袖を引いて留めようとしたが、その手を力任せにふり払った。

「近頃の兄上のやり方には、承服できかねる。これまで黙って従ってきたが、度重なる仕打ちには我慢がならぬ。この義経なしで平家が討てるものかどうか、お手前を見せてもらおうではないか」

「そのお言葉、上様にお伝えしてもよろしいか」

親能が頼朝の権勢を笠《かさ》に着た態度に出た。

「ああ伝えよ。兄弟の情が少しでもあるのなら、そちなどを通さずに直《じか》に物を言ってもらいたいとも言い添えてくれ」

義経は二人を蹴散らすように追い返した。

三

八月二十七日、蒲冠者範頼《かばのかじゃのりより》を総大将とする東国軍三万が上洛した。

従うのは北条義時、足利義兼《あしかがよしかね》、千葉介常胤《ちばのすけつねたね》、三浦義澄《よしずみ》、比企能員《ひきよしかず》、和田義盛《よしもり》ら錚々《そうそう》たる顔ぶれである。

二十九日に朝廷から平家の追討官符を受けた範頼は、九月一日に在京の軍勢二万を合わせて西国へと出陣していった。

目的は山陽道と九州を制圧し、四国の屋島に拠《よ》った平家を孤立させて、安徳天皇と三種の神器の返還に応じさせることである。

この出陣に義経は参加できなかった。

追討使の任を解かれたために、本来ならば自分が指揮を取るはずの軍勢の出陣を、指をくわえて見送るしかなかった。

そのやる瀬ない胸の内を見透したように、後白河は義経に従五位下《じゅごいのげ》の位を与えた。

左衛門少尉は正七位上だから、わずか一月足らずのうちに五階級も特進する大抜擢《ばってき》だった。

検非違使で従五位下になれば、昇殿を許される。官位の点では、範頼が任じられた三河守と同等である。

後白河がこの時期をねらってこうした措置をとったのは、義経と頼朝との離間を図るためだった。

このことを頼朝は鋭く察し、ただちに対抗手段を講じた。

これまでのように義経を手厳しく扱うばかりでは、後白河の策謀に手を貸すことになりかねない。

兄弟の不和を修復するために、河越重頼《かわごえしげより》の娘を義経に女合《めあ》わせることにした。

重頼は秩父平氏の重鎮で、頼朝の乳母《うば》である比企尼《ひきのあま》の娘を妻にしている。

その娘と義経を女合わせて兄弟の絆を強めるとともに、坂東武者と義経の関係を強化しようと考えたのだった。

名は房姫《ふさひめ》。歳《とし》は十八である。

美人とは言い難いが、丸顔で小太りの健康そうな溌刺《はつらつ》とした娘だった。

河越家の家人二人、郎従三十人を従えた房姫が鎌倉を発《た》ったのは九月十四日、都に着いたのは十月初めのことだった。

義経はこの花嫁を暗い気持で迎えた。

静という天下一の白拍子を妻にしているのだから、今さら関東の田舎娘《いなかむすめ》など娶《めと》りたくはない。しかも相手は平氏の娘なのだから、自分にふさわしいとは思えなかった。

こうした気持は、花嫁に対面していっそう強くなった。

房姫は驚くほど政子に似ていた。しかも供揃《ともぞろ》えの多さが、尋常ではない。これでは自分を監視するために送り込んだとしか思えなかった。

「長い旅で疲れたやろ」

義経はわざと西国言葉で語りかけた。

房姫は戸惑った表情をして恐縮している。

「姫様《ひいさま》は坂東育ちでございますゆえ、都の言葉に通じておられません。恐れ入りますが、東国言葉でお話し下されませ」

　初老の侍女が申し出た。

　行儀作法を指導するために雇われた都育ちの女だった。

「ここは都じゃ。言葉の分らぬ者が来たとて物の役には立つまい」

　義経は皮肉をあびせたが、これも房姫には通じない。

　何の反応も示さないので、かえって拍子抜けするほどだった。

「馬には乗れるか」

　東国言葉でたずねてみた。

「いいえ。女子は馬には乗りません」

　今度はしっかりと返答した。

　物怖《ものお》じしない強い態度で、少しも奥ゆかしさというものがなかった。

「酒はたしなむか」

「いいえ」

「好いた男はいたか」

　義経はわざと不躾《ぶしつけ》なことをたずねた。

　房姫は何をたずねられたのか分らず、初老の侍女に目をやった。

「思いを寄せた相手の一人や二人はいたであろう。私に嫁ぐことになろうとは、思ってもいなかったろうからな」

「お答えしなければなりませぬか」

「是非とも聞きたいものだ」

「幼い頃からお慕いしていた方がおられましたが、治承四年（一一八〇）の合戦で討死なされました」

房姫は真っ正直に答えた。

「それは気の毒なことだが、あの折、秩父平氏は平家方となったであろう」

「そのように聞いておりますが、詳しいことは存じません」

「大庭景親《おおばかげちか》の呼びかけに応じ、石橋山にこもられた兄上を攻めたのじゃ。命を落としたのは、八幡大菩薩《はちまんだいぼさつ》の神罰のせいであろう」

義経は房姫の芯の強さまでが不愉快で、やり込めずにはいられなくなった。

「歌の心得はあるか」

「母から手ほどきを受けた程度でございます」

「音曲《おんぎょく》は」

「琵琶《びわ》を楽しみとしております」

「舞いは」

「教わりましたが、ご披露申し上げるようなものではございませぬ」

「謙遜には及ばぬ。私が笛を奏するゆえ、祝いのしるしに舞ってくれ」

義経は有無を言わさずせき立てた。

房姫はやむなく扇を手にして立ち上がり、舞いに入る構えを取った。

かなりの心得があることは、自然で無理のない構えを見ただけで分った。

「では、調《しらべ》に合わせて舞ってくれ」

義経はいきなり速い調子で奏で始めた。

房姫はどのように舞い始めたらいいか分らず、顔を赤らめて立ち尽くすばかりだった。


数日後、義経は法住寺殿に呼ばれた。

法華堂には静も来ていて、後白河の横に控えていた。

烏帽子《えぼし》をかぶり光沢のある生絹《すずし》の単衣《ひとえ》を着た静と、薄墨色の絽《ろ》の僧衣をまとった後白河は、一対の男女として見事に釣り合いが取れている。

義経はそれを見るなり、二人の過去の関係を思い出して嫉妬を覚えた。

「源九郎、よう来たな」

後白河はさっそく酒を勧めた。

「今日は静に舞いの手ほどきをしてもらおうと思うてな。わざわざ来てもろうたんや」

「それでは私が笛の役を務めさせていただきましょう」

義経が目を向けると、静が軽く頭を下げた。

「そうしてくれ。このほど嫁をもろうたそうやな」

「あれは坂東から送り届けられたものでございます。無塩《ぶえん》の生物《なまもの》ゆえ、どうしたものかと頭を悩ませております る」

冗談にまぎらして笑い飛ばし、まともに取り合うつもりがないことを強調した。

「頼朝のせっかくの計らいや。有難く頂戴しといたらええ」

「それでは坂東に屋敷を建て、そちらに住まわせることにいたしましょう」

頼朝や政子の策略のせいでこんな恥をかかされるのだと、義経は舌打ちしたい気持だった。

「これ、壺《つぼ》を持て」

後白河が声をかけると、鶴と亀が瑠璃《るり》の壺をささげて入ってきた。

透き通った薄紺色の壺に、水が八分目まで入れてある。

それに陽が当たって、光が躍るように輝いていた。

「これは唐《から》から伝わったものでな。他に二つとない宝物《ほうもつ》や。これから静が手本を見せるゆえ、よう見ておけ」

後白河にうながされ、静が烏帽子を低くつぶし始めた。

何をするのかと思いきや、その上に水の入った壺を載せて真《ま》っ直《す》ぐに立ち上がった。

手をそえてもいないのに、壺は頭に据え付けられたように載っている。

しかも水面が少しも揺れない完璧な立ち方だった。

鶴と亀は息を呑《の》んで見つめていたが、驚くのはまだ早かった。

「源九郎、笛や」

義経が奏でる笛に合わせて、静はゆっくりと舞い始めた。

首を立て背筋を伸ばし、いつものように舞っている。

前後に激しく動いても足を踏み替えながら回っても、頭上の壺は微動だにしなかった。

「これができんと、舞いの上手にはなれんのや。お前らもやってみい」

まず鶴が挑戦した。

だがつぶした烏帽子の上に壺を載せるのがやっとで、立ち上がろうとすると壺を倒して水をかぶった。

亀は何とか立ち上がったが、舞い始めたとたんに壺を落としそうになり、あわてて抱きかかえた。

ずぶ濡《ぬ》れになった薄物が肌に張りつき、二人とも裸同然の有様である。

「白拍子は芸や。一月のうちにできんかったら、頼朝にくれてやる。それが嫌やったら、しっかり稽古せえ」

後白河は二人をじろりと睨《ね》め付けて、ひと息に酒をあおった。

やがて三人だけの宴となった。

義経が笛を奏で、静が舞い、後白河が今様《いまよう》を歌った。

寂滅《じやくめつ》道場　音なくて
伽耶山《がやさん》に月隠れ
中夜の静かなりしにぞ
初めて正覚《しやうがく》成りたまふ

後白河の声は相変わらず澄みきっている。それが静の舞いとあいまって、いっそう神々《こうごう》しさを増していく。

義経は笛を奏でることで二人と一体化できることに、無上の歓《よろこ》びを覚えていた。

「源九郎、どや。これからも来てくれるか」

歌を終えて後白河が盃を回した。

「お呼びとあらば、いつでも参上いたしまする」

義経は夢見心地で盃を受けた。

「そんなら昇殿宣旨を下すゆえ、いつでも遠慮のう訪ねて来い」

昇殿宣旨とは、昇殿を許す勅命を下すことである。

これは蔵人所《くろうどどころ》別当《べっとう》を通じて下される公式の文書で、官位昇進と同様の重い意味があった。

この宣旨に従い、義経は十月十五日に院への昇殿の儀を行なった。

殿上人と同様に八葉《はちよう》の車を用い、扈従《こしょう》の衛府三人、供の騎馬武者二十人を従えて参殿した。

〈庭上において舞踏し、剣笏《けんしゃく》を撥《はら》ひて殿上に参ずと云々《うんぬん》〉

『吾妻鏡』はそう伝えている。
後白河の離間策は、着々と功を奏しつつあった。

第二十一章　義経出陣

一

元暦二年（一一八五）一月六日、源頼朝は西国に出陣した弟の範頼《のりより》から一通の書状を受けとった。

昨年十一月十四日に発した脚力《かくりき》（飛脚）が、二ヵ月近くもかかってようやく鎌倉までたどりついたのである。

書状は出征軍の窮状を切々と訴えたものだった。

範頼らは周防《すおう》、長門《ながと》を制圧し、九州の豊後《ぶんご》に渡って平家の退路を断つように命じられていたが、西国はいまだに飢饉《ききん》の被害にあえいでいて、兵糧米《ひょうろうまい》の調達もままならない。

長門から赤間関《あかまがせき》(下関《しものせき》)の海峡を渡ろうとしても、船の仕度がととのわない上に、赤間関の突端に浮かぶ彦島《ひこしま》に平家が拠点を構えてにらみを利かしているので進むことができない。

しかも周防や長門には平家に心を寄せる者が多く、常に奇襲や夜襲の危険にさらされている。将兵たちの大半は本国に帰りたいと望み、中には脱走しようとする者もいるほどだ。

このままでは軍勢を保つことも難しいので、いったん都まで退却し、春を待ってから再び進撃にかかりたい。

泣き言とも繰り言ともつかぬ文言が、長々と綴《つづ》られていた。

頼朝は書状を何度か読み返し、近臣たちに参集を命じた。

集まったのは大江広元《ひろもと》、三善康信《やすのぶ》、二階堂行政《ゆきまさ》、伏見広綱《ひろつな》の四人で、いずれも頼朝に招かれて都から下って来た能吏《のうり》たちだった。

広元は新設したばかりの公文所《くもんじょ》別当に、康信は問注所執事《もんじゆうじよ》に任じられていた。

「三河守《みかわのかみ》からこのような書状が参った。どうすべきか、皆の考えを聞きたい」

行政や康信は熱心に目を通したが、広元はちらりとのぞいただけで広綱に回した。

「そちは一見しただけで、書いてあることが分るようだな」

頼朝は軽くあしらわれたようで不愉快だった。

「兵糧米と船が足りぬゆえ、都まで兵を退きたいと記しておられるのでございましょう」

広元は即座に答えたが、書状を読んだのではなかった。出征した北条義時から十日ごとに使者が来ているので、目を通さなくともおおよそ内容が分っていた。

「ならば、どうする」

「考えもございますが、方々《かたがた》が思案なされる時間も必要でございましょう。その間に、酒などいただきとう存じます」

いつものようにぬけぬけと催促した。

近習《きんじゅ》に命じて酒を運ばせると、広元は礼も言わずに盃《さかずき》を重ねた。

総髪にして水干《すいかん》を着ているので、童《わらわ》のままのような妖《あや》しげな雰囲気があった。

「そちもそろそろ髷《まげ》を結い、烏帽子《えぼし》をかぶったらどうだ」

「このままでは、いけませぬか」

「東国武士には威をもってのぞまねばならぬ。公文所の別当ともあろう者がそのような形《なり》では、あなどりを受けることもあろう」

十四歳の時に伊豆に流されて以来、頼朝は源氏の正嫡《せいちゃく》としての威厳を保とうと気を張り詰めてきた。

それだけに広元の隙だらけの姿を見ると、黙っていられなかった。

「確かに、あなどりを受けておりまする」

広元はそんなことなど眼中にないようで、他人事《ひとごと》のように受け流した。

やがて評定《ひょうじょう》になった。

右筆《ゆうひつ》の広綱が進行役をつとめ、真っ先に広元に意見を求めた。

「平家と和を結び、東西並び立つことを是となされるなら、出征軍を都まで退却させるべきでございましょう」

「殿はそのようなことをお望みではない」

主戦派の行政がさっそく反論した。

「ならば退却などもってのほかでございます。この機を逃せば平家は再び勢いを盛り返し、朝廷に働きかけて和を結ぶことでございましょう。さすれば平家討伐の大義名分を失うことになりまする」

「では、出征軍の窮状をどうなされる」

広綱がたずねた。

「前々から申し上げている通り、関東の浦々から船を集め、兵糧米を積んで西国に送るしかありますまい。海が荒れて船が出せぬのなら、伊豆や駿河の船を集め、港伝いに西国へ向かわせるべきと存じまする」

範頼らが鎌倉を発《た》つ前から、関東の水軍を動かして兵糧米を補給する計画を立てていた。

ところが不慣れな西国まで船を出すことに難色を示す者が多く、船団の編制は遅々として進まなかった。

そうこうしているうちに冬になり、海が荒れて船を出すことがいっそう難しくなった。

中でも伊豆の石廊崎《いろうざき》沖は名にしおう難所で、相模《さがみ》や房総《ぼうそう》の海賊でさえ二の足を踏んでいた。

そこで広元は、石廊崎より西の港から船を集め、陸伝いに西国へ向かわせよと進言していたのである。

「西伊豆といえば北条どのの水軍しかありませぬが、応じて下されましょうか」

広綱が頼朝をはばかって遠慮がちにたずねた。

「北条どのは外戚でござる。殿のご下命とあらば、異を唱えたりはなされまい」

った。

船を出させると明言せよと催促したのだが、頼朝はむっつりと黙り込んだままだった。

広元がちらりと頼朝を見やった。

あの計算高い北条時政を従わせられるか、いまひとつ自信が持てなかった。

「しかし、兵糧米を送っただけでは足りますまい」

広綱が頼朝の胸中を察して話を転じた。

「ならば、義経どのに出陣を命じられたらいかがでございましょうか」

康信がこの時とばかりに禁忌の扉を開けようとした。

義経は昨年八月に、鎌倉の許しも得ずに検非違使《けびいし》に任じられた。激怒した頼朝は義経を平家追討使の任からはずし、範頼を総大将に任じて西国へ向かわせた。

以来営中では、義経の話をすることさえはばかられる雰囲気がつづいている。

これを破れるのは、長老格の康信しかいなかった。

「都には東国勢一万ちかくが残っております。これをひきいて屋島の平家を攻めるように、義経どのにお命じになられるのが得策でございましょう」

「あの者は追討使からはずしておる」

頼朝は厳しい態度をくずさなかった。

義経は叱責された後も従五位下《じゅごいのげ》への補任《ぶにん》を受け、公然と昇殿の儀を行なったのである。

このような勝手を許しては、他の武将にしめしがつかなかった。

「お怒りはごもっともでございますが、義経どのの才と人望を生かさぬのは大いなる損失にございます」

「三善どののおおせはもっともと存じまする」

広元が後押しをした。

「平家が屋島の入江に拠《よ》ったのは、我らにとって天祐《てんゆう》かもしれませぬ。梶原どのの船団に入江の口をふさがせ、御曹子《おんぞうし》どのに陸から攻めさせれば、安徳天皇と三種のご神器を奪い返すことができるものと存じます」

「さようでござる。屋島の平家が敗れたと知れば、西国や九州の平家方も殿のご下《げ》知《ち》に従うことでございましょう」

行政も義経の派遣を強く求めた。

「皆がそう申すなら、出陣させてもよい。だがあの者が都を留守にしては、洛中《らくちゅう》の治安が乱れるおそれがある」

「ならば鎮撫《ちんぶ》の使節をつかわされませ。正使には中原久経《ひさつね》どのがよろしかろうと存じます」

広元がすかさず推挙した。

久経は広元の養父中原広季《ひろすえ》の一門で、義朝に仕えて功があった明法家《みょうほうか》である。朝廷と交渉する術《すべ》も心得ており、使者としては申し分のない人材だった。

評定を終えると、頼朝は範頼宛ての文をしたためた。

「十一月十四日の御文、正月六日に到来した。筑紫《つくし》の者たちを従わせることができないなどと、どうして弱気になっているのだ。取り乱さずに、よくよく静かに沙汰するがよい。くれぐれも国の者どもに憎まれぬように気を配ることが大事である」

頼朝は気が弱く優柔不断なところのあるこの弟が腹立たしくて仕方がない。だが叱責すれば萎縮して臆病《おくびょう》になるばかりなので、噛《か》んで含めるように教え諭した。

「また屋島におわします安徳天皇や二位尼《にいのあま》どの、女房衆に対しては、過ちや狼藉《ろうぜき》がないように注意して迎え取るようにせよ。こちらにまったく危害を加える意志がないことを示せば、二位尼どのなどは思慮深きお方なので、天皇とともに説得に応じられるであろう」

頼朝はこう書いただけでは安心できず、次のように念を押した。

「返す返すも、この問題については心配で気を揉《も》んでいる。どのような手段を用いても、無事に計らうように指示を徹底せよ。配下の将兵にも、このことをよくよく言い聞かせておかねばならぬ」

たとえ平家を滅ぼしたところで、天皇と三種の神器を奪い返すことができなければ法皇に対して申し開きができない。それが今後の朝廷との交渉にどれほどの不利をもたらすか分っているので、慎重の上にも慎重になっていた。

「配下の将兵が勝手な振舞いをしないように、まずはよくよく言いきかせなければならぬ。たとえどんなことがあっても、筑紫の者たちに憎まれぬように行動させよ。関東の軍勢を主力とし、筑紫の将兵を先陣として屋島を攻め、急がぬように静かに沙汰するべきである。敵は弱体化したと人が言うのを聞いて、あなどってはならぬ。くれぐれも敵を討ち漏らさぬように仕度をして、手落ちなく処置をして、事をやり遂げるように心得よ」

頼朝がこれほど慎重になっているのは、この作戦に失敗すれば戦況がどう変わるか分らないからだった。

九州は古くから平家の勢力の強い地方である。

また清盛の頃から博多《はかた》や有明海《ありあけかい》を拠点にして宋との貿易を行ない、各地に多くの富を蓄えている。

その実力がどれほどのものか測り難いだけに、薄氷を履《ふ》むような思いで出征軍の戦況を見つめていた。

二

源氏苦戦の報は、都にいる源九郎義経のもとにも次々ともたらされた。

四国の屋島に拠った平家を孤立させるために、蒲冠者範頼を総大将とする源氏軍五万は山陽道を経て九州へと向かった。

ところが飢饉にあえぐ周防や長門では兵糧米の調達もままならない。遠い異国での苦戦に耐えきれなくなった者たちは、ひそかに陣を抜け出して関東へ逃げ戻っている。

そうした知らせが届くたびに、義経は内心いい気味だと思っていた。自分を軽んじ、範頼ごときを総大将にするからこういうことになる。これで鎌倉の頼朝も、この義経の力なくして平家討伐はできぬことを思い知っただろう。

誰彼となくそう言いたい気持の高ぶりを覚えていた。

戦況がこれほど悪化しているからには、必ず自分に出陣命令が下る。その時に備えて万全の仕度をととのえておく必要があった。

狙いはただひとつ。屋島に拠った平家の本営を叩《たた》くことだ。一門の重立《おもだ》った者たちさえ滅ぼせば、山陽道や九州の平家方も源氏に従うことは目に見えている。

だが今度の戦では、安徳天皇と三種の神器を奪還しなければならないので、ひときわ入念な作戦を立てる必要があった。

「誰か、おらぬか」

近習に命じて、伊勢三郎と師岡武蔵守重慶《もろおかむさしのかみしげよし》を呼んだ。

二人は双六《すごろく》の勝負に興じていたところで、楽しみの余韻の残る浮き浮きとした顔をしていた。

「三郎、そちの縁者は阿波《あわ》にはおらぬか」

「どのようなご用でございましょうか」

「屋島攻めの手引きをしてもらいたい」

屋島の平家を攻めるには、船で阿波に渡り、陣容をととのえてから陸路を進むのがもっとも賢明である。

だが敵の真っただ中に船を着けては被害が大きいので、あらかじめ身方をつのっておきたかった。

「心当たりが二、三ございます。いつ頃までに手配をすればよろしゅうございますか」

「二月の中頃までだ」

「ならば、それがしが出向いて話をつけまするが、少々これが必要でございます」

三郎が袖の下に手を入れてにやりと笑った。

「これを持て」

義経は文机《ふづくえ》から鹿革の袋に入れた砂金を取り出した。

平泉の藤原秀衡《ひでひら》が送り届けたものだ。

秀衡とは金売《かねう》り吉次《きちじ》を通じて連絡を取り合っているので、軍資金に不自由することはなかった。

「武蔵守には熊野《くまの》に行ってもらいたい」

「別当どの所でござるな」

武蔵守は察しが早かった。

別当とは熊野新宮《しんぐう》の別当湛増《たんぞう》のことである。

この当時紀伊《きい》国は、熊野三山が支配する宗教的独立国の様相を呈していた。

黒潮に面したこの国には、遠い昔から海の民が住みつき、九州から房総半島にまで及ぶ交易に従事していた。

その力は強大で、朝廷の威も及ばないほどだった。

この国を統《す》べるのが熊野の別当湛増で、配下には数千の衆徒と屈強の熊野水軍を擁している。

彼らを身方につければ、平家の水軍に対抗することも充分に可能だった。

「平家を攻めるには、陸からばかりでは無理だ。熊野水軍に入江を封じ、海への退路を断ってもらいたい」

「承知いたしました。しかし湛増どのは利に聡《さと》いお方でござる。一貫や二貫の砂金を積んだくらいでは応じて下さるまい」

「そのことなら懸念には及ばぬ。機を見て計らうゆえ、いつでも発てるように仕度をととのえておけ」

二月早々、待望の使者が来た。

使いを務めたのは大江広元である。

朝廷との折衝のために何度か上洛《じょうらく》していたが、義経と会うのは初めてだった。

「大江因幡守《いなばのかみ》広元と申します。平家追討奉行の中原どのが出陣中でございますので、上意を伝えるよう鎌倉殿よりおおせつかりました」

広元がうやうやしく頼朝の書状を差し出した。

義経を平家追討使に任じるので、洛中の兵を率いて早々に出陣せよと命じたものだった。

「どこに向かえとも記されていないが、采配は任せるということか」

義経は書状の素気なさが気に入らなかった。

「詳しいことは存じませぬ。梶原どのが軍監に任じられておりますので、後日連絡があるものと存じます」

「するとそちは、この書状を届けに来ただけか。まるで子供の使いだな」

「さようでございます。文官の身ゆえ戦のことは分りませぬ。ご武運をお祈り申し上げます る」

広元は義経の舌鋒《ぜっぽう》をするりとかわして立ち去った。

数日後、後白河法皇からの使者が来た。

出陣すると聞いたが、その前に会いたいので出仕せよという。

義経は昇殿の威儀をととのえ、武蔵守に同行するように命じた。

「熊野行きのことでお許しいただきたいことがある。ご下問があるかもしれぬゆえ、庭上に控えておれ」

「ははっ。かたじけのう存じまする」

武蔵守のいかつい顔に緊張が走った。

法皇の存在は、武士にとってそれほど大きかった。

「御曹子どの、我らもお供いたしとう存じまする」

佐藤継信《つぐのぶ》、忠信《ただのぶ》兄弟が遠慮がちに申し出た。

「我らは長年、王化《おうか》に従うことをもっぱらとして参りました。それゆえ一天万乗《いってんばんじょう》の君とはどのようなお方なのか、一度くらいは拝したいのでございます」

「それは、ならぬ」

義経は朝廷に物言いたげな継信の態度に不穏なものを感じた。万一無礼な振舞いに及んだなら、法皇に申しわけが立たなかった。

「それがしからもお願い申し上げまする」

武蔵守が二人の肩を持った。

「我らは宇治川の合戦の後、法皇さまにお目にかかっておりますが、お二方にはいまだにその機会がございませぬ。拝顔の栄に浴したいと願われるのは、無理もないことでござる」

「分った。ならば法皇さまにうかがいを立ててみよう」

許しがあれば庭に入れるという条件で、二人を連れて行くことにした。

鴨川を越えて法住寺殿に近付くにつれて、あたりの空気がひんやりとしてきた。東山の峰々から湧き出す清水が流れているせいか、冷えた空気が地表をおおっている。

洛中では梅が満開なのに、法住寺殿の庭の紅梅はまだ五分程度しか開いていなかった。

後白河はいつものように法華堂《ほけどう》で待っていた。小さな文机を前にして何かをしためている。

真っ白な陸奥紙《みちのくがみ》に記した墨痕《ぼっこん》は、遠目にも際立つほどに鮮やかだった。

「今様《いまよう》の心得を書き残そうと思うてな。覚え書を作っとるんや」

後に『梁塵秘抄口伝集《りょうじんひしょうくでんしゅう》』として結実した仕事である。

後白河は文化的な遺産を後世に伝えることに熱心で、この他にも『年中行事絵巻』や『伴大納言絵詞《ばんだいなごんえことば》』など、数多くの巻物を作らせていた。

「本日は家臣三名を同道いたしました。庭上に控えさせてよろしゅうございましょうか」

「構わん。三人でも五人でも、好きなだけ入れてやったらええ」

許しを得て、武蔵守らが庭の隅に平伏した。

「近頃、平家追討使に任じられたそうやないか」

後白河は三人には何の関心も示さなかった。

「四国に向けて出陣せよと命じられました」

「いつ行くんや」

「兵船の仕度がととのうまで、あと十日ほどかかると存じます」

「どう戦うつもりや」

「阿波の港に船を着け、陸路を駆けて敵の本営を急襲する所存にございます」

「源九郎、分っとるやろうな」

後白河の目が急に鋭くなった。

「大事なのは平家を討つことやない。言仁《ときひと》とご神器を取り戻すことや。決して無理をしてはならんぞ」

「むろん承知しております」

義経はそう答えたが、父義朝の仇《かたき》を討つことを断念したわけではない。その二つとも見事にやりおおせる自信があった。

「今日はそれを言いたくて呼んだんや。これ」

後白河が手を打つと、白い水干を着た男が漆黒の馬を庭に引き出してきた。

栗駒《くりこま》よりひと回り小さいが、肉付きのしっかりとした頑丈そうな馬である。背には金覆輪《きんぷくりん》の鞍《くら》を置き、緋色《ひいろ》の鞦《しりがい》をかけてあった。

「大夫黒《たいふぐろ》という名や。出陣の引出物に持っていけ」

言葉は素気ないが、無事を願う気持はこれほど見事な馬を下したことに表われている。

義経は思いがけない配慮に胸が熱くなった。

「かたじけのうございます。有難く頂戴いたしまする」

庭に下りて拝領し、佐藤兄弟に馬を表に引き出すように命じた。

このままでは後白河から声もかけてもらえずに平伏しているばかりなので、せめて一瞬でも姿を拝する機会を与えてやりたかった。

「ほう、偉丈夫やな。一対の仁王像のようや」

二人の体格の見事さが後白河の目に止った。

「奥州平泉より従ってきた、佐藤継信、忠信兄弟でございます」

義経が紹介すると、二人は作法通り片膝をついた。

「蝦夷《えみし》は一人百《もも》な人と『記紀歌謡』にも歌われとるが、なるほどその通りや。これからも源九郎の楯《たて》となって働いてくれ」

思いがけない言葉まで頂戴し、二人は大いに面目をほどこしたのだった。

「いまひとつ、お願いの儀がございます」

「うむ、何や」

「これなる師岡武蔵守を使いに出し、熊野の別当湛増どのに来援を求める所存にございます。しかし源氏からの要請だけでは湛増どのが動かれるとは思えませぬ。そこで平家追討の院宣《いんぜん》を下していただきたいのでございます」

「そうやな。源氏はもともと騎馬の民やから、熊野水軍の加勢がのうては平家の兵船には太刀打《たちう》ちできんやろな」

「おおせの通りにございます。屋島のご両所のご無事をはかるためにも、海への退路を断つ必要があると存じます」

「しかし、熊野には平家に心を寄せる者が多い。いかに屈強の者でも、別当のもとまでたどり着くのは容易ではあるまい」

「武蔵守には修験の心得がございます。奥駆《おくが》けの道も通ったことがございますので、ご懸念には及びませぬ」

奥駆けの道とは、吉野から熊野まで尾根伝いに行く修験者の行場である。この道をたどれば、都から熊野まで四日で行くことができた。

「そうか。奥駆けの道をな」

後白河は得心したらしく、文机を引き寄せて筆を走らせた。

権大僧都《ごんだいそうず》である湛増とは熊野詣での際に何度か会っている。自ら親書をしたためて協力を要請したが、文末になってはたと筆を止めた。

使者の名を記し、委細はこの者が口頭で述べると書き添える段になって、師岡武蔵守では修験者の姿にそぐわないことに思い当たったのである。

これでは万一平家方に捕えられた場合に、すぐに身許《みもと》が割れるおそれがあった。

「何か衆徒らしい名はないか」

後白河が目を上げてたずねた。

「鞍馬寺にいた頃には、武蔵坊と呼ばれておりました」

武蔵守が庭にはいつくばるようにして答えた。

「ならば武蔵坊重慶。いや、重の字は相が悪い。弁慶《べんけい》と名乗るがよい」

後白河は親書にそう記した。

この日から武蔵守は終生武蔵坊弁慶と名乗り、義経とともに数々の逸話と伝説を残すことになったのだった。

三

二月十五日、義経は馬廻《うままわ》り衆百数十騎をひきいて摂津の渡辺《わたなべ》に着いた。

淀川の河口の港で、遊女の里としても名高い所である。

傀儡子《くぐつ》一族の店も多いので、静は港まで同行して出陣を見送りたいとせがんだが、義経は許さなかった。

渡辺にはすでに梶原景時《かげとき》らが五千余の兵をひきいて着陣し、渡海のための船の手配を終えている。

摂津、和泉の港から集めた二百艘《そう》ばかりの船が、淀川の川縁《かわべり》に舳先《へさき》をそろえて並んでいた。

大型の船は十間（約十八・二メートル）ばかりの長さがあり、馬を乗せるための柵も築いてあった。

「馬は臆病な生き物ゆえ、このようにしなければ船の揺れに驚いて外に飛び出すのでござる」

景時が義経を御座船《ござぶね》に案内した。

梶原家は坂東八平氏の中でも船戦《ふないくさ》に長《た》けた家柄である。わずか数日の間に船の手配ができたのも、景時の才覚に負うところが大きかった。

「これだけの大船でも、馬は五頭しか積めぬのか」

義経には柵の間があき過ぎているように思えた。

これではすべての船を用いても、五百頭ばかりしか渡せない。騎馬戦を得意とする源氏としては、いかにも心許《こころもと》なかった。

「あまりに密に積み込んでは、馬同士が喧嘩《けんか》をいたします。これくらいが精一杯でござる」

「船はいつ出せる」

「仕度はととのっておりますが、この日和《ひより》では」

景時が気遣わしげに西の空を見上げた。

頭上には青空が広がっているが、淡路島の彼方《かなた》は厚い雲におおわれている。

天気は西から崩れ始めていた。

その夜は川ぞいの船宿を借り上げて本陣とした。

義経は夕餉《ゆうげ》の席に佐藤継信を呼んだ。

「武蔵守、いや武蔵坊弁慶が留守の間、そちに馬廻り衆の指揮を取ってもらいたい」

「承知いたしました」

継信が短く答えた。

奥州の男らしく口数は少ないが、責任感と忠誠心は人一倍強かった。

「ここで伊勢三郎と武蔵坊からの知らせを待つ。手配がととのい次第出陣じゃ」

「その旨、皆に伝えまする」

「大夫黒はそちにやる。乗り馬として功名を上げるがよい」

「しかし、あれは」

法皇から拝領したものである。継信にはあまりにおそれ多かった。

「私には栗駒がいる。それに船で渡せる馬は限られている。替え馬まで連れていく余裕はない」

「しからば有難く、有難く頂戴いたしまする」

継信が喜びに顔を紅潮させ、両手をついて深々とひれ伏した。

翌日、阿波に潜入していた三郎が戻ってきた。

「阿波の国坂西《ばんざい》の住人、近藤親家《こんどうちかいえ》どのと話がつきました。ご到着なされ次第、二百余騎をひきいて参陣なされるとのことでございます」

三郎は上々の首尾を誇らしげに披瀝《ひれき》した。

「馬の用意は」

「五十頭ばかりは用意するとおおせですが、いずれも子馬のような代物《しろもの》ばかりでございます」

奥州馬にくらべて阿波馬は格段に小さい。大柄な者が乗れば両足が地につくほどで、力も弱く息もつづかなかった。

「それでは足手まといになるばかりかもしれぬな」

「そのかわり、耳よりな話がございます」

屋島の平家勢三千が、源氏方についた伊予《いよ》の河野《こうの》氏を討つために出陣している。平家の本営には一千余人しかおらず、守備はきわめて手薄だという。

「これをご覧下されませ」

三郎は屋島まで足を運び、敵陣の様子を絵図に写し取っていた。

義経は配下の武将を集めて軍評定《いくさひょうじょう》を開いた。

「めざす屋島は、ここだ」

絵図を真ん中に広げた。

屋島は高松《たかまつ》の沖に浮かぶ周囲三里ばかりの島である。

島といっても陸との間は三町（約三百三十メートル）ほどしか離れておらず、干潮の時には人が歩いて渡れるほどだった。

平家は始め五剣山《ごけん》のふもとにある六万寺《ろくまん》を安徳天皇の行宮《あんぐう》としていたが、源氏来襲の危機が迫ってきたので屋島に移したのである。

平宗盛《むねもり》ら一門衆の館《やかた》も行宮の周囲に建て、陸地の渡し場には城を築いて守りを固めていた。

「伊勢三郎の知らせによれば、敵の主力三千は伊予に出陣中で、屋島には千余の兵しかおらぬと言う。これより船を出して海陸両方から攻めれば、平家を取り籠めることはたやすかろう」

屋島の東側は細い入江になっている。

入江の口を船で閉ざせば平家の退路を断てるので、安徳天皇や三種の神器を取り返すこともできるはずだった。

「お言葉ではござるが、今日の出陣は無理と存じまする」

景時がおだやかに制した。

「何ゆえじゃ。西風は少々吹いておるが、この程度なら渡れぬことはあるまい」

「この風は夕方には嵐となりましょう。阿波へはともかく、屋島に渡ることはできませぬ」

景時には雲の動きや潮の匂いでそれが分る。

地元の舵取《かじと》りや水夫《かこ》にもたずねたが、皆同じ意見だった。

「それに源氏の方々は船戦に不慣れなのですから、出陣前に逆艪《さかろ》をつけておかれるべきと存じまする」

「さ、さかろとは何じゃ」

船にうとい義経には、どんな字を当てるかさえ分らなかった。

「船の艪を舳先にも取り付け、前後へ動けるようにすることでござる」

「それでは逃げる用意をするようなものではないか」

「船戦においては、進退を自在にすることが肝要でござる。決して逃げる仕度ではございませぬ」

「戦は命を惜しまず、前へ前へと攻めてこそ勝機を見出《みいだ》せるものじゃ。逆艪などをつけるには及ばぬ」

義経は高飛車に言い込めようとしたが、評定の間にも風は目に見えて強くなっていく。

波も次第に高くなり、淀川の流れが押し戻されて水面がふくれ上がっている。

これではさすがに出港を断念せざるを得なかった。

翌日には風はますます強くなった。

一丈（約三メートル）もの高さになった白波が河口に打ち寄せ、川の流れとせめぎ合いながら上流へと押し寄せてくる。

岸につないだ船が揺すぶられ、艫綱《ともづな》のゆるんだ船が一艘、また一艘と波にさらわれていく。

無人の船が波にもまれてぶつかり合い、波頭まで高々と持ち上げられてくるりとひっくり返る。

見る者は自然の猛威に胆を冷やし、景時が出港に反対してくれたお陰で助かったと額を寄せてささやき合った。

義経の胸中はおだやかではなかった。

雑兵輩《ぞうひょうばら》が何を言うかと、心は海よりも荒れていた。

義経は都を出る時から、平家を叩き潰し、安徳天皇と三種の神器を奉じて凱旋《がいせん》する自分の姿を思い描いていた。

その機会が嵐のために失われていくことに焦り、苛立《いらだ》ち、したり顔で逆艪のことを言い出した景時までが小面憎《こづらにく》く思えてきた。

その日は落ち着いて腰を下ろす気にもなれずに過ごしたが、夜になって風向きが変わってきた。

西風が北風になり、やがて北東からの風になった。

風の強さは相変わらずだが、阿波に渡るには追い風である。

波は高くとも、船を出せないことはないはずだった。

「心利いたる舵取りに、渡れるかどうか確かめてくれ」

継信にそう命じた。

景時にたずねれば難なく分るはずだが、昨日のしこりがあるので下手《したて》に出たくはなかった。

継信は間もなく戻ってきた。

「首尾はどうじゃ」

義経は身を乗り出してたずねた。

「渡れぬことはあるまいと申しておりまするが……」

継信はしばらく口ごもり、意を決して言葉をついだ。

「追い風に吹かれれば、後ろから高波を受けるおそれがございます。舳先なら乗り切ることもできますが、艫《とも》に高波を受けては舵を取ることができなくなり、転覆の危険は何倍も大きくなるそうでござる」

「高波さえ受けなければよいのだな」

「そう思いまするが」

「風の向きは変わったばかりだ。今ならまだ波の向きは変わっておるまい」

この嵐では平家も屋島から船を出せないはずである。

渡海に成功して陸上から奇襲をかければ、水軍が入江を封鎖するのと同じ効果が得られる。義経はそう考え、夜のうちに船を出すことにした。

「ただし、皆に触れてはならぬ。馬廻り衆だけ乗船させるのだ」

「しかし、水夫や舵取りが嵐を怖《おそ》れて従わぬかもしれませぬ」

「ならば酒肴《しゅこう》をふるまうと言って船に集めよ。刀に物を言わせてでも船を出させるのだ」

今、海を渡れば絶対に勝てる。直感がそう告げているだけに、義経は性急になっていた。

乗船はひそかに行なわれた。

五艘の大型船に馬と物具《もののぐ》を積み込むと、参陣の労をねぎらって酒をふるまうと触れて水夫や舵取りを集めた。

すでに夜半を過ぎている。船宿に分宿していた海の男たちは、眠たげな目をこすりながらも酒を目当てに不請不請《ふしょうぶしょう》集まってきた。

継信は律義に酒を用意していた。

船の中央に一斗樽《だる》を据え、水夫や舵取りに存分にふるまってから、

「急に出陣が早まった。すぐに船を出してもらいたい」

頭を下げて頼み込んだ。

彼としては精一杯の誠意を示したわけだが、海の男たちは承服しなかった。

「何言うてんねん。嵐の夜に船を出せまっかい」

首領格の舵取りが小馬鹿にしたように断わった。

「そうや。死にに行くようなもんやで」

「沖はどんだけ荒れとる思うとんねん」

酒に酔った男たちが口々にののしった。

「戦には勝機というものがある。御曹子どのがそれを見極め、出陣と決められたのだ。黙って従っていただきたい」

継信が大きな目をひんむいて皆をにらみ据えた。

「無理なもんは無理や。無茶言うんやったら、下りさせてもらうしかあらへんな」

首領格が手下をうながして立ち上がった。

その瞬間、継信は相手の胸倉をつかんで頭上に差し上げ、鬼のような形相で淀川へほうり投げた。

闇の中で叫び声と水音が上がった後には、ただ風ばかりがうなりを上げて吹き抜けていく。

他の水夫たちは息を呑《の》んで立ち尽くした。

「見ての通りじゃ。従わぬ者は生きては帰さぬ」

伊勢三郎が短弓《たんきゆう》を引き絞り、男たちに狙いを付けた。


十八日の深夜丑《うし》の刻（午前二時）――。

義経がひきいる五艘の船は、艫綱を解いて嵐の海へ漕《こ》ぎ出した。

あたりは真っ暗で、くだける波と吹きすさぶ風の音が聞こえるばかりである。

義経は先頭を行く自分の船だけに明りを灯《とも》し、他の四艘にはこの明りを目印に船を進めるように命じた。

敵に気付かれることなく阿波に上陸できるかどうかに、戦いの成否がかかっている。平家方の物見に、船団の接近を悟られるわけにはいかなかった。

幸い波は西からの向かい波である。

五艘の船は追い風を苫帆《とまほ》に受け、正面から打ち寄せる波を飛び越えるようにしながら四国へと向かって行った。

第二十二章　屋島の戦い

一

阿波勝浦《かつうら》の浜に着いたのは、明け方の卯《う》の刻（午前六時）だった。

渡辺と勝浦との間はおよそ二十五里（約九十八キロ）。

普通なら半日かかる距離を、義経主従はわずか二刻《ふたとき》（四時間）で走破した。

風はかなり弱まっていたが、向きを変えた波が背後から次々と打ち寄せてきた。

真っ白な砂に埋めつくされた勝浦の浜では、百騎ばかりの武士が轡《くつわ》をならべて沖を見やっていた。

地味な色の物具《もののぐ》を着込み、足の届きそうな小さな馬にまたがっている。

「あれは身方か」

三郎を呼んで確かめた。

「ちがいます。近藤どのなら源氏の白旗をかかげておられるはずです」

おそらく源氏の上陸に備えて警戒に当たっているのだろう。

義経は弓の上手を呼び、浜まで一町（約百十メートル）ばかりに迫った所で鏑矢《かぶらや》を射させた。

合戦の開始を告げる鏑矢が、指笛のような高い音をたてて相手の頭上を飛び越えていった。

浜に並んだ鎧武者《よろいむしゃ》たちがいっせいに征矢《そや》を射かけてきたが、いずれも船に届くのがやっとの弓勢《ゆんぜい》だった。

「御曹子《おんぞうし》どの、いかがなされまするか」

継信《つぐのぶ》が指示をあおいだ。

「このまま浜に乗り上げ、船上から矢を射かけて追い散らせ」

義経の策は大胆だった。

この荒波では船を波打ち際に止めることは難しい。

たとえ止めたところで、船縁《ふなべり》から水面《みなも》までは一間（約一・八メートル）以上もの落差があるので馬を降ろすのは容易ではない。

それなら浜に乗り上げ、船を砦《とりで》として戦う方が有利だと判断したのである。暗夜に嵐の海を乗り切ってきた舵取《かじと》りは、出港の時とは見ちがえるほどに腹が据わっていた。

義経の指示通り岸に向かって真《ま》っ直《す》ぐに船を進め、雪の上をすべるように砂浜に乗り上げた。

鎧武者たちは驚きあわてて一町ばかりも引き退き、船を遠巻きにして楯《たて》の陰から矢を射かけてきた。

義経らは船縁を楯にして戦ったが、こちらから射る矢も敵の楯にはばまれて効果を上げることができなかった。

敵はやがて火矢を用い始めた。

燃えさかる火矢を、三方から射かけてくる。

数十本の矢が湿った船板に突き立ち、炎の舌がちろりちろりと船側をなめ始めた。

後続の船はと振り返っても、はるか沖に豆粒ほどに見えるばかりである。

義経は栗駒《くりこま》にまたがり、船縁を飛び越えて砂浜に下り立った。

「者ども、つづけ」

そう叫ぶなり水を蹴たてて波打ち際を走り、敵の楯の背後に回り込んだ。

大夫黒《たいふぐろ》に乗った継信と、他の三騎がそれにつづいた。

阿波の武士たちは恐慌をきたした。

今まで見たこともない巨大な馬が、宙を飛ぶような勢いで近付いて来る。それを見ると、弓も楯も投げ捨てて松林の中へ逃げ込んだ。

「止まれ、戻れ。敵はわずか五騎ではないか」

大将らしい武士が叱咤《しった》したが、いったん浮き足立った者たちの脅《おび》えは加速するばかりである。

義経らはひと息に駆け回ったばかりで、砂浜のごみを掃くように敵を追い払った。

他の四艘《そう》が次々と浜に乗り上げ、全員が上陸を終えた頃、白旗を高々とかかげた二百騎ばかりがやって来た。

内応を約した近藤親家《ちかいえ》の一党で、約束通り五十頭ばかりの馬を引き連れていた。

「坂西《ばんざい》の住人、近藤親家と申しまする」

名乗ったのは四十ばかりの小柄な男で、軽くしつらえた黒革縅《おど》しの鎧を着ていた。

「源九郎義経じゃ。屋島までの距離はいかほどか」

「十五里（約五十九キロ）ばかりでございますが、途中に大坂越《おおさかご》えという峠がありますので、馬でも二日はかかりまする」

「平家に気付かれぬうちに着きたい。兵の加勢はいらぬゆえ、馬の仕度と案内を頼みたい」

船で運べたのはわずか二十五頭である。

他は親家の郎党の馬を鞍《くら》ごと買い取り、百頭ばかりを替え馬として、屋島に向けてひた走った。

翌朝辰《たつ》の刻（午前八時）――。

義経の一行は屋島の東向かいにある牟礼《むれ》に着いた。

十五里を丸一日で走破する強行軍で、栗駒の速さについて来れたのは大夫黒《たいふぐろ》に乗った継信だけだった。

義経はしばらく馬の息を休めて後続の者たちを待ち、五剣山の中腹まで駆け上がった。

正面に屋島があった。

北嶺《ほくれい》、南嶺と呼ばれる二つの頂きを持つ縦長の島で、東側は深い入江になっている。

入江に面した浜に安徳天皇の行宮《あんぐう》や平家一門の館《やかた》が軒をつらね、波打ち際には百艘ちかい船が縁を寄せ合って並んでいた。

馬や徒歩《かち》で渡るには、島の南東にある浅瀬を通るほかはない。

だが平家は島への渡り口に二階建ての総門を築き、門の両側に長々と築地塀《ついじべい》をめぐらして守りを固めている。

その外側には民家が建ち並んでいるので、入江に近付くことさえできなかった。

義経は五剣山の中腹に立ったまま、しばらく眼下の景色をながめていた。

誤算が二つあった。

本隊は伊予へ出陣しているというのに、平家の船団は百艘を越えている。

それに入江の波は驚くほど静かで、荒波で平家を封じ込める当ては完全にはずれていた。

これでは奇襲をかけたところで平家は海に逃れてしまう。

安徳天皇や三種の神器を奪い返せないのなら、少人数で奇襲をかける意味がなかった。

「どうする。景時らの到着を待つか」

馬を並べた継信を見やった。

「我らが上陸したことは、やがて敵方に知られましょう。機先を制するべきと存じまする」

景時らが着くまでにはあと二日はかかる。その間に平家が四方の身方に檄《げき》を飛ばして包囲の輪を縮めてきたなら、全滅するおそれがあった。

義経は迷った。

平家を強襲したい気持は山々だが、ご両所の無事をはかれという法皇の命に背くわけにはいかない。

思い余って天をあおいだ時、頭上に低くたれこめた雲の切れ間から光が射した。灰色の海が光に照らされ、入江の底まではっきりと見えた。

案外浅い。

灰色の水をたたえている時には深く見えた入江が、透き通ったために遠浅になっていることが分った。

「ちょうど引き潮でござる。これなら行宮近くまで馬で行くことができまする」

いつの間にか近藤親家が追いついていた。阿波馬に乗った馬廻《うままわ》り衆も続々と到着した。

「引き潮は、あとどれくらいつづく」

「半刻《はんとき》（一時間）ばかりでございます」

「ならば勝機はある」

義経は意を決した。

民家に放火して島に攻め込めば、平家はまず安徳天皇らを御座船に移して無事をはかろうとする。

その時海を駆けて御座船を乗っ取れば、平家も手出しができなくなるはずだった。

さっそく皆を集めて手筈《てはず》を決めた。

伊勢三郎らは民家に火を放ち、佐藤忠信《ただのぶ》ら五十騎は島に渡って行宮を攻める。

残り五十騎は、入江に馬を乗り入れて敵の注意を引きつける。

義経は継信ら精鋭二十騎とともに行宮の対岸に身をひそめて好機をうかがうことにした。

「こちらが無勢《ぶぜい》であることを、敵に悟られるな。五騎ずつひと組になり、息もつかせず繰り出していけ」

まず三郎ら二十人が、ふもとの町に侵入した。

すぐに民家から火の手が上がり、風に吹かれてまたたく間に燃え広がった。

住民は突然の火事にあわてふためき、家財を持ち出したり、火を消し止めようと大童《おおわらわ》である。

その混乱をついて継信らが総門に攻めかかった。

守備についていた平家の雑兵《ぞうひょう》は、一矢《し》も報いることなく浅瀬を渡って島に逃げ込んだ。

火は島の対岸で燃えさかり、炎と煙の幕となって平家の視界をさえぎっている。

五剣山の中腹に残った近藤親家らが、この時とばかりに源氏の白旗数十流《ながれ》を押し立てた。

大軍の来襲と思い込んだ平家の将兵は浮き足立ち、先を争って海に逃れた。

安徳天皇と三種の神器を御座船に移し、建礼門院徳子《けんれいもんいんとくこ》や二位尼《にいのあま》らが乗り込むのを待って船を出した。

内大臣宗盛《むねもり》やその子清宗《きよむね》が乗った船がその後につづき、他の者たちも我先にと船に飛び乗って沖へ漕《こ》ぎ出した。

忠信らは手筈どおり行宮を奇襲して火を放ち、平家の船に矢を射かけた。

入江に乗り入れた者たちも忠信らと一手になり、波打ち際を駆けながら馬上から矢を放った。

平家は船縁に楯を並べて応戦する。

将兵の注意は西側の敵にばかり向けられ、船は知らず知らずに東側へと流れていった。

義経は燃えさかる炎の陰に身をひそめ、じっと機会を窺《うかが》った。

狙いは御座船ただ一艘である。

あと一間、もう一間と手招くように念じながら、こちらの岸に近付くのを待った。

その必死の思いが、気配となって伝わったのかもしれない。

御座船の舵取りがぶるっとひとつ胴震いして我に返り、船が東の岸に寄り過ぎていることに気付いた。

舵取りはすぐに右舷《うげん》の棚の水夫《かこ》たちに艪《ろ》を漕ぐように命じ、船首を北に向け始めた。

義経は間髪容《い》れず鐙《あぶみ》を蹴った。

栗駒は燃えさかる家と家との間を突っ切って海に飛び込んだ。

幸い馬の腹がつくほどの浅さである。

そのまま海を駆けて御座船まで十間（約十八メートル）ばかりの所まで近付くと、

「一院の御使、検非違使《けびいし》五位《ごいの》尉《じよう》源義経と申しまする。勅命により、先の帝《みかど》をお迎えに参り申した」

声高に名乗りを上げた。

御座船の後方には、唐破風《からはふ》の庇《ひさし》をつけ金の鳳凰《ほうおう》を飾った船屋形があり、屋形の側面には物見の戸が開けてある。

その戸に顔を寄せて、初老の尼と色白のふくよかな顔をした女房が外をながめていた。

二位尼と建礼門院徳子である。

二人の表情は恐怖に強張《こわば》り、血の気の失《う》せた顔《かんばせ》が薄暗い屋形の中でほの白く浮き上がっていた。

義経は船に取りついてよじ登ろうと馬を進めたが、突然栗駒が前につんのめるように身を沈め、鞍の上まで深々と水につかった。

深みにはまったのである。

栗駒は四肢をたくみにかいて泳ぎ始めたが、進む速さが格段に遅くなった。

異変に気付いた平家の船が三艘、先を競って漕ぎ寄ってきた。

屈強の兵が舳先《へさき》から身を乗り出し、義経を射殺そうと弓を引き絞っている。

「御曹子どの、退《ひ》かれよ」

継信が馬を寄せて楯となった。

義経は手綱を引いて馬を返したが、泳いでいるだけに栗駒の動きは鈍い。

そこを狙って三本の矢がいっせいに飛んできた。

義経は手にした刀で一本を叩《たた》き落としたが、一本は鎧の袖に突き立ち、もう一本は兜《かぶと》の鉢に当たって海に落ちた。

栗駒はようやく足の立つ所まで戻ったが、平家の追撃は急だった。緋縅《ひおど》しの鎧武者こそ憎《に》っくき仇《かたき》と、島に渡った忠信らを捨て置いて義経に襲いかかった。

継信ら二十騎は義経を囲んで楯になり、矢を防ぎながら総門に向かって退却していった。

「鎧突《よろいづ》きして裏をかかすな。目庇《まびさし》を下げよ」

継信が殿軍《しんがり》をつとめながら皆を励ました。

鎧突きとは体を小刻みに揺することだ。こうすれば鎧の札《さね》が重なり合うので、矢が裏まで突き通りにくくなる。

弓矢を持っていないだけに、こうして我身を守りながら退却していくしかなかった。

だが間近から放たれる矢は鋭く、一人、また一人と射落とされていく。

馬を射られて横倒しに海に倒れ込む者もいる。

もはや絶体絶命かと思われた時、東の岸から平家の船に向かって横矢を射かける者がいた。

義経主従の窮地を見た近藤親家が、遅れて到着した百人ばかりの郎党とともに駆けつけたのだ。

島に渡った忠信らも次々と海に馬を乗り入れ、水しぶきを上げて義経と平家の間に割って入った。

走りながら流鏑馬《やぶさめ》でもするように次々に矢を射かけている。

これには平家もたまらず、船縁に楯を並べて退却していった。

「兄者《あにじゃ》、どうした」

忠信のただならぬ声に、義経ははっとふり返った。

殿軍をつとめていた継信が、鞍の前輪《まえわ》を握ったままうずくまっている。

忠信が肩をゆすると、そのまま前のめりに海に崩れ落ちた。

背中に二本の矢が深々と突き立っている。義経を守ろうと最後まで矢面に踏み留まり、馬首を転じて退こうとして射抜かれたのだ。

矢柄《やがら》には二本とも能登守《のとのかみ》と記されている。

平家の中でも剛の者として名高い能登守教経《のりつね》の矢だった。

「継信、しっかりしろ」

義経は肩に手を回して抱き起こした。

「御曹子どの……」

継信が薄く目を開けた。

「すまぬ。私の思慮が足りなかった」

「大夫黒は、よき馬でござる。今生の……、果報にござる」

継信は唇に笑みを浮かべて息絶えた。

「継信」

義経は肩をゆすったが、継信は二度と応えてくれなかった。

二

佐藤継信の死顔は安らかだった。

摂津の渡辺から荒海を渡り、阿波勝浦から高松まで夜通し馬を駆ってきたというのに、頬にもあごにも無精髭《ぶしょうひげ》ひとつ生やしていない。

律義で几帳面《きちょうめん》な男だ。討死した時に不様な姿をさらさないように、出陣前に必ず小刀で髭を当たっていた。

「継信、許せ」

義経は背中の矢を引き抜こうとした。

深々と突き立った矢はびくともしない。ただの征矢《そや》ではなく、末が八の字形に開いた矢尻を用いていた。

腸抉《ちょうぐり》とも腹抉《はらえぐり》とも呼ぶ。この矢で腹を射抜かれると、引き抜こうとする時に内臓が寸断される。殺傷能力を極限まで高めた非情な武器だった。

義経は先へ押し込み、腹をえぐって前から抜こうとした。

これも容易には動かない。継信の遺体をうつぶせにして矢を押し込むたびに、傷口から血がしみ出した。

「御曹子どの、おやめ下され」

弟の忠信が肩にしがみついた。

義経はその手をふり払い、継信の体をあおむけにした。

腹巻きの札《さね》を破って腸抉の矢尻が三寸（約九センチ）ほど突き出している。末が大きく開いた禍々《まがまが》しい形だった。

義経は血まみれの矢柄をつかんでさらに引き出し、七寸（約二十一センチ）ばかりの所で切り落とした。

忠信も他の家臣たちも、息を呑《の》んで見守るばかりである。

「皆の不審は無理もない」

立ち上がった義経の頬は涙にぬれていた。

「私がこれを引き抜いたのは、能登守の名が刻まれた矢で継信の仇を討つためだ。その時まで、継信は我らとともにある」

自分の弓束《ゆづか》の上に腸抉を縛りつけ、高々と天にかざした。

「御曹子どの、かたじけない」

忠信が地にひざまずき、体を震わせて嗚咽《おえつ》をもらした。

他の者たちも声もなく立ち尽くし、心に復讐《ふくしゅう》を誓っていた。

「こちらのお方が、近くの寺のご住職でございまする」

伊勢三郎が初老の僧を案内してきた。

「今日の戦《いくさ》で落命した者たちのために塚を築き、経など読んで供養してくれ」

義経はひと包みの砂金と戦死者の名簿《みょうぶ》を僧に渡した。

波打ち際では、大夫黒が他の馬から離れて所在なげにたたずんでいた。

時折物思わしげに入江をふり返っているのは、海に足を取られて主《あるじ》を助けることができなかったことを悔やんでいるのだろう。

澄みきった瞳に涙がにじんでいるのを見ると、継信の最期の言葉が思い出されて、義経の胸に新たな悲しみがわき上がった。

すでに日は暮れかかっている。

頭上をおおっていた厚い雲はいつの間にか消え去り、薄曇りの空から淡い光が射していた。

屋島は朱色の陽《ひ》に後ろから照らされ、藍色の影となって目前に横たわっている。

東のふもとには、平家の船団百艘ばかりが安徳天皇の御座船を中心にしてひしと身を寄せていた。

その距離はわずか三町（約三百三十メートル）ばかりだが、船の用意のない義経らには如何《いかん》ともし難い。今日のところはひとまず兵を退き、五剣山の中腹まで退却することにした。

その時、船団の中からゆっくりと漕ぎ出してくる船があった。

艫《とも》の屋形を金銀の金具で飾り、船縁に赤い布をめぐらした船がただ一艘、恐れる気色《けしき》もなく近付いてくる。

和議の使者でも送ってきたかとながめていると、船は岸から三十間（約五十四メートル）ばかりの所で動きを止め、赤袴《あかばかま》をはき柳襲《やなぎがさね》の表着《うわぎ》をまとったたおやかな女が姿を現わした。

表が白、裏が青の涼やかな表着の下に白絹の小袖を重ね、背中に垂らした長い髪を風になびかせている。

女は手にした竿《さお》を船端の旗差しに立て、優雅な仕種《しぐさ》で手招きをした。

竿の先には金の日輪を描いた緋色の扇がはさみつけてある。

「あれは何の趣向じゃ」

義経は後藤兵衛実基《ごとうひょうえさねもと》にたずねた。

長年、父義朝の側近をつとめた老功の勇士である。

「緋に日輪は平家の象徴でございます。流鏑馬《やぶさめ》のごとく見事に射抜けと、けしかけているのでございましょう」

竿先に板をはさみつけるのが流鏑馬の流儀である。平家はこれを緋扇に替え、戦の勝敗を占おうと挑発しているのだった。

「屋形に弓の上手を伏せ、御大将が水際《みぎわ》に進み出られたなら射殺そうとしているのかもしれませぬ。誰か弓の上手を選んで、あの扇を射落とさせるべきと存じます」

「手足《てだ》れはおるか」

「那須与市宗高《なすのよいちむねたか》という者がおります。俵藤太秀郷《たわらのとうたひでさと》公の末孫《ばっそん》で、小兵《こひょう》なれども腕は確かでございます」

与市が来た。那須太郎資隆《すけたか》の子で、まだ二十歳《はたち》前の若者である。肩幅はがっしりと広く、二の腕は太股《ふともも》ほどの太さがある。きりりと吊《つ》り上がった目は千里の彼方《かなた》の的さえ捕えそうな鋭い光を放っていた。

「弓手《ゆんで》を見せよ」

義経は与市の左手を握り、手首の動きを確かめた。

柔らかく伸びがある。

いくら体が頑丈でも弓を射る瞬間に弓束《ゆづか》を押し込む手首の伸びがなければ、弓の上手にはなれなかった。

「流鏑馬は心得ているか」

「下野《しもつけ》の生まれにございますれば」

良馬の産地として知られた国だけに、幼い頃から騎射を叩き込まれていた。

「あの扇、見事に射落としてみよ」

「波に揺れ動く的ゆえ、射落とせるかどうか分りませぬ」

「臆《おく》するな。流鏑馬は武芸の鍛練のみを目的としたものではない。己《おの》が技量を神仏に披露し、戦に斃《たお》れた者たちの御霊《みたま》を鎮めるための技であろう」

「そのように教わりました」

「ならばあの的を鮮やかに射落とし、今日の戦で死んでいった者たちの無念を晴らしてくれ」

与市は頑丈な肩をぶるりと震わせ、籐蔓《とうづる》を巻いた弓を脇にたばさんですっくと立った。

「ならば、ご見参」

月毛駮《つきげぶち》の馬にまたがり、力強く鐙《あぶみ》をけった。

一昨夜の暴風は、まだ静まりきっていない。船は上に浮き下に沈み、扇の的は一瞬たりとも定まらなかった。

しかも旗差しに立てただけなので、風が強く吹くたびにくるくると回る。

与市は波打ち際で手綱を絞り、馬の足を波に洗わせながらしばらくたたずんでいたが、いざと叫んで海に深々と乗り入れた。

あまり深みに進むと、馬が波に揺り動かされて安定が悪くなる。その兼合《かねあい》を計りながら慎重に進み、船まで十五間（約二十七メートル）ばかりの所まで詰め寄った。

義経も栗駒を水際まで進めた。

総勢三百騎ちかくになった身方も後に従い、轡《くつわ》をそろえて並んだ。列に納まりきれない者は、馬の尻と尻の間に馬首を入れて少しでも前に出ようとひしめいた。

屋島のほとりには平家が舳先を並べ、奇《く》しくも船と馬とが対峙《たいじ》する形となった。

南船北馬《なんせんほくば》という言葉がある。

中国の南方は川が多いから船で行き、北方は陸地つづきだから馬で行く。これが転じて各地にあわただしく旅をすることを指した諺《ことわざ》である。

この言葉は、南方には船を操る海洋民が多く、北方には馬を駆る騎馬の民が多い中国の国情をも表わしている。

似たような事情は、わが国にもあった。

はるか昔、黒潮に乗って渡来した海洋民は、太平洋側の半島を拠点とし、やがて桓武《かんむ》平氏の旗のもとに結集していった。

一方、中国北方の地から朝鮮半島を経て渡来した騎馬の民は、朝廷から源氏の姓を許されて各地に地歩を築いた。

それから数百年の間に両氏は婚媾《こんこう》をくり返し、民族的な同化をなし遂げてきたが、海の民、騎馬の民としての本能は互いの血の底に眠っていたのだろう。

源平対決の今、こうして船と馬が向かいあっている。その間に那須与市が立ち、一瞬の技に命を賭けていた。

風は相変わらず強い。

波も静まる気配はない。
雲の後ろに見え隠れする太陽だけが、刻々と陽射しの色と角度を変えていく。
与市は天をあおいで僥倖《ぎょうこう》を願い、頭《こうべ》を垂れて神仏のご加護を祈った。
義経も我知らず同じ動作をしていた。
与市と心をひとつにし、五感を研ぎ澄まして風と波を読もうとした。
波の上の船の動きには、一定の規則と拍子がある。
その動きに呼吸を合わせ、弓を射る間合を計った。
風が静まり、旗差しに差した扇の回転が止まった。
日輪の扇は与市に正対して開いている。
与市は弓を構え、手首を伸ばして弓束を押し込んだ。
肩とひじがぴたりと決った、寸分狂いのない構えである。
月毛駮も四肢を踏んばり、波に押されてもびくともしなかった。
船は波に揺られ、三尺（約九十・九センチ）ばかりの幅で上下をくり返す。
単調な動きのようだが、かすかな規則がある。
上がり下がりの向きが変わる時に、船がほんの一瞬静止するのだ。
波に持ち上げられた時も波間に沈んだ時も同じで、その瞬間だけ扇は動かぬ的と化す。

狙うなら沈んだ時だった。

船端に立てた扇が、波間に沈んだ時にはちょうど目の高さになる。

船は揺れ上がり揺れ下がり、二度三度と同じ動きをくり返す。

何度目かに波間に沈んだ瞬間、

(今だ)

与市が鏑矢《かぶらや》を放った。

矢は指笛のような音をたてて一直線に飛び、扇の要《かなめ》の一寸ばかり上をとらえた。

雁股《かりまた》の矢尻に射抜かれた扇は、三つに裂けて高々と舞い上がり、風にもまれて回りながら海に落ちた。

源平両軍とも息を呑んで静まり返った。

不気味なほどの沈黙の中で、射落とされた扇だけが波間に漂っている。裂けた日輪が夕陽をあびて輝いていたが、ふいに打ち寄せた大波にあおられて海の底へと姿を消した。

源氏の方《かた》からどっと歓声が上がった。

この戦、我らの勝ちに極まったと、箙《えびら》を叩いてはやし立てた。

義経はその声を聞きながら、自分が矢を射たように肩で大きく息をついた。

三

平家の陣営は寂《せき》として声もなかった。

戦は殺し合い、殺され合いである。誰もが己れの命と一族の命運を賭けて戦場に立つ。

それだけに神仏のご加護を願うことひと通りではなく、武具にも鎧にも守り札を隙間なく張りつけて臆する心を奮い立たせようとする。

退勢いちじるしい平家には、特にこの傾向が強かった。

瀬戸内海は平家の守り神である厳島《いつくしま》神社の神域に属している。扇の的をかかげて勝敗を占っても、よもや源氏に吉と出ることはあるまい。

平家の大将たちはそう信じ、身方の士気を鼓舞するために扇をかかげた船を出した。

ところが平家の象徴である日輪の緋扇《ひおうぎ》は無残に射落とされ、ご神託は凶と出た。

これには将兵ばかりか女房たちまで身の毛のよだつ思いをし、唇をかんで押し黙っていた。

あまりに見事な技を見せられ、彼我《ひが》の力量の差を思って意気消沈した者もいた。

そうした雰囲気を変えようとしたのだろう。黒革縅《おど》しの鎧をまとった老武者《おいむしゃ》が船を漕ぎ出し、白柄《しろつか》の長刀《なぎなた》をかついで剽《ひょう》げた舞いを舞い始めた。

わざと兜をかぶらず、烏帽子《えぼし》頭を木偶《でく》の踊りのように面白おかしくふり動かした。

今の出来事を一場の戯事《ざれごと》にしてしまおうという意図は明らかだった。

「憎い舞い様《よう》じゃ。あやつにもご神託のほどを示してやれ」

義経は三郎を呼んで命じた。

与市はすでに水際に上がっていたが、海に二、三間馬を乗り入れ、征矢《そや》をつがえてひょっと射た。

扇に比べれば何倍も大きな的である。

こめかみを深々と射抜かれた老武者は、声を上げる間もなく横になぎ倒されて海に落ちた。

平家の戦意は喪失するばかりである。

それを立て直そうと、六尺豊かな偉丈夫がただ一人波打ち際まで進んで船を下りた。

左右に楯持ち一人、弓持ち一人を従え、大長刀を杖《つえ》にして仁王立ちになった。

「源氏に我はと思わん者あらば寄せよ」

名乗りも上げずに呼ばわる無礼に、源氏の数騎がいきり立って勝負を挑んだ。

真っ先駆けた水尾谷《みおのや》という武蔵国の住人は、馬の鞅《むながい》を矢柄が見えなくなるほど深く射抜かれ、屏風《びょうぶ》が倒れるように横倒しになった。

水尾谷は人間業とも思えぬ凄《すさ》まじい弓勢《ゆんぜい》に怖《おそ》れをなし、馬を捨てはいつくばって逃げ出した。

敵の巨漢は大長刀で背中を斬り割るかと思いきや、兜の錣《しころ》をつかんで生捕りにしようとした。

水尾谷はとっさに脇差を抜いて錣を切り落とし、兜の鉢だけになった浅ましい姿で身方の中に逃げ込んだ。

「上総《かずさ》の悪七兵衛《あくしちびょうえ》景清《かげきよ》とはわしのことじゃ。覚えておくがよい」

景清は錣をほうり投げると、待たせた船に悠然と乗り込んだ。

上総守藤原忠清《ただきよ》の子で、平家随一の豪傑とうたわれた男である。

そうと知った源氏方は、景清を討って手柄にしようと色めき立って後を追った。

誰よりも先に義経が駆け出していた。

栗駒の腹がつくほどの所まで海に乗り入れ、矢継ぎ早に矢を放った。

景清との距離は十間（約十八メートル）もなかったが、矢はことごとく船縁の楯に突き立った。

遅れてきた百騎ばかりが、船の左右に回り込んで矢を浴びせようとした。

これを見た平家の軍船三十艘ばかりが、景清を討たせまいと馬の鼻面《はなづら》に舳先をぶつけるように船を押し出してきた。

船縁にびっしりと楯を並べ、矢狭間《やざま》から矢を射かけてくる。

源氏の者たちも弓で応戦するが、楯にはばまれて徒矢《あだや》となるばかりだった。

その時、火矢が放物線を描いて海上を飛び、平家の船に次々と突き立った。

水際に残った伊勢三郎らの仕業である。

昼間の苦戦の教訓を生かし、火矢の用意をととのえていた。

火は船の最大の弱点だった。

風が強くなればまたたく間に燃え上がり、身方の船にまで飛び火する。

平家の者たちは火矢を防ごうと、空に向かって楯をかざした。

がら空きになった足許《あしもと》を狙って、源氏の猛者《もさ》たちは容赦なく矢をあびせる。

これを支える術《すべ》はなく、水夫たちは舳先につけた逆艪《さかろ》を漕いで退却していった。

義経は景清のほかは眼中になかった。

家来がなぶられた仕返しにせめてひと矢あびせようとしていると、他の船が横からすべるように近付いてきた。

船縁から身を乗り出した男が義経の兜に熊手をかけ、馬から引き落とそうとする。

義経は反射的に身を伏せ、鞍の前輪にしがみついた。

そのはずみで弓を落とした。

継信を斃《たお》した矢尻を結びつけた弓が、波に押されて遠ざかっていく。

手を伸ばしてつかもうとしたが、熊手に引かれてままならない。

数人力の凄まじさに、鞍にしがみついていても栗駒ごとたぐり寄せられていく。

窮地に気付いた忠信が、船と義経との間に駆け入って熊手の柄を両断した。

自由になった義経は、波にただよう弓を鞭《むち》の先でかき寄せようとした。

「御曹子どの、危のうござる。お退《ひ》き下され」

忠信が栗駒を横から押して馬首を転じさせようとした。

「ならぬ。あの矢尻で仇を討たねば、継信に合わす顔がない」

「兄者も殿のご無事を願っておりましょう。何とぞ」

忠信はなおも止めようとした。

義経は鞍から身を乗り出して弓を追った。

平家方はここぞとばかりに射殺そうとする。その時には忠信はじめ十数騎が周りを囲み、命を捨てて楯となる構えを取っていた。

史上に有名な屋島の戦いは、源氏の奇襲で始まり、一昼夜の激戦の末に、両軍の痛み分けで終った。

源氏は屋島の本営を焼き払って平家を海上に追ったが、安徳天皇と三種の神器を奪還することはできなかった。

死傷者の数は、馬上から攻めた源氏の方がはるかに多い。

その数五十二騎。都からひきいて来た手勢の三分の一を失う痛手を受けていた。

その夜、義経らは五剣山の中腹で夜営をした。

将兵たちは三日間の強行軍と昼間の戦に疲れ果て、兜を枕にして泥のように眠り込んでいる。

だが義経は片膝を抱いて木の幹にもたれ、まんじりともしなかった。

奇襲に失敗した上に継信を死なせたことが無念で、どうしても眠れなかった。

「御曹子どの、少し横にならねば体にさわりまする」

夜警の任に当たっている三郎が、竹の筒を差し出した。

近くの集落から酒を手に入れていたが、義経は口にしようとしなかった。

「火矢はあるか」

「五、六十本は残っておりまする」

「ならば夜明け前に屋島に渡り、平家の船を焼き払う。馬で行けば気付かれるゆえ、健脚の者二十人ばかりを集めておけ」

準備をととのえて高松まで下りてみたが、平家の船団は消え失せていた。

安徳天皇の御座船《ござぶね》を中心にして舫《もや》っていた百数十艘の船が、影も形も見当たらない。

夜明け前の薄闇の中で、さざ波ばかりが無人の岸に打ち寄せていた。

義経は夜営地に戻り、馬廻り衆を海沿いに走らせて平家の行方を追わせた。

また、遠目の利く三郎の配下を五剣山に登らせ、山頂から船団が見えないかどうかを確かめさせた。

「見つけた者は狼煙《のろし》を上げよ。山頂の者は、すぐにその位置を知らせるのだ」

必要な措置を終えると、義経は母衣《ほろ》をかぶって横になった。

しばらく戦にはならぬと思うと、急に眠気に襲われた。

その頃、平家の船団は屋島の東の半島を回って志度《しど》湾に入り、志度寺を臨時の行《あん》宮《ぐう》としていた。

屋島の入江にいては源氏の夜襲を受けるおそれがある。夜の間に錨《いかり》を上げ、明け方には志度への着岸を終えていた。

しかも高松から阿波へ通じる道に要害を築き、義経の退路をさえぎる構えを取っていた。

義経のもとにその知らせが届いたのは、巳《み》の刻（午前十時）を過ぎた頃である。

空は久々にからりと晴れ、太陽の光がまぶしいほどに降りそそいでいる。

海は凪《な》ぎわたり、真っ青な海面が光を反射してきらめいていた。

三郎にゆり起こされた義経は、空と海のまぶしさに目を細めた。

讃岐《さぬき》の陽射しは、都とは比較にならないほど強かった。

「志度ばかりではございませぬ。西からは伊予攻めに出た田口《たぐち》の軍勢が取って返しております」

三郎が体を寄せてささやいた。

伊予の河野氏を攻めていた田口教能《のりよし》が、屋島からの急報を得て馳《は》せ戻ったのである。

このままでは挟み討ちに遭い、景時らの軍勢が到着する前に全滅するおそれがあった。

「昨夜の酒はどうした」

「こちらに」

三郎が竹筒を差し出した。

義経は腰兵糧《こしびょうろう》を椀《わん》に移し、酒をかけて手早く腹ごしらえをした。

「田口の手勢はどこにおる」

「伊予と讃岐の国境《くにざかい》のあたりでございます」

距離はおよそ十五里、高松に着くまでにはあと一日はかかる。

「ならば調略を用いて、できるだけ到着を遅らせよ」

「何かよき知恵がございますか」

「平家は滅びたという噂《うわさ》をまき散らせ。屋島の本営は焼き払われ、安徳天皇は源氏のもとに身を寄せておられると触れまわるのだ。その上でそちが使者となり、田口何某《なにがし》に和議の交渉を持ちかけてみよ」

屋島の本営は灰燼《かいじん》に帰し、入江には平家の船は一艘もいないのだから、田口教能はこの話を信じるにちがいない。

たとえ話に乗らなくとも、交渉の間進軍を遅らせることができるはずだった。

「人をあざむくのはお手のものではございますが、ちと元手がかかりまする」

三郎は砂金の袋を三つもせしめると、山賊あがりの手下を引き連れて意気揚々と伊予へ向かった。

第二十三章　水軍動く

一

義経は翌日の夜明け前に五剣山を下り、志度の平家に夜襲をかけることにした。兵力では圧倒的に劣るので、頼みの機動力を生かして各個撃破をはかる以外に活路はなかった。

志度は志度湾のほとりに開けた港町で、古くから平家が海運の拠点とした所である。

町の西側には海が深く湾入して山に迫り、道がひときわ狭くなっている。

平家はここに二重の柵を築き、能登守教経《のとのかみのりつね》を大将とする一千余の兵を配していた。

町の東側には四国八十六番目の霊場として知られる補陀落《ふだらく》山清浄光院《しょうじょうこういん》志度寺が

ある。

崇峻《すしゅん》天皇が手ずから霊木に刻まれたという観音像を安置したこの寺を、平家は安徳天皇の行宮《あんぐう》として死守する構えを取っていた。

道をふさいだ柵に正面から攻めかかっては勝ち目がない。

義経はそう見て取り、志度湾の南にそびえる山を迂回《うかい》して志度寺を急襲することにした。

山中には志度から三木へと通じる街道がある。

平家の陣よりはるかに離れた所から山中に分け入り、その道に出て一気に街道を攻め下るつもりだった。

幸い月がある。

西の空に下弦の月がとどまり、あたりを薄明るく照らしていた。

「下の弓張《ゆみはり》じゃ。幸先よいぞ」

義経は昨日の扇の的を思い出し、将兵を励ましながら栗駒《くりこま》を駆った。

五剣山から牟礼《むれ》まで出て、志度湾の南に横たわる山の中へ分け入った。

街道までつづく杣道《そまみち》があることは、昨夜のうちに調べてある。道は意外になだらかで、騎乗のままでも登れるほどだった。

義経は先を急いだ。

夜襲の際には、小刻みに物見を出して前方の様子を確かめながら進むのが鉄則である。

だが三郎らを伊予に向かわせているので、物見の人数が不足している。

夜明け前に平家の本営を衝《つ》きたい焦りもあって、前方の安全も確かめないまま兵を進めた。

ふもとの竹林を抜け、雑木林の中をしばらく行くと、木が切り払われた見晴らしのいい場所に出た。

山の中腹の道から、志度湾を見下ろすことができた。

深く湾入した海が、おぼろな月に照らされて鈍い光を放っている。

港は山にさえぎられた位置にあるので、平家の船団を確かめることはできなかった。

しばらく進むと道は再び雑木林の中に入り、急勾配となって山頂へつづいていた。

尾根まであと一町（約百十メートル）ばかりに迫った時、義経は不穏の気配を感じた。

前方の闇の中に何者かが身をひそめ、鋭い殺気を放っている。

「止まれ、馬を下りよ」

そう叫んだが遅かった。

尾根の上から数十人の伏兵が現われ、声も上げずに矢を放った。

先頭を進んでいた十数騎が、人といわず馬といわず征矢《そや》に射抜かれ、鞍《くら》から転げ落ちて馬ごと横倒しになった。

「退《ひ》け、馬を返せ」

そう命じたが、雑木林の中の杣道では馬首を転じるのは容易ではない。うまく向きを変えた者も、前の者に邪魔されて身動きがとれなかった。

その間にも矢はつづけざまに飛んで来る。闇の中では刀で払い落とすこともできず、木を楯《たて》にするか斜面に身を伏せる以外に防ぎようがなかった。

無残に敗北してふもとまで退却した頃には、陽《ひ》は高々と昇っていた。

馬廻《うままわ》り衆の半数近くが戻っていない。あまりの犠牲の大きさに茫然《ぼうぜん》としていると、伊予に向かった伊勢三郎から使者が届いた。

「田口どのは和議に応じると申されております」

「まことか」

義経は回生の思いで問い質《ただ》した。

「ただし、不審のことがございます。主《あるじ》三郎は高松で待つように勧めましたが、田口どのは一刻も早く御曹子《おんぞうし》どのに謁見《えっけん》したいと、戦仕度のままこちらに向かっておられます」

「それは罠《わな》でございましょう」

忠信が横から進言した。

「御曹子どのの居場所を突き止めるために、和議に応じるふりをして三郎どのを案内役にするつもりに相違ありますまい」

「では、どうする」

「五剣山の夜営地まで戻り、堅固に柵をめぐらして陣地を構えるべきと存じまする。さすれば今日明日にも、渡辺から後続の軍勢が到着いたしましょう」

これが最も賢明で安全な策だが、義経は応じなかった。

梶原景時らの反対を押し切って出陣してきただけに、身方を討ち減らされて救援を待つような不様なことをしたくなかった。

「三郎に機を見て田口を刺殺せよと伝えよ。それがならぬ時は、沿道の集落に火を放って進軍をはばむのだ」

そうして田口軍の到着を遅らせ、志度の平家にもう一度決戦を挑むことにした。

「忠信、近くの百姓家からできるだけ多くの牛と荷車を集めて来い」

「いかがなされまするか」

「火牛《かぎゅう》の計じゃ。供出に応じぬ者があらば斬り捨てて構わぬ」

木曾義仲は倶利伽羅《くりから》峠で牛の角に松明《たいまつ》を結びつけて突進させ、平家の大軍を討ち破った。

義経はこれにならい、干草を積んだ荷車を牛に引かせ、荷車に火を放って平家が築いた柵を突破しようとした。

だが、牛はなかなか見つからなかった。

この頃の農民にとって、牛や馬は家一軒に相当する大事な財産だった。

武士が馬を家の中で飼っていたように、彼らも牛馬を家族同然にいつくしんでいた。

それだけに源平の戦が始まると、略奪をさけるために村の者しか知らない場所にいち早く隠していたのである。

待つことに焦《じ》れた義経は、忠信らを引きつれて三十軒ばかりの集落に馬を乗り入れた。

どの家も茅葺《かやぶ》きの屋根を掘っ立て柱で支えた粗末な造りである。中に一軒だけ周囲に土塀をめぐらした大きな屋敷があった。

「あれが村主《むらおさ》の家であろう。家の者を連れて来い」

忠信が数人の配下をつれて土塀の内に入り、初老と壮年の男を連れて来た。

二人とも立派な身形《みなり》をして、臆した様子は少しもなかった。

「源九郎義経じゃ。勅命により平家討伐に出陣しておる。この里に牛を持つ者があれば供出してもらいたい」

義経は礼を尽くして頼み込んだ。

「あいにく一頭もおりませぬ。他の村におたずね下されませ」

長老然とした長い髯《ひげ》をたくわえた男が応じた。

「ただで取るとは言わぬ。相応の対価を支払うゆえ協力してもらいたい」

「そのようにおおせられても」

「その方らが難をさけて牛を隠していることは分っておる。これで牛五頭を譲ってくれ」

砂金の入った革袋を押し付けたが、相手は首を振るばかりだった。

「応ぜぬとあらば、里に火を放って焼き払う。それでもおらぬと言い張るか」

義経は蕨手刀《わらびでとう》を抜き放って脅しつけた。

それでも初老の男は牛はいないと言い張った。

息子らしい壮年の男に問い質しても結果は同じだった。

牛の隠し場所には、女や子供も身をひそめている。その者たちを守るために、体を張ってしらを切り通していた。

「小癪《こしゃく》な。この者どもを縛り上げ、里に火を放て」

「お待ち下されませ」

阿波の近藤親家《ちかいえ》が飛び出してきた。

「この者たちに罪はございませぬ。ご無体《むたい》なことをなされては、源氏のご尊名にかかわりましょう」

「平家討伐は勅命である。手段を選んではおられぬ」

義経は急げと厳命したが、馬廻り衆でさえ困惑顔で立ち尽くした。

「忠信、何をしておる」

「おそれながら、火牛の計を用いてもこの人数では敵を打ち破ることは無理と存じます。ここはひとまず五剣山までお退き下されませ」

「そちは兄の仇《かたき》を討ちたくはないのか」

義経は忠信の鎧の高紐《たかひも》をつかんで迫った。

「御大将、東の空に狼煙《のろし》が見えまする」

物見に出ていた兵が駆け戻った。

見ると青空に黄色い煙が立ちのぼっている。あれは志度湾のあたりだった。

数騎を偵察に出して見ると、平家の陣所はもぬけの殻だという。

「陣を引き払い、船に乗り込んでいるようでございます」

義経は栗駒に飛び乗って志度へと急いだ。

平家が街道をふさぐために築いた柵のまわりには、一人の兵もいなかった。

柵から二町（約二百二十メートル）ばかり離れた港では、平家の雑兵《ぞうひょう》たちがあわただしく船に乗り込んでいた。

先に出港した百艘《そう》ばかりの船が、縦に長く伸びた列を作って北へと向かっていた。

港に残ったのは殿軍《しんがり》を務める者たちである。船縁《ふなべり》に楯を並べたひときわ大きな船に、五、六十人ばかりの鎧武者が乗り込んでいた。

義経主従に気付いてざわめく武者たちを押しのけて、卯《う》の花縅《おど》しの鎧を着た大柄の男が進み出た。

この男こそ継信の仇、能登守教経だった。

教経は舳先《へさき》に立って三人張りの強弓《こわゆみ》を引き絞ると、義経にぴたりと狙いをつけた。

義経は相手が誰かを知らない。二町も先から飛んで来る矢など、素手でつかみ取ってやると悠然と構えていた。

教経が放った矢は糸を引くように一直線に飛び、音を立てて丸太の柵に突き立った。

柵がなければ、間違いなく義経に命中しただろう。

人並みはずれた弓勢《ゆんぜい》と矢柄《やがら》に記された能登守の文字を見て、義経もようやく相手の正体に気付いたが、柵にはばまれて先へ進むことはできなかった。

教経の船は最後まで残った兵を収容すると、十挺《ちょう》の艪《ろ》を力強く漕《こ》いで出港していった。

なぜ急に陣所を捨てたのか分からない。狐《きつね》につままれた思いで柵を取り払わせていると、志度湾の東の小串《こくし》岬の陰から船団が現われた。

二列縦隊になった船団が、追い風を受けて続々と志度湾に入ってくる。

景時らが到着したのかと思ったが、船の形と旗印がちがっていた。

どの船も舳先が鉾《ほこ》のように鋭く尖《とが》り、白地に黒く八咫烏《やたがらす》を描いた旗を押し立てている。

「あれは熊野水軍でござる」

後藤実基《さねもと》が声を張り上げた。

総勢二百艘ちかい。平家があわてて出港したのは、屈強の熊野水軍を怖《おそ》れてのことだった。

先頭の船には、修験者の姿をした武蔵坊弁慶が立っている。

その横には水軍の頭《かしら》らしい総髪の若い男が並んでいた。

船が港に着くと、二人は急ぎ足に義経に歩み寄った。

「海が荒れて遅くなり申した。こちらが熊野の別当どののご子息、修理別当湛照《しゅりべっとうたんしょう》どのでござる」

湛照は弁慶に劣らぬ偉丈夫で、黒革縅しの腹巻をつけている。

二十歳にもならない若者で、眉が濃く目がくりっとした童顔《わらわがお》をしていた。

「弁慶どのが急《せ》かされるゆえ、それがしが先陣として参りました。父は明日本隊をひきいて到着いたしまする」

二百艘の船団が先陣だというのだから、熊野水軍の力は聞きしに勝るものだった。

「御曹子どのが手勢をひきいて阿波に渡られたと聞き、湛照どのに無理の出陣をしていただきました。ご無事で何よりでござる」

「無事ではない。継信はじめ多くの者たちを死なせてしもうた」

義経はぽつりとつぶやいた。

「さようでござるか。それはさぞお辛《つら》い思いをなされたことでございましょう」

盟友の死に衝撃を受けながらも、弁慶は義経の胸中を気遣った。

「私が愚かだったのだ。すまぬ」

義経は胸が一杯になり、涙をおさえることができなかった。

心の底に押し込めてきた怒りと悔しさが、弁慶の顔を見た途端に一度に噴き出したのだった。

やがて志度の港は八咫烏の旗をかかげた船で埋めつくされ、腹巻の軽装をした猛《も》者《さ》たちが上陸を終えた。

景時らの船団はまだ到着していなかったが、熊野水軍の参陣によって形勢は源氏の有利に大きく傾きつつあった。

二

二月十二日、頼朝は鎌倉を出て伊豆へ向かった。

この春、父義朝の亡魂を弔うために、南御堂《みなみみどう》（勝長寿院《しょうちょうじゅいん》）の建立を予定している。

そのための良材を選ぶために、狩野《かの》川上流の視察に出向いたのだった。

義朝の死を悼むことで、平家討伐が父の仇討ちだということを印象づけられる。

また南御堂の建立を行なうことで、源氏の正嫡《せいちゃく》の地位をゆるぎないものにできる。

自ら視察に出かけたのはそうした思惑があってのことだが、一方では北条時政を説得する目的もあった。

時政には船団を組んで兵糧米《ひょうろうまい》を西国へ送るように申し付けているが、いろいろと不都合を言い立てて出港を遅らせている。

作業も一向に進んでいないので、膝を詰めて迫る必要があった。

旅には政子と大姫、頼家も同行していた。

義高の誅殺《ちゅうさつ》以来、政子や大姫との仲はこじれたままで、修復するにはいい機会である。妻子を同行すれば時政も喜んでくれるはずだった。

総勢一千人にも及ぶ行列は東海道を西上し、十二日の夜は三島の館《やかた》で一泊した。

翌十三日には狩野川沿いをさかのぼり、韮山《にらやま》の北条館にたどりついた。

頼朝にとっては愛憎半ばする流刑《るけい》の地、政子にとっては懐しい生まれ故郷である。

その思いの差は、いくつになっても埋めることができなかった。

「ご覧なさい。父上さまはあの中洲《なかす》の家で二十年もの間お暮らしになったのですよ」

政子が大姫を抱きかかえるようにして蛭《ひる》ヶ小島《こじま》をふり返った。

春の草が芽を吹き始めた低湿地を、狩野川がいくつもの支流に分れて流れている。川の間にはそれぞれ中洲があった。中央のもっとも大きなものが蛭ヶ小島で、そこには頼朝が流人《るにん》として過ごした小屋が残されていた。

三間四方の小屋には、板の間と土間しかない。板葺きの屋根には土埃《つちぼこり》がつもり、所々に雑草が生えていた。

政子は頼朝がいかに苦しい思いに耐えて今の地位を築いたかを教えようとしたのだが、大姫は感情の失《う》せた顔でじっと川を見つめるばかりだった。

義高が死んで十ヵ月になるが、大姫は頼朝の前では口をきこうとしない。目を合わせることさえおぞましいのか、何と言われようと顔を上げなかった。

政子もさすがにこれでは危ういと思い、近頃は二人の仲を取り持とうと気を遣っていた。

「川の向こうにある山木《やまき》判官《ほうがん》の館を攻めて、お父上は平家討伐の旗をお挙げになったのです」

「どこ、どの館」

大姫のかわりに、四歳になった頼家が爪先立つようにして見回した。

「今はもうありません。お父上が滅ぼしてしまわれたのですから」

政子がそう言って頼家の水干《すいかん》の乱れを直した。

北条館の門前では、時政が家臣たちを従えて迎えに出ていた。

「これは上様、このような草深い田舎《いなか》までよくぞお越しいただきました」

昨年新築した御殿に一家を案内した。

主殿には新たに御成《おな》りの間をもうけ、頼朝が来た時以外使うことを禁じている。頼朝の権威を利用して周辺の豪族たちを従わせるための、いかにも時政らしいやり方だった。

「何のもてなしもできませぬが、伊豆の湯で激務の疲れをいやしていただければ幸いでございます」

「皆でお世話になります。大姫や頼家が義父上《ちちうえ》に会うことを楽しみにしておりました」

頼朝はそつなく時政の機嫌を取ろうとした。

「お二人とも健やかにお育ちになり、祝着《しゅうちゃく》至極でございます。御台所《みだいどころ》さまもさぞご安堵《あんど》なされていることでしょう」

「いやですよ、鎌倉ではあるまいし。父上にそのような話し方をされては、身の置き所がなくなります」

政子は里帰りした娘の顔になっていた。

その夜、酒宴の頃合を見計らって、頼朝は西国への船団の派遣について切り出した。

「かねてお願いしていた兵糧米輸送の件ですが」

この館に来ると、何年たっても義父に遠慮してしまう。時政のお陰で兵を挙げることができたという思いがあるからだが、鎌倉殿として天下創建に取り組むためには、そろそろ上下のけじめをはっきりさせなければならなかった。

「西国に出征した者たちは兵糧米の不足に苦しんでおりますゆえ、これ以上時期を遅らせるわけには参りません」

「そのことなら、すでに手配しております。万事お任せ下され」

時政が煮魚の身を手際よく取って政子に渡した。

政子はそれを箸でつまみ、頼家の口許《くちもと》まで運んだ。

「船団は何艘ばかり揃《そろ》いましょうか」

「大型の船三十艘は揃うはずでござる」

「いつ頃、出港できますか」

「兵糧米の積み込みや天気の加減もござるゆえ、いましばらくかかりましょう」

「前に二月十日までには船を出せるとおおせになられた。西国の範頼《のりより》にもそのように知らせましたゆえ、首を長くして待っているはずでござる。一日も早く船を出していただきたい」

頼朝は時政ののらりくらりとした態度が腹に据えかね、気色《けしき》ばんで実行を迫った。

「むろん、そのつもりでござる。西国には義時も出征しておるゆえ、その身が案じられてなりませぬ」

時政はこたえた風もなく、悠然と魚の身を取りつづけた。


翌日、一月十四日に発した範頼からの書状が届いた。

周防《すおう》から長門へ兵を進め、豊後へ渡ろうとしたが、船の用意がととのわずに立往生することになった。

その間に用意の兵糧も使い果たし、暖を取る薪《たきぎ》さえ入手できないので、やむなく周防まで引き返すことにした。

将兵たちの不満は抑え難く、このままでは軍勢を維持することさえできないので、一刻も早く兵糧米を送るか都まで退却することを許可してもらいたいという。

いつものように泣き言ばかりを書き連ねていた。

頼朝の胸に怒りがこみ上げ、この書状を時政の鼻先に叩《たた》き付けてやりたくなった。

その思いをぐっと呑《の》み込み、範頼宛ての返書をしたためた。

「今度合戦を遂げずに帰洛《きらく》したなら、何の面目があろうか。兵糧米を遣わすので、皆に耐え忍ぶように命じて待つがよい。平家は故郷を出て漂泊の旅をつづけているにもかかわらず、軍勢の備えを怠りなく保っている。それなのに追討使に任じられたお前が、どうして勇敢な生き様を皆に示すことができないのだ」

範頼の間抜け面を思い出すと、総大将に任じたことが今さらながら悔やまれる。

だが義経なら良かったかと言えば、これもまた問題なしとはしないのだった。

翌十五日、頼朝は狩野川ぞいの道をさかのぼり、天城峠《あまぎ》へ向かった。

韮山から大仁《おおひと》を経て修善寺《しゅぜんじ》のあたりまで進むと、東西を山脈に囲まれた盆地となる。

東は十国峠《じっこく》から巣雲山《すくも》、天城山へとつづく山脈で、西側は達磨山《だるま》、船原峠《ふなばら》、仁科《にしな》峠を経て猿山《さる》へとつづいている。

東西の山脈が出合う場所が天城峠で、狩野川の源流も峠のふもとにある。

それゆえ狩野川をさかのぼるにつれて左右の山が間近に迫り、山懐《やまふところ》に抱かれている感じが強くなっていく。

頼朝もそうした感じを味わいながら馬を進めた。

前方には万二郎《ばんじろう》岳、万三郎《ばんざぶろう》岳が、太古以来の鬱蒼《うっそう》たる密林におおわれてそびえている。

狩野川ぞいには何ヵ所かに温泉の湯だまりがあって、新緑の中でさかんに湯気を上げていた。

やがて軽野《かるの》神社の大きな社が見えてきた。鳥居も社殿も山里には不似合いなほど立派である。

この神社は、造船にゆかりの深い神を祭ったものだった。

狩野川上流は古くから楠《くすのき》や檜《ひのき》などの良木の産地で、この地で作られた船が大和朝廷の官船として用いられた。

『日本書紀』の第十巻、応神《おうじん》天皇の条《くだり》には次のように記されている。

〈応神天皇の五年冬、伊豆国より貢として船を造らしめた。その船は長さ十丈、試みに海に浮かべたところ、軽くて速きこと馳《は》せるようであったから、この船を枯野《かるの》と名付けた〉

この枯野《かるの》を作った場所が軽野神社が建つあたりで、狩野の地名も枯野より起こったという。

船を作るには良材ばかりでは足りない。大木を切り倒し、中をくり抜いて丸木舟を作る工具と技術が必要である。

狩野の地には古くからそうした技術に長《た》けた海洋民が住みつき、大和朝廷からさえ一目置かれるほどの力を持っていたのである。

頼朝は軽野神社に参拝し、神妙にご加護を祈った。

神社の周囲に生い茂る楠の巨木を見れば、この地が良木の産地として恵まれていることがよく分った。

「楠は浮宝となり、檜は宮殿となると申します。楠は船材として優れておりますが、建材としては檜や杉には及びませぬ」

案内の武士が説明した。

「それらの良木はどこにある」

「もう少し奥に分け入った所でございます」

軽野神社から四半里（約一キロ）も離れていない所に狩野城があった。

狩野茂光《しげみつ》、親光《ちかみつ》父子の居城である。

茂光は頼朝が流人だった頃から好《よしみ》を通じ、挙兵の当初から行動をともにしてきたが、石橋山の合戦で討死した。

狩野城も攻め落とされて一族郎党は塗炭《とたん》の苦しみを味わった。頼朝再起の後に親光が城を奪い返し、今では一門の伊東《いとう》家や宇佐美《うさみ》家と結束して東伊豆地方に隠然たる勢力を築いていた。

翌朝、朝靄《あさもや》の消えぬうちに山奥へ視察に出た。

天城峠へつづく細い道を分け入っていくと、樹齢千年にもなろうかという檜の巨木が、天を衝《つ》くように林立していた。

高さは優に十丈（約三十メートル）を越え、根方は大人三人が手を回しても届かないほどに太い。これなら南御堂の心柱《しんばしら》として申し分なかった。

頼朝は匠《たくみ》の棟梁《とうりよう》に木を選ばせ、あやしくなった空模様に追われるようにして韮山へ戻った。

翌十七日、頼朝は北条時政に案内されて三津《みと》の港を訪ねた。

韮山の館から西に向かえば、二里ばかりで駿河湾に出る。船に乗って南に向かい、淡島《あわしま》を過ぎた所に三津の港があった。

現在では狩野川の河口にある沼津《ぬまづ》港が遠洋漁業の基地として栄えているが、大規模な防波堤がなかった頃には、三津が伊豆と駿河を結ぶ主要な港となっていた。

北条氏はこの港を支配下に組み込み、駿河湾から伊勢湾に及ぶ交易に従事していた。そうして築いた財力があったからこそ、頼朝の挙兵を支援しつづけることができたのである。

驚いたことに、港には三十艘ばかりの大型船が艫綱《ともづな》につながれて整然と並んでいた。

天気は西から崩れだし、風と波が次第に強くなっている。

港は西側に突き出した岬の陰になっているので、さして影響を受けなかった。

「船の仕度はととのっているではありませんか」

それなのになぜ出港しないのか、頼朝には不満だった。

「待てば海路の日和《ひより》ありと申しますからな」

「先日も範頼から催促の書状が届きました。すぐに兵糧米を積んで、天気が回復したなら出港させていただきたい」

「西国まで行くには、熊野灘《なだ》の難所を渡らねばなりません。しかもあのあたりは熊野水軍が仕切っているので、水夫《かこ》たちが怖れをなして船を出そうとしないのでござる」

「熊野の別当からは過書《かしょ》（通行許可証）を得てあります。問題はないはずです」

陸に所領があるように、海にも占有海域がある。

熊野灘は熊野水軍の支配下にあるので、通る者は関銭を払って過書を得る必要があった。

また港を利用する際にも、船の大きさや積荷に応じた利用税を払わなければならない。

頼朝もそのことは承知していて、すでに熊野の別当との交渉を終えていた。

「熊野水軍には平家に心を寄せる者も多いと聞いております。それに宝の山を積んでの船旅ですから、港々でどのような災難にあうか分り申さぬ」

「では、どうすればいいのですか」

「それがしを水軍の長《おさ》に任じ、北条水軍を鎌倉殿の官船にしていただきたい。さすれば船団に狼藉《ろうぜき》をしかける者もおりますまい」

時政の狙いは鎌倉水軍を一手に握り、海運の利権を独占することにあった。

それを認めさせるために、わざと出港を遅らせていたのだった。

三

一月十八日の夕方、頼朝は鎌倉に戻り、翌日には南御堂の造営事始を行なった。

頼朝はこの日、熊野別当湛快《たんかい》の娘に三河国竹谷《たけのや》、蒲形《かまがた》の両荘を還付している。

この荘園はもともと彼女が父から譲り受け、行快僧都《ぎょうかいそうず》に嫁ぐ時に持参したが、やがて行快と別れて平忠度《ただのり》と再婚した。

ところが忠度が一の谷の合戦で戦死したので、二つの荘園は朝廷によって没収され、恩賞として頼朝に下賜された。

しかし湛快の娘はこの措置に不満で、両荘を返すように行快僧都を通じて頼朝に訴え出た。

頼朝がこれを許したのは、湛快の跡を継いだ湛増《たんぞう》と友好関係を結び、熊野水軍を身方に引き入れるためだった。

兵糧米を無事に輸送するためにも、平家の水軍と戦うためにも、熊野水軍を身方にしておく必要があった。

三月五日、梶原景時がつかわした雑色《ぞうしき》が西国での戦況を伝えた。

二月十八日に義経は百五十騎をひきいて阿波に渡り、十九日には屋島の平家の本営を焼き払ったが、安徳天皇と三種の神器を奪い返すことはできなかった。

翌日平家は志度湾に本営を移したが、熊野水軍が源氏方となって来援に駆けつけたために、赤間関に向けて敗走した。

景時は百四十艘の船団をひきいて二十二日に屋島に着いたが、すでに平家は逃げ去った後で、追走することもできなかったという。

（またか）

頼朝は舌打ちした。

景時には海と陸から平家を挟み討ちにして、天皇と神器を奪い返すように命じてある。

義経もそれを承知していたはずなのに、またしても端武者《はむしゃ》の先陣争いのようなことをしでかしたのだ。

平家の船団は今頃赤間関の海峡を抜け、彦島にいる平知盛《とももり》らの軍勢と合流しているはずである。

これで平家を東西から挟み討ちにする作戦が台無しになったばかりか、豊後に出征した範頼軍が退路を断たれて孤立するおそれがあった。

ただひとつの朗報は熊野水軍が身方についたことだが、義経が弁慶を熊野につかわしたことを知らない頼朝は、自分の外交努力が実ったのだとしか思わなかった。

三日遅れて、義経の使者が着いた。

書状には弁慶のことも、伊勢三郎を阿波につかわして調略に当たらせたことも記してあったが、頼朝の不快は去らなかった。

書状には「わずか百五十騎を率し」とか「暴風暴波をものともせず」とか「父の仇を報じるために一命をかえりみず」といった文言が並んでいる。

義経のこうした手前勝手な思い上がりと自己陶酔には虫酸《むしず》が走った。

誰が百五十騎で出陣しろと命じた。嵐の海に船を出せと言った。

勝手なことばかりしておいて、偉そうなことをほざくな。

そう怒鳴りつけてやりたいほどである。

中でも義経が事あるごとに父の仇という言葉を使うのが、癪《しやく》にさわってならなかった。

頼朝は義朝とともに平治の乱の敗戦を経験し、伊豆に流されてからも父の仇を報じることを胸に刻んで苦難に耐えてきた。

父の顔を見たこともない義経に仇を討つなどと言われると、大切なものを汚《けが》される気がした。

翌九日、範頼からの使者が到着した。

その書状に曰《いわ》く――。

先月以来豊後に在陣しているが、行く先々で住民らが逃亡し、兵糧を入手する術《すべ》もない。

このために和田義盛《よしもり》や工藤祐経《すけつね》らは、郎党をひきいて帰国しようとしたので、説得してようやく思い留まらせた。

配下の将兵の動揺も激しく、兄上からも重ねて申し聞かせていただきたい。

また、熊野別当湛増が義経の口添えによって追討使に任じられ、先月讃岐国に渡り、今度は九州に入るという噂《うわさ》を聞いた。

四国のことは義経が担当し、九州のことはこの範頼が任されているのだから、今さら熊野水軍などを重用しては、自分が面目を失うばかりか、出征軍には頼りになる武将がいないと広言するも同じである。

そのように取りなされては我らの恥だといきり立つ者も多いので、そのことにもご配慮いただきたい。

頼朝は書状を一読するなり、あきれ果てて天をあおいだ。

範頼らを九州につかわしたのは、屋島の平家を東西から挟み討ちにするためなのだから、平家が彦島に逃れた今では義経軍と一手になって敵に当たるのは当然である。

そうしなければ、豊後の出征軍は孤立して全滅するおそれさえある。

それなのに範頼らは面目にこだわり、義経らが九州に入るのをやめさせてくれと懇願しているのだ。

（何という愚かさだ）

頼朝は書状を引き裂きたい衝動をかろうじて抑えた。

範頼といい義経といい、なぜ自分の指示に反した行動ばかり取るのだろう。戦の渦中にあると、己れの手柄や面目にこだわって大局が見えなくなるのか……。

いずれにしても早急に返書を送って動揺を抑える必要があった。

頼朝は書状の冒頭に、湛増らが九州に入ることはないと明記した。たとえ熊野水軍が参戦しても、義経とともに海上で戦うばかりだから、互いに力を合わせて平家を討伐せよと申し付けた。

また、早急に兵糧米を送るので、関東から付き従っている御家人たちを大事にし、皆で励まし合って苦しみに耐えるように書き添えた。

気が弱く凡庸な範頼は、配下の武将たちの突き上げにあって立場を失っているにちがいない。

文面からそのことがうかがえるだけに、長老格の千葉介常胤《つねたね》の働きを激賞するように伝え、他の武将たちにも一人一人に激励の書状を送ることにした。

北条義時、小山朝政《おやまともまさ》、中原親能《ちかよし》、葛西清重《かさいきよしげ》、加藤景廉《かげかど》など、その数は十二人にも及んだ。

並みの大将なら本文を右筆《ゆうひつ》に書かせ、署名と花押《かおう》だけですませるところである。だが頼朝はすべての書状を自分で記し、真心を込めた筆使いで相手の名を記した。流人暮らしの間に直筆の書状で身方をつのり、人の心をつないできただけに、それがどれほど大きな効果があるか身にしみて分っていた。

残る問題は兵糧米だった。

早急に送ると記したものの、北条時政の協力を得なければ約束を果たせない。だが時政の出した条件を呑めば、北条氏の力が大きくなり過ぎ、他の御家人の反発を招くおそれもあるので、容易には決断できなかった。

こんな時に大江広元《ひろもと》がいればと思っていると、意外なことにその日の夕方に戻ってきた。

「いよいよ戦も終わりに近づきましたゆえ、相談に与《あずか》ることも多いと存じまして」

都での予定を早目に切り上げ、馬を飛ばして駆けつけたのである。

「ならばさぞ喉も渇いたであろう」

頼朝は嬉《うれ》しさのあまり、言われる先に酒の用意を申し付けた。

「都の様子はどうじゃ」

「比叡の山々、鴨川の流れ。相変わらず麗《うるわ》しき所でございます。復興もいち早く進み、武士の狼藉の噂もさして聞きませぬ」

「法皇には会ったか」

「二度お目にかかりました。このたびの上様のお働きを古今無双と賞され、早くご上洛《じょうらく》あるようにとのことでございました」

「できるものなら、そうしたい」

幼年時代を過ごした都を忘れたことは一日たりともない。だが平家討伐ばかりか、奥州藤原氏の動向からも目が離せないので、しばらくは鎌倉を離れることができなかった。

「ところで兵糧米輸送のことだが」

都の話に花を咲かせた後で、頼朝は北条時政の要求について打ち明けた。

「ほう、さすがは親父《おやじ》どのでございますな」

広元は即座に時政の狙いを読み取った。

「昔から喰えぬお方だったが、このような時に出港を引き延ばして要求を押し通そうとするとは」

「良いではございませぬか。望み通りにしてやれば」

広元が旨《うま》そうに酒を飲み干して話をつづけた。

「今は西国の戦に勝つことが先決です。それに北条家の力が強くなることは、上様にとって悪いことではございませぬ」

「だが、後々《のちのち》障《さわ》りとなることもあろう」

「与えたものなら取り上げればよいではありませんか。障りとなったら、その時は手の打ち様《よう》もありましょう」

邪魔になれば、上総介《かずさのすけ》広常《ひろつね》や一条忠頼《ただより》のように誅《ちゅう》すればいいという意味である。

「そうか。確かに」

時政だからといって、いつまでも遠慮をすることはない。頼朝は初めてその決意を固め、長年の溜飲《りゅういん》が下りたような清々《すがすが》しい思いを味わった。

三月十二日、兵糧米を積み込んだ兵船三十二艘が、伊豆の港を出港して西国へと向かった。

時政は要求通り鎌倉水軍の長の地位を手に入れ、北条一門の勢力を一段と強化したのだった。

第二十四章　壇ノ浦

一

春が深まるにつれて、瀬戸内の海はおだやかさを増していった。

暖かい陽射《ひざ》しをあびて海は薄緑色に変わり、飛び石のようにつづく島は山桜や芽吹き始めた木々に彩られている。

眠気をもよおすようなおだやかな景色とは裏腹に、源九郎義経は苛立《いらだ》ちを抑えかねていた。

屋島の戦いから一月ちかくが過ぎるというのに、熊野水軍がいまだに到着しないのである。

志度湾の平家の船団を追い払った後、修理別当湛照《しゅりべっとうたんしょう》はいったん熊野へと戻っていった。

急に出陣してきたために、合戦の準備がととのっていない。平家の本隊と戦う前に、万全の仕度をしておきたいというのである。

遅くとも二月の末までには全軍をひきいて戻ると言うので帰国を許したが、三月二十日になっても何の音沙汰もなかった。

「湛照どのは人をあざむくようなお方ではござらぬ。よんどころない不都合が出《しゅっ》来《たい》したのでございましょう」

弁慶が遠慮がちに取りなした。

近頃では山伏姿がすっかり板につき、どこに行くにも六尺棒を手離さなかった。

「湛照は信頼できるとしても、別当湛増《たんぞう》は何を考えているか分らぬ。あるいは平家と通じ、我らをこの屋島に釘付《くぎづ》けにしておくつもりかもしれぬ」

「湛増どのも身方をすると誓約なされました。それゆえ湛照どのをつかわされたのでござる」

「では何ゆえ水軍を寄こさぬのだ。催促の使者を送っても、仕度がととのわぬという返事ばかりではないか」

義経は愛用の刀をすらりと抜いた。

奥州鉄で鍛えた蕨手刀《わらびでとう》は、波形の美しい刃文《はもん》を描いている。いつもはながめているだけで心が鎮まるのに、今日の苛立ちは治まらなかった。

「御曹子《おんぞうし》どの」

中庭に駆け込んで来た伊勢三郎が、義経の思いつめた表情を見て立ちすくんだ。

「な、何をなされるのでござる」

「このままでは源九郎の名がすたる。腹でも切ろうかと思ったのじゃ」

義経は自嘲の笑いをもらして蕨手刀を鞘《さや》におさめた。

「ただ今、見張り番所より知らせが参りました。大型の船三十艘《そう》ばかりが、熊野水軍の船に先導されて西へ向かっているそうでございます」

「どこの船だ」

「分りませぬが、先頭の船は八咫烏《やたがらす》と金剛童子《こんごうどうじ》の旗をかかげていると申します」

いずれも熊野水軍の旗印である。平家が没落してからは、熊野灘《なだ》から瀬戸内海にかけての制海権は熊野水軍が握っている。通過料を受け取って先乗りをつとめているにちがいなかった。

「この先は我らの領分じゃ。船を出して港に入るように申し付けよ」

早鐘が打ち鳴らされ、屋島の東岸に停泊していた五十艘ばかりの兵船が沖へ漕《こ》ぎ出して行った。

源氏に投降した伊予の河野通信《みちのぶ》の水軍である。梶原景時《かげとき》が摂津からひきつれてきた百五十艘も、港に錨《いかり》を下ろしていた。

やがて河野水軍に先導されて、三十二艘の大型船が港に入ってきた。三鱗《みつうろこ》の旗をかかげた北条水軍である。

源頼朝が兵糧米《ひょうろうまい》を送るために伊豆から出港させた船団は、十日たらずで瀬戸内海へ到着したのだった。

「鎌倉殿のご依頼により、我らが豊後まで水先をつとめておりまする」

熊野水軍の先乗りは船から下りようともしなかった。

「それは別当どののお申し付けか」

義経は顔の前に扇をかざし、頭上から照りつける陽射しをよけた。

「さようでござる」

「別当どのは我らに身方すると誓約なされた。なのに何ゆえいまだに参られぬのだ」

「熊野大社に参籠《さんろう》して、源氏の戦勝を祈願しておられます。もうじき参られましょう」

「この先は我らが先乗りをつとめる。その方らは田辺《たなべ》に戻り、屋島の源氏は平家討伐のために出陣したと伝えよ」

義経は熊野水軍の到着を待たずに出陣することにした。

湛増が頼朝の依頼に応じたのは、源氏に敵対するつもりがないからである。先に出陣したと聞けば、手柄を立てる機会を逃すまいとあわてて後を追ってくるだろう。

兵糧を運ぶ船を護送すれば範頼らへの面目も立つし、北条水軍の大型船を兵船としても使えるはずだった。

翌二十一日の早朝、義経は二百余の兵船をひきいて屋島を出た。

幸い東からの追い風を受け、船はおだやかな海を西へ向かっていく。

卯《う》の刻（午前六時）を過ぎて干潮が始まると、豊後水道へ引いていく潮に乗って船足はますます速くなった。

夕陽が西の空をあかね色に染めて沈んでいく頃、目ざす周防《すおう》の港に着いた。

豊後に渡っていた範頼らの船団も、平家との決戦にそなえて周防に戻っている。

防府《ほうふ》の東南に位置する港には、四百艘ばかりが舳先《へさき》をそろえて並んでいた。

船が港に入る前に、義経は伊勢三郎を間近に呼んだ。

「その方らは商人《あきんど》に身をやつし、このまま赤間関《あかまがせき》まで下れ。彦島の平家の本営まで近付き、阿波民部重能《あわのみんぶしげよし》にこの書状を渡してくるのだ」

細い経筒《きょうづつ》に忍ばせた密書を、船縁《ふなべり》ごしにほうり投げた。

三郎は土蜘蛛《つちぐも》の末裔《まつえい》らしい長い腕を伸ばしてやすやすと受け取った。

「ご返答は必要でしょうか」

「否《いな》か応《おう》か、それだけを確かめて参れ。我らも明日には赤間関に向かう。それを待って本営に戻るがよい」

「合点承知、お任せ下され」

三郎が拍子木で船縁を叩《たた》いた。

その音に合わせて六人の水夫《かこ》が艪《ろ》をこぎ、船はみるみるうちに速さを増して沖の島の向こうへ姿を消した。

着岸を終えると、範頼《のりより》が本営としている寺を訪ねた。

従ったのは弁慶と佐藤忠信《ただのぶ》、梶原景時、それに屋島で降人《こうにん》となった田口教能《のりよし》だけだった。

寺の本堂には、範頼以下重立《おもだ》った武将たちが集まっていた。

中原親能《ちかよし》、千葉介常胤《つねたね》、北条義時、三浦義澄《よしずみ》、和田義盛ら、錚々《そうそう》たる顔触れである。

だが西国での不利な戦《いくさ》と兵糧不足に苦しみ、誰もが見ちがえるほどに痩せ衰えていた。

「東国から兵糧米が届いたと聞いたが」

顔を合わせるなり範頼はそのことを確かめた。

「はい。三十二艘の大型船に、一千石ばかりの米を積んでおります」

義経は船に乗り込んで積荷を確かめていた。

「有難い。その米は鎌倉殿が我らに送られたものじゃ」

範頼がなりふり構わず念を押した。

義経ら四国に出兵した軍勢には渡さないという意味である。

「ご懸念には及びませぬ。我らは摂津から充分な兵糧を持参しておりますので」

義経は範頼の浅ましさが情なくなった。

初めて会った時から不器量な兄だと思っていたが、戦にやつれていっそう貧相になっていた。

「怖《おそ》れながら、兵糧は当家の船で運ぶと聞きましたが」

義時は若いだけあって気力を失っていない。やつれた顔が潮に焼けて精悍《せいかん》さを増し、一人前の武将に成長したことがうかがえた。

「そうじゃ。すべて三鱗の旗をかかげている」

「ならば、その船団をそれがしの配下に加えていただきとう存じます」

「鎌倉殿の特別なご指示がなければ、そちの配下に加えても不都合はあるまいが、あの船団をどうするつもりじゃ」

「梶原どのの船団に加わり、存分に船戦《ふないくさ》をやってみます。相手は名高い平家の水軍ゆえ、これ以上の好機はないものと存じます」

源氏の軍勢の中では、景時の船戦の手腕は群を抜いている。その配下に属すれば、手柄を立てる機会も多いと考えていた。

「一同にご異存がなければ、それでよいと思うが」

義経は範頼らの了解を得て義時の申し出を許し、降人となった田口教能を皆に引き合わせた。

「こちらに控えておりますのは、讃岐の田口教能でございます。屋島の合戦の後に身方に参じました」

教能は固い表情をしたまま軽く会釈をした。

「その者の父は、平家に従っておるではないか」

範頼が手にした軍扇で教能を指した。

「確かに阿波民部重能は平家の陣中におりますが、こちらにはそれを利した計略がございます。それゆえ先陣は我らに」

義経はそう申し出た。

計略の中身は明かさなかったが、先陣に異をとなえる者はいなかった。

翌二十二日の早朝、義経は赤間関へ向かった。

屋島から従って来た船団に、北条義時、三浦義澄、土肥《どひ》実平《さねひら》らの兵船が加わり、総勢四百艘ちかくにのぼった。

周防の港から赤間関の間には、思わぬ困難が待ち受けていた。

昨日と同様に干潮の時間に当たり、潮は豊後水道へと流れていく。

しかも潮位の高い日本海側から関門《かんもん》海峡を通って潮が流れ込んで来るので、逆流をさかのぼらなければならなかった。

「海の潮とは、これほどのものか」

義経はその速さに目をみはった。

干潮がおさまるまでは、岸の近くや島の陰に船を寄せて流されるのを避けるのが精一杯だった。

午《うま》の刻（正午）過ぎに船団は追津《おいづ》に着いた。

現在の満珠島《まんじゅ》で、関門海峡の東の入口に位置している。

平家が布陣する彦島は海峡の西の入口で、両者の距離は五里（約十九・五キロ）ほどしか離れていなかった。

その日の夕方、伊勢三郎が戻ってきた。

「お早いお着きで、結構なことでございました」

商人になりすまし、揉手《もみで》の仕方も板についていた。

「彦島の様子はどうだ」

義経は蕨手刀の目釘《めくぎ》をはずし、中子《なかご》にぬぐいをくれていた。

潮風に当たることが多いので、こまめに手入れをしなければ錆《さび》つくのである。

「兵船六百艘ばかり、唐船《からぶね》も十艘ほど混じっておりました」

平家は博多や有明海を拠点として宋と交易している。唐船は宋の貿易船にちがいなかった。

「民部重能には会えたか」

「会いました。御曹子どのの書状をお渡ししたところ、確かにうけたまわったとおおせでございました」

「田口教能が源氏の先陣に加わっていることも伝えたろうな」

「伝えました。不肖の息子ゆえ、よろしくお引き回しいただきたいとのことでござる」

「よし。これで懸念はあるまい」

　重能は合戦のさなかに寝返ると約している。

　当日は安徳天皇の御座船《ござぶね》の間近に控え、天皇や三種の神器の無事を図る手筈《てはず》になっていた。

「ところで、お耳に入れるべきかどうか迷っていることがございます」

「構わぬ。気になることがあれば何なりと申せ」

「平家の女房衆の中に、常盤《ときわ》御前さまがおられるという噂《うわさ》がございます」

「まことか」

　義経は驚きのあまり、抜き身の刀を取り落としそうになった。

「定かではありません。彦島に舫《もや》った茶屋船で聞いたことですから」

　茶屋船とは遊女を乗せた船のことである。陸の陣所の近くに遊女が小屋掛けをするように、海の陣所にも遊女が船を漕ぎつけて春をひさぐ。

　三郎は偵察に出たついでに、茶屋船の客になってきたのだった。

二

常盤御前は義経の生母である。

九条家の雑仕女《ぞうしめ》をしていた時に、源義朝に見初《みそ》められて側室になったと伝えられている。

だが、この時代には御前の敬称は白拍子《しらびようし》に用いられることが多いので、彼女もおそらく同じ稼業に従事していたのだろう。

義朝との間に今若《いまわか》、乙若《おとわか》、牛若《うしわか》の三児をもうけたが、平治の乱で義朝が敗死したので三人を連れて都を逃れた。

ところが常盤の母が六波羅《ろくはら》の平家に捕えられたために、その命を救うために出頭し、三人の子は別々の寺に預けられることになった。

常盤はその後平清盛に寵愛《ちょうあい》されて一女を産んだ後、大蔵卿《きょう》藤原長成《ながなり》の後妻となって嫡男能成《ちゃくなんよしなり》をもうけた。

この義経の異父弟は後に侍従となり従三位《じゅさんみ》に叙されたから、常盤の地位もそれほど低いものだったとは考えにくい。

鞍馬寺に預けられていた義経が、奥州藤原氏を頼って平泉に逃れたのも、陸奥守《むつのかみ》として平泉に赴任していた藤原基成《もとなり》が長成の縁者だったからである。

義経は常盤の顔をまったく覚えていなかった。

母と別れたのは乳呑《ちの》み児《ご》の頃だし、その後はまみえる機会もなかったので無理もないが、間近にいると聞けばやはり会ってみたい。

それに大蔵卿夫人になった母が、どうして平家の陣中にいるのか気にかかり、落ち着きを失いかけていた。

翌日も気はそぞろで、心はあらぬ方をさまよっていた。

肉親の情とは不思議なものである。記憶にない相手でも、母と聞けば胸がときめき血が騒ぐ。

まして義経は肉親の温《ぬく》みを知らずに育っただけに、思いは切実だった。

「御曹子どの」

弁慶が声をかけたが、義経の耳には入らなかった。

「もうじき軍評定《いくさひょうじょう》が始まりまする。本陣にお出ましいただきたい」

「もう、そのような刻限か」

「とうに午の刻を過ぎております。蒲冠者《かばのかじゃ》どのも本隊をひきいて到着なされました」

「そうか。参られたか」

兄範頼の母は遠江《とおとうみ》国池田《いけだ》宿の遊女であったと聞くが、今も息災であろうか。そんな考えまで浮かんだ。

「御曹子どの、どうかなされたか」

弁慶はさすがに義経の変化を見逃さなかった。

「何でもない。評定に出ればよいのであろう」

「そのような面様《つらよう》で人前に出れば、大将らしくもないと笑われますぞ。なにか気にかかることがあるのなら、お話し下され」

義経は隠しきれなかった。

「それは由々しきことでござるが、この戦が終るまではご放念いただきたい」

「母上のことだぞ。そう簡単に済まされるか」

「御曹子どののお心を乱そうと、平家があらぬ噂を流したのかもしれませぬ。今は父上の仇《かたき》を報じることばかりを考えて下され」

本陣には重立った武将たちが小具足《こぐそく》姿で集まっていた。

いずれも色鮮やかな鎧直垂《よろいひたたれ》を着て、小手《こて》、脛当《すねあ》てをつけている。

烏帽子《えぼし》を折っている者もいれば、兜《かぶと》をかぶり易《やす》いように先端を結んでいる者もいた。

「先ほど平家より、明朝卯の刻（午前六時）に壇《だん》ノ浦《うら》にて矢合わせをしたいとの申し入れがあった。これに応ずるべきかどうか、ご存念をうかがいたい」

範頼にかわって中原親能が進行役をつとめた。

学者の家の出身ながら、頼朝が直々に平家追討奉行に任じた切れ者である。

この場は範頼では心許《こころもと》ないと見て、進行役を買って出たのだった。

「受けるべきと存ずる。平家の兵船は六百余、当方はすでに八百を越えております。兵力に不足はござらぬ」

梶原景時が口火を切った。

「しかし、卯の刻は考えものじゃ。潮が平家の側から流れるゆえ、我らは船をあやつることもできなくなろう」

和田義盛《よしもり》が異をとなえた。

「さようでござる。まして壇ノ浦のあたりは水路が狭く、早鞆《はやとも》の瀬戸《せと》と呼ばれるほど潮の流れが速くなります。平家はこれを利して一気に勝負をつけようと企《たくら》んでいるに相違ございませぬ」

三浦義澄が後押しをした。

二人とも三浦水軍と縁《ゆかり》が深いので、海戦についての知識も身につけていた。

「おおせの通りでござる。されど潮に乗って攻めかかる敵をやり過ごしたなら、後は互角の戦いができましょう」

得意の海戦を前にして、景時は勇み立っていた。

「まだ熊野水軍の船が着いておらぬ。兵船の数では上回っているとはいえ、平家は船戦に長《た》けておるゆえ互角の戦いができるかどうか」

義盛は慎重だった。

「平家はまだ、熊野水軍が我らの身方についたことを知らぬはずでござる。逃げるふりをして周防灘まで誘い込めば、退路を断つことができまする」

景時は安徳天皇や三種の神器を奪い返す好機と見ていた。

平家が追い潮に乗って攻めて来るのなら、御座船も後方へは引き返せない。船ごと身柄を確保することも可能だった。

「景時の申す通りだ。この機を逃せば、平家は九州を拠点にして勢力を盛り返すやもしれぬ。さすれば戦は長引くばかりじゃ」

義経の言葉に皆がしんとなった。

平家が三種の神器を引き渡さないかぎり、どんなことがあっても攻め滅ぼさなければならない。しかもその役目は、ここにいる者たちに命じられるに決っている。

それくらいならここで決着をつけた方がましだと、どの武将も肚《はら》をくくった。

「それでは平家の申し出を受けることといたします。方々《かたがた》、異存はござるまいな」

親能が念を押したが、誰も声を上げようとはしなかった。

「しからば先陣は、それがしにお申し付けいただきたい」

景時が申し出た。

「先陣はこの義経がうけたまわっておる。そちは私の後につづくがよい」

「それがしは屋島の戦に遅れ、平家を取り逃す失態をおかしました。その恥をすすがせていただきたい」

景時には義経の暴走を抑えることができなかったという忸怩《じくじ》たる思いがある。

今度こそ自分の手で役目を果たさなければ、頼朝に合わす顔がないと思い詰めていた。

「屋島で失態をおかしたのはこの私だ。後から来た者に責任はない」

義経も譲らなかった。

すでに阿波民部重能とはかって御座船を奪い取る手筈をととのえている。計略を成功させるために、何としてでも先陣をつとめたかった。

「九郎どのは一軍の将であられます。先陣をつとめるべきお立場ではございませぬ」

「朝家のご神器がかかった戦だ。将軍であろうと、他人《ひと》には任せておけぬ」

「おそれながら、船戦ならそれがしの方が長けております。配下の将兵を信用できぬようでは、将軍の器とは申せますまい」

景時が同意を求めて他の武将を見回した。

「愚か者が。船戦に通じた者が、嵐を怖れて合戦に遅参するはずがあるまい。身のほど知らずのことを申すでない」

「嵐の夜さりに船を出す者こそ愚かでござる。戦の手立てについてはこの景時に相談せよと、鎌倉殿が命じられたのをお忘れか」

「将軍はこの私だ。命に背くとあらば容赦はせぬ」

義経は怒りに頬を染め、蕨手刀《わらびでとう》の柄《つか》に手をかけて立ち上がった。

景時もあぐらをかいた姿勢から瞬時に立ち上がり、両手を垂らして迎え討つ構えを取った。

一見無防備なようだが、義経が斬り付けてきたなら内懐《うちぶところ》に入って抜き打ちに斬るつもりである。

「おやめ下され。今は同士討ちをしている場合ではござらん」

三浦義澄や土肥実平が仲裁に入って事は収まったが、これ以後二人の対立は抜き差しならぬものになったのだった。

その日の夕方、熊野水軍の兵船二百五十艘が追津に到着した。

義経らが屋島を発《た》ったという知らせを得た別当湛増が、自ら指揮を取って出陣したのである。

先陣の修理別当湛照は、真っ先に義経の陣屋を訪ねて遅参をわびた。

「すぐに戻るつもりでおりましたが、兵船の仕度に手間取って遅くなりました。面目なき次第でございます」

湛照は腹巻をして小手をつけただけの軽装だった。

「必ず来てくれると信じておった。そちの配下はいかほどじゃ」

「船五十、兵一千余でございます」

「ならば本隊と別れ、私とともに先陣をつとめてもらいたい」

義経は直属の水軍を持っていない。景時と争って別々に行動することになったので、誰の兵船を用いようかと案じていたところだった。

「しかし、我らの船は屋形もない小船ばかりです。御曹子どのが御座船となされるほどのものではございませぬ」

「熊野水軍の小早船《こばやぶね》は無類の速さと聞く。この義経の御座船には最適であろう」

「おそれながら、敵の本陣を衝《つ》かれる所存でございましょうか」

「そうじゃ。真っ先に先帝の御座船に漕ぎ寄せ、ご無事を計らねばならぬ」

「承知いたしました。存分にお使い下され」

翌二十四日の未明、源平両軍は壇ノ浦の東と西に布陣を終え、卯の刻の矢合わせに備えた。

源氏の先陣は義経と景時がつとめている。それぞれ百余艘を従え、右翼と左翼に分れて長蛇の陣形を取っていた。

第二陣は西国や四国から馳《は》せ参じた三百艘ばかりを四段に配し、三浦義澄と土肥実平が指揮を取った。

兵糧米を運んだ北条水軍の大型船は義時の指揮下に組み込まれ、第二陣の後列に配された。

その後方には蒲冠者範頼が二百余艘を従え、横に大きく開いた鶴翼《かくよく》の陣形を取っていた。追い潮に乗って周防灘に出て来る敵を、押し包んで討ち取る構えである。

熊野の別当湛増がひきいる殿軍《しんがり》の二百余艘は、島の陰に身をひそめていた。

平家はまだ熊野水軍が源氏方になったことに気付いていない。相手は船には不慣れな坂東武者だと、嵩《かさ》にかかって攻めてくるだろう。

その油断をついて屈強の熊野水軍が攻めかかれば、敵は大混乱におちいるはずだった。

また、壇ノ浦の陸上には和田義盛ら五千余騎が控え、平家の船に遠矢を射かける構えを取っていた。

一方、平家も三段の陣を組んで乾坤一擲《けんこんいってき》の決戦にのぞもうとしていた。先陣は筑前《ちくぜん》を本拠地とする山鹿秀遠《やまがひでとお》の三百余艘、第二陣は肥前松浦《ひぜんまつら》党と阿波民部重能が指揮する四国勢二百艘で、その後ろに平宗盛《むねもり》、知盛《とももり》らがひきいる百五十艘が安徳天皇の御座船を守護していた。

兵力に劣る平家が一か八かの勝負に出たのは、関門海峡を死守しなければ九州を守り切れないと判断したからである。

それに熊野水軍さえ中立を保つなら勝機はあると、別当湛増に莫大《ばくだい》な財宝を送りつづけていたが、この努力は裏目に出た。

財宝を送って好《よしみ》を通じることができたと思い込んでいたために、熊野水軍が源氏方につくとは開戦当日まで想像さえしていなかったのである。

両軍は三十余町（約三・三キロ）の間をおいて対陣し、夜明けが近付くにつれて次第に距離を詰めていった。

干潮はまだ始まっていない。西からの風がかすかに吹いているばかりで、海はおだやかに凪《な》いでいる。

義経は緋色《ひいろ》の腹巻をまとい、小早船の舳先に立って前方の海を見据えていた。海面は薄闇と靄《もや》に包まれて見通しがきかない。だが敵の大軍が迫る気配は、風の匂いや海鳥の鳴き声から感じ取っていた。

「よいか。敵をやり過ごし、ただひたすら御座船を目ざすのだ」

湛照にもう一度念を押した。

「お任せ下され。他に引けは取りませぬ」

小早船は速度を増すために十挺艪《じっちょうろ》にしてある。敵中にまぎれ込んだ時の用心に、平家の赤旗まで用意していた。

三

夜が明けたのは、卯《う》の刻の四半刻《しはんとき》（三十分）ほど前だった。

東の空が少しずつ明るくなり、かがり火を消しても互いの顔が見分けられるようになった。

海上をおおった靄は消えてはいない。

霧とも霞《かすみ》ともつかない乳白色の薄幕の彼方《かなた》に、平家の赤旗がかすかに見えた。

義経は弓をたわめ、弦《つる》を強く張った。

弓束《ゆづか》の上には佐藤継信《つぐのぶ》の命を奪った能登守教経《のりつね》の矢尻が結びつけてあった。

「舳先はそれがしに任せ、御曹子どのは艫《とも》に控えていて下され」

弁慶は墨染めの衣の下に厚い鎧をまとい、星兜の下に面頬《めんぼお》までつけている。

矢面に立って義経の楯《たて》となるために、いつもより厳重に身仕度をととのえていた。

やがて靄が空に吸い込まれるように消え、正面に布陣した平家の陣容が明らかになった。

先頭に朱塗りの唐船五艘を配し、鉾矢《ほこや》の備えを取っている。

大型の唐船から矢を射かけて源氏の先陣を突破し、その混乱を衝いて後方の船が白兵戦を挑む構えだった。

対する源氏は右翼に義経、左翼に景時の兵船百艘ずつが長蛇の備えをしている。

いずれも小船なので矢戦《やいくさ》での不利は否《いな》めなかった。

早鞆の瀬戸に満ちた潮がゆるやかに東に流れ始めた頃、平家の側から矢合わせの開始を告げる法螺貝《ほらがい》が鳴り響いた。

それにつづいて一万余りの軍勢がいっせいに鯨波《とき》の声を上げた。

源氏の側も数百の貝を吹き鳴らし、負けじと声を張り上げた。

その騒ぎに驚いたのか、突然いるかの大群が姿を現わし、源氏の側から平家の側へと泳いでいった。

何千頭とも知れぬ群が、黒い背中を見せて船の下をくぐり抜け、平家の船団の真下を突っ切って日本海へと向かっていった。

その数の多さと流れるような泳ぎに、源平両軍ともしばらく声もなく水面下をながめていた。

矢合わせは、鏑矢《かぶらや》を射合うことから始まった。

戦闘開始の合図である鏑矢を、遠矢の名手が次々に相手の船に射込む。

右翼の先頭にいた義経の船にも、「伊予国住人　新居紀四郎親家《にいのきしろうちかいえ》」と書いた十四束《そく》もある大矢が射込まれた。

名を記すのはこの矢を射返してみよとの挑発だが、義経は相手にしなかった。

鏑矢の不気味な音が鳴りやまぬうちに、平家は攻め太鼓を打って唐船を押し出してきた。

おりしも干潮が始まり、潮は西から東へと流れ始めている。

その流れに乗って唐船はみるみる近付いてきた。

見上げるほどの高さの船縁には、百五十人ばかりの兵が弓を構えて矢先の狙いをつけている。

源氏の先陣は左右に分れて敵をかわし、舳先を転じて逃げ始めた。

早鞆の瀬戸の潮の流れは、時速十五キロにもなる。

壇ノ浦から周防灘までわずか半刻（一時間）で達するので、源氏は敗走するとみせて敵を誘い出す作戦を取った。

だが義経が指揮する十艘ばかりは逃げなかった。

海峡の右岸に船を寄せて敵の一陣、二陣をやり過ごし、十挺艪を懸命に漕いで本陣の御座船に迫ろうとした。

梶原景時も三十艘ばかりをひきいて左岸に寄り、潮にさからって敵の本陣を目ざしていた。

それに気付いた平家は、五十艘ばかりの兵船を両岸にふりわけ、真っ正面から攻めかからせた。

いずれも小船だが、船戦には慣れている。追い潮に乗って源氏の船に体当たりをくらわせ、柄の長い矛《ほこ》で突きかかってきた。

義経らは両舷《げん》の垣立《かきたつ》を楯にして立ち向かったが、長柄の武器が少ないので押し込まれるばかりだった。

「艪《ろ》をはずせ。矛の代わりとせよ」

義経はとっさに命じた。

水夫《かこ》たちは艪棚に立ち、艪を突き出して敵の船を押しのけようとした。

だが相手は船縁に鉤《かぎ》を打ち込んで引き寄せようとする。ふり払うのは容易ではなかった。

その間にも、船は潮に流されて中央へと向かっていく。

このままでは敵の真っただ中に取り込められると恐慌をきたした時、陸路を進んでいた和田義盛らが駆けつけた。

「源氏の者は身を伏せよ」

東国言葉で叫ぶなり、五百騎ばかりがいっせいに矢を射かけた。

船戦では水夫や舵取《かじと》りを射ないのが作法とされている。彼らは非戦闘員である上に、優秀な水夫や舵取りがどれほど貴重な存在か水軍の者なら知り抜いているからだ。

だが東国の騎馬武者には、こうした作法は通じない。

赤旗を立てた船の乗員はすべて敵と見なし、遠慮会釈なく矢を放った。

水夫は垣立の外の艪棚に、背中を外に向けて座っている。

鎧もまとっていない無防備な背中を征矢《そや》で射抜かれ、ひとたまりもなく海に転落した。

平家の船は操船の自由を失い、なす術《すべ》もなく潮に流されていく。

その間に義経らは虎口《ここう》を脱し、岸の近くへと漕ぎ寄せた。

やがて唐船三艘を中心にした平家の本隊が現われた。

唐船は舳先と船尾が高くせり上がったジャンク型のもので、中央に頑丈な屋形をもうけ、船首には龍頭《たつがしら》の飾りをほどこしている。

朱色と青と黄色で染めた船体が、青い海の上ではひときわ異彩を放っていた。

三艘の中でも頭抜けて大きな唐船の屋形に、金の鳳凰《ほうおう》がかかげてある。

これこそ安徳天皇の御座船であることを示すものだった。

天皇が女房衆まで引き連れて戦場に出られるとは、本朝では異例のことである。

その心情が思いやられて、義経は無言のまま御座船をながめていた。

本隊の一町（約百十メートル）ほど前を、阿波民部重能の船団五十艘ばかりが進んでいた。

肥前松浦党とともに第二陣を形成する役目をになっていたが、錨を垂らして船足を遅くし、御座船の近くまで間合を詰めていた。

源氏に内応し、御座船を奪い取ろうと狙ってのことだ。

義経はそれを確かめ、弁慶に合図の法螺貝を吹き鳴らさせた。

民部の船団がいっせいに錨を切り放し、取舵《とりかじ》をきって平家の本隊めがけて反転し始めた。

その間に赤旗を海に捨て、源氏の白旗を高々とかかげている。

「今だ。遅れを取るな」

義経は御座船に漕ぎ寄せるように命じた。

舳先の細く尖《とが》った熊野水軍の小早船は、波を切って海峡の真ん中へと突き進んでいく。

民部の船団はいち早く御座船を取り囲み、船縁に鉤縄《かぎなわ》をかけて本隊から引き離そうとした。

その瞬間、思いもかけぬことが起こった。御座船の船縁から百人ばかりが身を乗り出し、民部の船団に矢を射かけたのである。

平家は唐船に鳳凰をかかげて御座船に見せかけ、敵をおびき寄せる計略を取っていたが、裏切るおそれのある民部にはそのことを知らせていなかったのだった。

「では、先帝はどこにおわすのだ」

義経は愕然《がくぜん》としたが、今は迷っている暇はない。

小早船で平家の本隊に割って入り、民部の船団とひとつになって血路を開こうとした。


その頃周防灘では、源氏の第二陣が山鹿秀遠と松浦党の船団を相手に熾烈《しれつ》な戦いをくり広げていた。

第二陣も早鞆の瀬戸での戦いを避け、潮の影響を受けにくい周防灘まで下がって平家を迎え討った。

源氏が手こずったのは五艘の唐船だった。

何しろ大きい。

船縁の高さが二階と一階ほどちがうので、矢を射かけても敵には当たらない。船を寄せて乗り移ることもできなかった。

しかも相手は大きさを生かして体当たりをくらわせ、頭上から矢を射かけてくる。

そのために源氏の小船は次々と転覆し、多くの将兵が海に投げ出されて征矢の餌食となった。

これに敢然と立ち向かったのは、若き北条義時である。

伊豆から兵糧を運んできた船は、唐船の半分ほどの大きさしかないが船足は速い。しかも舳先が鋭く突き出している。

その利点を生かし、唐船の船側めがけて体当たりを敢行した。

相手はそれを避けようと矢を射かけるが、舳先に楯を並べてこれを防ぎ、執拗《しつよう》に同じ攻撃をくり返した。

小船同士は船を寄せての白兵戦だった。

互いの船に乗り移り、刀や長刀《なぎなた》をふるって斬り結ぶ。

我を忘れて戦っているうちに、敵と組み合ったまま海に落ちて溺れ死ぬ者も多かった。

両軍死力を尽くして戦っている間にも、船は潮に乗って周防灘へと流されていく。

それを待ち構えていた源範頼の本隊が、鶴翼の陣形で敵を包み込み、逃げ道を封じて討ち取ろうとした。

熊野水軍はまだ出ない。

老練な湛増は戦の潮時を計りながら、島の陰に二百艘もの精鋭を伏せていた。

義経は平家の本隊に舳先をぶつけるようにして割って入り、左右からの攻撃をかわしながら真の御座船をさがした。

唐船には三艘とも兵が乗っているので、先帝がおられるはずがない。

後方にただよう五艘の大船のうちの一つが御座船だろうが、まったく同じ装備をしているのでどれだか分らなかった。

大船の周囲にはそれぞれ二十艘ばかりの兵船が警固に当たり、敵の接近をはばんでいる。いずれも選《え》り抜きの将兵ばかりで、突破を試みるたびに手痛い反撃にあって後退を余儀なくされた。

中でも卯の花縅《おど》しの大鎧をまとった能登守教経の働きは凄《すさ》まじく、一町ばかりも離れた敵を矢継ぎ早に射落とした。

義経の身方と言えば、修理別当湛照配下の十一艘と、民部重能に従って内応した四国、九州勢七十余艘、それに海峡の左岸から本隊に迫った梶原景時の三十艘ばかりである。

数において平家の本隊に引けはとらなかったが、船の大きさや装備が格段に劣っている。

義経も景時も何とか御座船をつきとめようと接近を試みるものの、敵の守りを破れないままいつの間にか周防灘まで流されていた。

青く晴れわたった海は、源平両軍の船に埋めつくされていた。

潮の流れが止まったべた凪ぎの海で、千艘以上もの船が死力を尽くして戦っている。

源氏は外側から包囲して敵を取り込めようとするが、平家も長柄の矛をたくみに使って互角の戦いをつづけていた。

海面には転覆した何百艘もの船が船底をさらしている。

その船にしがみついたまま、背中を射られて息絶えている者もいた。

主《あるじ》を失ったまま波にただよう船もある。

唐船二艘が大きく傾き、浸水のために航行不能になっている。北条義時の体当たり攻撃の成果だった。

無数の赤旗や白旗が波間にたゆたい、生地《きじ》の重みでゆっくりと沈んでいく。

「湛増どのはどうなされた。熊野水軍の姿が見えぬではないか」

義経が湛照に詰め寄った。

「さて、後詰《ごづ》めのはずですが」

湛照が島の方をながめやった。

その時、八咫烏《やたがらす》と金剛童子の旗をなびかせた熊野水軍の主力が、鋒矢の陣形を取って突き進んできた。

「この構えは……」

義経は一瞬、源氏の包囲網を突き破るつもりではないかと疑った。

平家の将兵も息を詰めてその動きを見守った。

熊野水軍が身方につけば形勢逆転の望みがあると祈るような思いで待ち受けたが、湛増の軍配は非情にも平家に向けられていた。

これで両軍の均衡は一気に崩れた。

源氏は俄然《がぜん》勢いづき、平家の兵船は勝ち目はないと見て豊後水道をめざして落ちていった。

源氏はこれを追わなかった。

逃げる者は落ちるに任せ、平家の本隊に狙いを定めて包囲の輪を縮めていった。

これを見た平家は、一艘の大船に船を寄せて死守する構えを取った。

「あれだ。あれこそ先帝の御座船であるぞ」

義経は湛照を叱咤《しった》して小早船を向けさせた。
景時も即座にそのことに気付き、三十艘の船を魚鱗《ぎょりん》に配して漕ぎ寄せていった。

第二十五章　平家滅亡

一

平家は追い詰められていた。

熊野水軍の思いがけない参戦によって身方の多くが逃げ散り、残ったのは安徳天皇の御座船《ござぶね》と大船二艘《そう》、それに百艘ばかりの兵船だけとなった。

大船二艘と唐船《からぶね》三艘は健在だったが、いつの間にか姿を消していた。

源氏の兵船五百艘ばかりは、攻め太鼓を打ち法螺貝《ほらがい》を吹き鳴らし、鯨波《とき》の声を上げて相手を威嚇《いかく》しながら包囲の輪を縮めていった。

平家はすでに矢を射尽くし、互いの船をひしと寄せ合って最後の白兵戦にそなえている。その様子は、餓狼《がろう》の群に取り巻かれた羊も同然だった。

鉾矢《ほこや》の陣形を組んだ熊野水軍は、安徳天皇と三種の神器を奪い返して一番手柄にしようと、源氏の包囲網を突き破って平家の本陣に迫ろうとした。

この傍若無人のやり方に、源氏の大将たちは激怒した。

戦が始まる前から熊野水軍に敵愾心《てきがいしん》を抱いていた総大将の範頼《のりより》は、火矢を射込んで進軍を阻めと命じた。

もしこの命令が実行されていたなら同士討ちが起こり、壇ノ浦の合戦の行方は異なっていたかもしれない。

だがこの形勢を察した北条義時が、北条水軍の兵糧船《ひょうろうせん》をひきいていち早く熊野水軍の前に立ちはだかった。

平家との激戦によって二十艘ばかりに討ち減らされた身方を叱咤《しった》し、二列縦隊に船を連ねて進路を阻んだ。

しかも船縁《ふなべり》に並んだ兵には全員火矢を構えさせている。

この決然たる態度に、剽悍《ひょうかん》をもって鳴る熊野水軍も怖《おそ》れをなして船を止めた。

源九郎義経は敵陣の真っ正面から御座船に迫ろうとしていた。

「敵はもうひと押しで崩れるぞ。ひるむな、漕《こ》げ漕げ」

船の舳先《へさき》に立って指揮を取り、遮二無二前に進ませたが、平家の兵船は手強《てごわ》かった。

すでに矢を射尽くしているものの、矛《ほこ》と楯《たて》を巧みに使って攻撃をはね返し、御座船に近付くことを許さない。

何より水夫《かこ》と舵取《かじと》りの操船が巧みで、源氏の船より動きが速く進退も自在だった。熊野の修理別当湛照《しゅりべっとうたんしょう》の小早船《こばやぶね》も、速さと身軽さにおいては引けを取らない。

だが両軍入り乱れての混戦になれば、操船技術の差が明暗を分ける。

それに平家は舳先に逆艣《さかろ》をつけているので前後に自在に動くことができたが、湛照の船にはその用意がないので前にしか進めなかった。

この差は計り知れないほど大きく、義経らの進路はことごとく封じられた。

「これでは埒《らち》が明かぬ。水夫、舵取りを射殺して、敵の動きを封じよ」

義経は苛立《いらだ》ってそう命じた。

「しばらく。それは船戦《ふないくさ》の作法にもとりまする」

湛照が止めようとした。

「常の時にはそうかもしれぬ。だが、先帝と三種のご神器を奪い返すのが先決だ。作法にこだわる必要はない」

義経は弓を取り、敵の水夫を射落としてみせた。

それに倣《なら》って、源氏の前線の将兵が水夫に狙いを定めて矢を射かけた。

この効果は覿面《てきめん》だった。

源氏が掟破《おきてやぶ》りの戦法に出たと知った水夫たちは、難を避けて我先にと海に飛び込んだ。

推進力を失った平家の船は、波に揺られてただようばかりである。

報復したいと思っても、矢を射尽くしているので如何《いかん》ともし難かった。

「前《さき》の帝《みかど》と平家の方々に申し上げる」

義経は御座船まで一町（約百十メートル）ばかりに迫ったところで、声を張り上げた。

「それがしは前左馬頭《さきのさまのかみ》源義朝が一子、検非違使五位尉《けびいしごいのじょう》義経でござる。院のお申し付けにより、前の帝と三種のご神器をお迎えに参りました。もはや戦の勝敗は明らかでござる。ご一門の処遇については、この義経が手柄に替えて身の立つように計らいますゆえ、矛を納めて降人《こうにん》となられませ」

声を限りの呼びかけも、戦場の喧騒《けんそう》と船を叩《たた》く波の音にかき消されて御座船には届かない。周りにいた平家の将兵は、憎《に》っくき義経を冥土《めいど》の道連れにしようと血相を変えて漕ぎ寄せてきた。

「御曹子《おんぞうし》どの、お下がりなされ」

武蔵坊弁慶が舳先に立って六尺棒を構えた。

佐藤忠信《ただのぶ》と湛照が艪を手にして左右を固めた。

三人とも身の丈六尺を越える偉丈夫だけに、敵を威圧するには充分だった。

義経はその間に艫《とも》に回り、後ろから漕ぎ寄ってきた伊勢三郎の船に飛び移った。

「急げ。できるだけ御座船に近付くのだ」

船底に身を伏せ、敵に囲まれている小早船の脇をすり抜けて先へ進んだ。


その頃、御座船では新中納言《ちゅうなごん》平知盛《とももり》が奇っ怪な振舞いに及んでいた。

先帝の御座所の前に平伏し、

「もはやこれまでにございます。見苦しきものあらば皆海に投げ入れて、最期の時におそなえ下されませ」

そう告げるなり、艫から舳先へとあわただしく動き回り、甲板を掃いたり拭ったりし始めた。

船は長さ十間（約十八メートル）、幅三間半（約六・三メートル）ばかりの広さがあり、先帝や建礼門院をはじめとして五十人ばかりが乗り組んでいる。

その間をすり抜け、塵《ちり》を拾ったり拭き掃除をしたりする姿は、物怪《もののけ》にでも取り憑《つ》かれたように異様だった。

「中納言どの、何ゆえそのようなことをなされるのです。戦はどうなりましたか」

女房たちが怖る怖る顔を上げた。

誰もが戦場の阿鼻叫喚《あびきようかん》におびえ、頭から打掛けや袿《うちき》をかぶって身を伏せていたので、戦況がどうなっているかさえ知らなかった。

「やがて珍しき東夷《あずまえびす》が、船に踏み込んで参りましょう。辱めなどお受けにならぬようお覚悟なされるがよい」

知盛はにわかに曇りだした空をあおいで高らかに笑った。

物怪がついたのでも、狂ったのでもない。この先どのような悲劇が待ち受けているか知りながら、どうすることもできない哀《かな》しさに、我知らずこんな剽《ひよう》げた振舞いに及んだのだった。

知盛の言葉に、女房たちは恐慌をきたした。

戦に負ければ女は犯され、端女《はしため》にされるか人買いに売り飛ばされる。

しかも狭い船の上では逃げることもできないので、事態はいっそう深刻だった。

この頃、日本はまだ統一されきっていなかった。

東の源氏と西の平家では民族的な出自もちがうし、言葉もほとんど通じない。それだけに互いに対する不信は根強く、敵対心や恐怖心はより増幅されて、平家一門を集団自決へと追い込んだ。

その口火を切ったのは、頼朝が思慮深きお方と期待を寄せた二位尼《にいのあま》、清盛の妻時子《ときこ》だった。

このような事態になったなら先帝もろとも滅びようと覚悟を定めていた二位尼は、御歳《おんとし》八歳になられる先帝を抱いて皆の前に立った。

二枚重ねの鈍色《にびいろ》の衣を頭からかぶり、練絹《ねりぎぬ》の袴《はかま》の裾をたくし上げ、神璽《しんじ》を入れた箱を脇にはさみ、箱に入れたままの宝剣を腰にさした物々しい出立《いでた》ちだった。

「この身は女なりとも、仇《かたき》の手にかかるわけには参りませぬ。主上《しゅじょう》のお供をして西方《さいほう》浄土に参りますゆえ、志を同じくする方はつづかれるがよい」

そう言って船縁まで歩み出た。

御座船のまわりには五十艘ばかりの兵船が残り、最後まで主上をお守りしようと決死の戦いをつづけている。

だが、もはや勝ち目がないことは明らかだった。

平家の赤旗は海に倒れて波間にたゆたい、源氏の白旗ばかりが周囲をびっしりと取り巻いていた。

先帝はそれをご覧になると、

「尼ぜ。平家は戦に負けたのか」

二位尼の顔をのぞき込んでおたずねになった。

「武運つたなく、かような仕儀となりました。お許し下されませ」

「ならば都に戻って、法皇さまにわびねばならぬな」

二位尼は何とも答えようがなく、はらはらと涙を流すばかりである。

「泣かずともよい。皆にかわって私がわびればよいのだ」

いとけなきお言葉に、二位尼は少なからず動揺した。

たとえ平家は滅ぶとしても、先帝と三種の神器を道連れにしていいはずがない。

そのことに思い当たり、身震いして二、三歩後ずさった。


義経は御座船まで半町（約五十五メートル）ばかりの所に迫っていた。

水夫を失った平家の船が、なす術もなく波にただよう隙をついて、懸命に船を漕ぎ寄せた。

途中、数人の敵が長柄の手鉤《てかぎ》を伸ばして行手をはばもうとしたが、黄金造りの蕨手刀《わらびでとう》で一刀のもとに斬り捨てている。

萌葱《もえぎ》色の鎧直垂《よろいひたたれ》は返り血に赤く染っていたが、荒ぶる義経はそのことにさえ気付かなかった。

船縁に立った二位尼を見た瞬間、義経は屋島で垣間見《かいまみ》たことを思い出した。

海に栗駒《くりこま》を乗り入れて御座船に迫った時、建礼門院徳子とともに憂《うれ》わしげな顔で外をながめていたのは、まぎれもなくこの尼僧だった。

「二位どの、おやめ下され」

とっさにそう叫んだ。

先帝を抱いて何をしようとしているのか、一目で見て取った。

「一院の御使、源九郎義経でござる。早まったことをなされてはなりませぬ。そのお方は十善《じゆうぜん》の天子におわしまするぞ」

義経は声を張り上げて止めようとしたが、かえって逆の効果をもたらした。

義経の声を聞き、返り血に汚れた姿を見ると、二位尼は仇の手にかかってはならぬという決意を強くした。

何より勝ち誇ったその口ぶりが許せなかった。

自分たちだけが主上の命を奉じ、正義の御旗をかかげているのだと言わんばかりの態度に、怒りと反骨心がむらむらとわき上がってきた。

一院が何だ。十善の天子がどうした。その正体がいかなるものか、私はこの日で見てきたのだ。

あれほど平家の世話になっておきながら、今さら源氏に鞍替《くらが》えすることなど絶対に許さぬ。この君と三種の神器を道連れにして、二度と大義の旗などふりかざせぬようにしてくれる。

恐慌をきたした二位尼は、そうした自暴自棄な考えの虜《とりこ》になっていた。

彼女は鬼のような凄《すさ》まじい形相で義経をふり返ると、鉄漿《かね》をぬった黒い歯を見せてにやりと笑った。

この世の何もかもをあざけるような憎悪に満ちた笑いだった。

「尼ぜ。どうした。都へ参らぬのか」

先帝は魔に魅入られた心地がして、不安そうにおたずねになった。

「まだお分りにならないのですか。我らの運はすでに尽き、帰る場所など、どこにもございません。ここは穢土《えど》と申す汚《けが》らわしき所ゆえ、この尼ぜが極楽浄土にご案内申し上げまする」

「嫌じゃ。そのような所へなど行きとうはない」

先帝は身をよじって二位尼の手をふりほどこうとなされた。

「勝手をおおせられてはなりません。この浪《なみ》の下にも、美しい都があるのですよ」

二位尼は先帝を強く抱き寄せて頬ずりし、船縁を乗り越えて頭から身を投げた。

弱い水音がして、低く飛沫《しぶき》が上がった後には、鈍色の衣が波にただようばかりだった。

二

先帝の母建礼門院徳子は、左右の袂《たもと》に焼石と硯《すずり》を入れておもりとし、二人に遅れじと身を投げた。

それを追って二人の侍女が入水《じゆすい》した。

他の女房たちは意を決しかね、恐々《こわごわ》と海の底をのぞき込んでいた。

「三郎、急げ」

義経は焦燥にかられて急《せ》き立てた。

先帝と三種の神器を失ったなら、何の面目あって後白河法皇にまみえることができよう。鎌倉の頼朝にも申し開きができなくなる。

自ら海に潜ってでも先帝を助け、宝剣と神璽を確保せねばと焦るが、平家の船が邪魔になって前に進めなかった。

義経は二位尼が飛び込んだ位置を見失うまいと、海面ばかりに目をこらしていた。

その時、ふと母を呼ぶ声を聞いた気がした。

「常盤《ときわ》どの、常盤どの」

潮騒《しおさい》に混じって、そう呼びかける声が聞こえた。

はっと目を上げると、船縁に立った女房たちが水面《みなも》を指さして叫び声を上げていた。

源氏の船が御座船の間近まで漕ぎ寄せ、入水した女房を熊手で引き上げようとしていた。

沈みかけた女の髪に熊手をかけ、昆布でも巻き取るように船の近くまでたぐり寄せていたのである。

女は気を失ってされるがままになっている。

茜染《あかねぞ》めの衣ばかりが浮き上がり、花が咲いたように広がっていた。

あれが母かと肝を冷やしたが、事態はさらに深刻だった。

「狼藉《ろうぜき》されるな。そのお方は女院にてわたらせ給《たま》うぞ」

「誰か心ある人のおわしませせば、お助け参らせ候《そうら》え」

女房たちは身悶《みもだ》えしながら叫んだ。

その言葉は東国武士には通じない。

熊手を持ったひげ面《づら》の男は、舌なめずりしながら船に引き上げようとした。ところが濡《ぬ》れた衣が重いので容易には上がらない。

男は船縁から身を乗り出すと、女院の衣の襟首をつかんで引き上げようとした。

衣を引いた拍子に女院の腕が上がり、体ばかりがするりと波の面に滑り落ちた。

「おいおい。そりゃあまだ早かろうぜ」

あられもない姿で浮かぶ女院を見て、熊手の男の同僚どもがはやし立てた。

一人の女房がたまりかねて海に飛び込み、女院の方へ泳ごうとしたが、衣に自由を奪われて沈んでいった。

義経はその女を助け上げ、女院の方に船を進めた。

「九郎判官《ほうがん》義経じゃ。そのお方は先帝の母君なるぞ」

一喝すると、男は愕然《がくぜん》として熊手を離した。

再び沈みかけた女院を、伊勢三郎の手下が海に飛び込んで助け上げた。

御歳《おんとし》三十一の女盛りである。その体を人目にさらすまいと、女房がおおいかぶさるようにして打掛けでおおった。

船は波に揺られ潮に流され、刻々と位置を変えている。

御座船からは半町ほど遠ざかり、二位尼が入水した位置も分らなくなった。

義経は伸び上がってあたりを見回した。

南から梶原景時《かげとき》の船団が御座船に迫っていた。

景時は全ての船に逆艪《さかろ》の備えをさせているので、平家の船を易々《やすやす》とかわしながら漕ぎ寄せていく。

北からは熊野水軍と北条水軍が、競い合うように舳先を並べて突き進んでいた。

平家にとっては四面楚歌《しめんそか》である。

もはや逃れようがないと悟った公達《きんだち》や女房は、先を争って身を投げた。

中納言教盛《のりもり》と参議経盛《つねもり》兄弟は、鎧の上に錨《いかり》を背負い、手に手を取って海へ飛んだ。

小松《こまつ》の新三位中将資盛《すけもり》と少将有盛《ありもり》、従兄弟《いとこ》の左馬頭行盛《さまのかみゆきもり》はしっかりと肩を組み、楽しげに笑いながら船縁を越えた。

女房たちも袴や着物の裾を固く結び、西に向かって念仏をとなえながら海へ入った。

あわただしく裾を結んだのは、建礼門院のように無残な姿をさらすまいとしてのことだった。

その時、御座船で笛を奏でる者がいた。平家相伝の名曲『夕凪《ゆうなぎ》』である。哀調をおびた高い音が海の面に響き渡り、死にゆく者たちを葬送するかのようだった。

そうした光景を目《ま》の当たりにしながらも、一門の総大将宗盛《むねもり》は入水の決意をつけかねていた。

嫡男清宗《ちゃくなんきよむね》と並んで船縁に立ったものの、身をすくめて海の底をのぞいたり、途方に暮れて四方を見渡すばかりである。

その腑甲斐《ふがい》なさに腹を立てた兵たちが、

「大臣《おおい》どの、ご加勢申す」

後ろからひょいと抱え上げ、情容赦なく海へ投げ捨てた。

清宗はさすがにこれを恥じたのか、二、三度ためらった後にはずみをつけて頭から飛び込んだ。

一門の中には名のある武士も多かったが、誰一人切腹した者はいなかった。

これは平家が公家化していたせいばかりではない。

彼らの遠い故郷である黒潮の彼方《かなた》の国々では、戦勝の証《あかし》に首を狩ることはあっても、腹を切って自らの命を絶つ風習はなかった。

それに平家は海の神を信奉しているので、入水とは神の懐に戻る行為と考えていたのだろう。二位尼は浪の下にも都があると言ったが、その念頭には海神《わだつみ》の住む都があったにちがいない。

だが、義経にはこうした考えは分らない。狂気のような集団自決を一刻も早く止めさせようと、御座船を目ざして突き進んだ。

平家の兵船は互いの船を結び合わせ、ひと固まりになって義経らの行手をはばもうとした。

船をつなぐことで水夫を失った不利を補い、足場を安定させて最後の死に花を咲かせようとした。

これでは大きく迂回《うかい》しなければ御座船には近付けない。

南から迫った景時の配下たちは、すでに御座船に船を寄せてよじ登ろうとしている。

ぐずぐずしてはいられなかった。

「三郎、舳先をあちらに向けよ」

湛照の小早船まで漕ぎ寄せさせて、義経はひらりと飛び移った。

「この船筏《ふないかだ》を突っ切って御座船に乗り込む。弁慶、忠信、先駆けせよ」

「お任せあれ」

小早船の尖《とが》った舳先を平家の船筏に乗りつけると、弁慶が六尺棒を構えて飛び移った。
五、六人の敵が矛で突きかかってきたが、弁慶は鞍馬寺仕込みの棒術でまたたくまに打ちのめした。
「佐藤忠信、見参」

忠信も名乗りを上げて後につづいた。

こちらは打刀《うちがたな》の名手である。しかも騎馬戦用の短かめの蕨手刀を用いているので、狭い船の上でも自在に動いて血路を開いた。

敵の注意が二人に引き付けられた隙に、義経は船筏を走って御座船へ向かった。艫屋形《ともやかた》を備えた中型の船を走り抜けようとした時、

「待たれよ」

赤鞘《あかざや》をつけたままの大長刀《おおなぎなた》がすっと伸びて行手をさえぎった。兜《かぶと》を目深《まぶか》にかぶり卯《う》の花縅《おど》しの鎧を着た大柄の武者が、屋形の陰で待ち伏せていた。

「それがしは能登守教経《のとのかみのりつね》と申す。源九郎義経どのとお見受けしたが、相違ございま

せぬか」

長刀の鞘をはずして名乗りを上げた。

佐藤継信《つぐのぶ》を射殺した男である。身の丈は弁慶に劣らぬほどで、義経とさして変わらぬ年回りだった。

「いかにも」

義経は思わぬ仇の出現に迷惑したが、勝負をさけるわけにはいかなかった。

「昨夜の夢枕に入道相国《しょうこく》どのが立たれ、貴殿の首を手みやげにせよとおおせられた。たび重なる遺恨、この場で晴らさせていただく」

「それはこちらの言い草じゃ。わが郎党継信に、腸抉《ちょうぐり》などという汚なき矢をあびせたのはそちであろう」

「水夫、舵取りまで射殺す貴殿のやり方こそ、作法をわきまえぬ戦ぶりでござる。真の武者とはいかなるものか、この能登守の刃《やいば》を受けて思い知られるがよい」

教経は大長刀の石突《いしづき》でどんと船板を突き、右中段の構えから袈裟《けさ》掛《が》けに斬りつけた。

義経は真後ろに飛びすさり、舳先の上にぴたりと立った。

背中に目があるような正確な跳躍である。

教経は刃を横にふるって両足を薙《な》ぎ払おうとした。
義経はひらりと飛んで切っ先をかわし、教経の首筋めがけて薙手刀を打ち込んだ。
並みの武者なら兜の錣《しころ》ごと深々と首をえぐられたはずである。
だが教経は切っ先がかわされた瞬間にこの反撃を察し、首をすくめて身をかがめた。
そのために刀は兜の鉢をしたたかに打ったばかりで、火花をあげてはね返された。
教経はすぐさま体勢を立て直し、長刀を中段に構えてじりじりと迫ってくる。
義経はのしかかるような気迫に押され、艫屋形を背にする窮地に追い込まれた。
「さすがに、源九郎どのでござるな」
教経が二、三度首を振った。
「この程度の腕で、真の武者とは片腹痛い。平家にはよほど人がおらぬと見える」
義経はあざけって相手の心を乱そうとした。
教経は色白の頬をカッと染めると、右上段からの一撃を放った。
刃渡り三尺ばかりの長刀が、稲妻のような速さで義経の左肩に落ちかかった。
義経はその一撃を薙手刀で横に払い、艫屋形の左側に回り込んだ。
標的を失った長刀は檜皮葺《ひわだぶ》きの屋根を切り裂き、右側の柱に深々とくい込んだ。

義経は素早く相手の手許《てもと》に踏み込もうとした。

教経は瞬時に長刀を捨てて後ろに下がり、三尺ばかりの大太刀《おおだち》を鞘ごと抜いた。刀を抜いては間に合わないと見て、柄尻《つかじり》で義経を突き倒そうとしたのである。

とっさの判断といい素早い動きといい、見事な対応ぶりだった。

その時、笛の音が急にやんだ。

義経はちらりと御座船に目をやった。

景時配下の将兵が、続々と船に乗り込んでいる。

このままでは一番乗りの手柄を奪われ、景時に頭が上がらぬことになる。

気ばかり焦るが、教経を倒さなければ先へ進むことができなかった。

「さすがは平家随一の剛の者よな。聞きしに勝る武者ぶりじゃ」

義経は蕨手刀を右手に持ち、尋常に立ち合う構えを取った。

「お誉《ほ》めにあずかり、光栄に存じまする」

教経が少年のように邪気のない笑みを浮かべ、大太刀を中段に構えた。

その瞬間、義経はすっと間合いを詰めて相手の刀を上から押さえ、左手に隠し持った革袋を横に払った。

袋の口から砂金が飛び散り、金色の粉が教経の目を直撃した。

教経が目を押さえて後ずさる隙に義経は他の船に飛び移り、船から船へと飛んで御座船へ向かった。

三

平家の大船は、船縁まで一間半（約二・七メートル）ほどの高さがあった。

義経は船側に小刀を突き立てて足場にし、艫棚《ろだな》に手をかけてよじ登った。

船内は混乱をきわめていた。

先帝の御座所だった艫屋形に景時の配下が乱入し、先を争って宝物や女房たちを奪い取っていた。

女の悲鳴と男の罵声が交錯し、色鮮やかな装束をまとった女たちが戦利品として担ぎ出されている。

中には袴を引きはがされ、尻もあらわにして足をばたつかせている女もいた。

その混乱の中から、白木の唐櫃《からびつ》を抱きかかえて飛び出して来た男がいた。

水干《すいかん》に烏帽子《えぼし》という出立ちをした六十ばかりの公家で、武士たちの間をすり抜けて舳先へ逃れようとした。

だが、後を追った武士に襟首をつかまれ、あえなく後ろに引き倒された。

それでも唐櫃を渡すまいと両手を回してしがみついたが、屈強の武士に手足をつかまれて引きはがされた。

唐櫃には紫色の紐《ひも》がかけられ、美しい花結びで蓋が封じられていた。

武士たちはよほど高価な宝物が入っていると思ったらしく、結び紐を切って蓋を開けようとした。

「おやめ下され。それは内侍所《ないしどころ》（八咫鏡《やたのかがみ》）におわしまする。凡夫《ぼんぶ》は見てはなりませぬ」

年老いた公家は武士たちにつかみかかって奪い返そうとした。

「この老いぼれが。こうしてくれる」

一人の武士が老人の手をねじり上げ、船縁に押しつけて首をかき落とそうとした。

義経は艪棚から船内に飛び下り、刀の峰で武士の腕をしたたかに打った。

骨が折れるほどの一撃に、相手は腕を押さえてうずくまった。

「あれは内侍所でございます。狼藉をやめさせて下され」

公家が懇願した。

内侍所とは三種の神器のひとつ、八咫鏡のことである。

天照大神《あまてらすおおみかみ》が天《あま》の岩戸《いわと》に隠れた時、石凝姥命《いしこりどめのみこと》が作ったという朝家の重宝だった。

義経が事の重大さに気付いた時にはすでに遅かった。
十数人の武士が唐櫃を取り巻き、欲にかられて蓋を開けた。
その瞬間、信じ難いことが起こった。
唐櫃の中から光があふれ出し、天に向かって真《ま》っ直《す》ぐに立ち上った。
武士たちは目がくらんで卒倒し、九穴《きゆうけつ》から血を流してことごとく絶命した。
御座船は光に包まれ、目を開けていられなかった。
義経はとっさに蕨手刀をかざし、刀身に映して事態を見極めようとした。
光はたちまち刀身を染め、切っ先から天に向かって立ち上った。
昇龍《しようりゆう》のように立ち上っていく光の中に、後白河法皇の憤怒の形相があった。
面長の顔を赤黒く染め、吊《つ》り上がった目を見開いて義経を睨《にら》み据えている。
その怒りの凄まじさに、義経は身がすくんで動けなくなった。
「早く、早く内侍所を」
公家の声に義経ははっと我に返った。
蕨手刀に導かれて唐櫃に近付き、元のように蓋をかぶせた。
とたんに光は消え失《う》せ、あたりは怖ろしいほどの静けさに包まれた。
「ご覧になりましたか」

初老の公家がたずねた。

義経は無言のままうなずいた。

「あれを目にしたなら、凡夫は生きていられぬものです」

宣告でもするようにきっぱりと言って、紫色の紐をつなぎ合わせて唐櫃を結んだ。

その拍子に水干の懐から笛が落ちた。

先刻から戦場に流れていた『夕凪』の調《しらべ》は、この男が奏でていたのである。

「九郎判官義経と申します。ご貴殿の名は」

「大納言時忠《だいなごんときただ》です。ご尊名はかねがね聞き及んでおりました」

時忠は二位尼の弟である。

姉は先帝を抱いて入水したが、時忠は捕虜になっても八咫鏡だけは守り抜こうとしていた。

「宝剣と神璽《しんじ》は、いずこに」

「おそれ多いことながら、二位どのが先帝とともに海の底へ持ち去られました。二つとも桐《きり》の箱に入っておりますので、今ならまだ捜し出せるかもしれませぬ」

「平家の営中に母が……、常盤御前がおられると聞きましたが」

「使者として彦島に参られましたが、昨日のうちに都にお戻りになりました」

時忠はそう答えたものの、常盤が誰の使いで何のために来たのかについては口をつぐんだままだった。

戦はいよいよ大詰めを迎え、御座船のまわりではいくつかの出来事が同時に起こった。

右舷《うげん》では平家の総大将宗盛と嫡男清宗が、海に沈みきれないまま泳いでいるうちに伊勢三郎の配下に生捕りにされた。

これを見た宗盛の乳母子《めのとご》の飛驒三郎左衛門景経《ひださぶろうざえもんかげつね》が、主君を助けようと小舟を寄せて斬り込んできたが、たちまち多勢に組み伏せられて討ち取られた。

前方の船筏では、能登守教経が義経を取り逃がした憂さを晴らそうと、大太刀をふるって奮戦していた。

鎧も兜も義経があびせた砂金にまみれ、金剛童子《こんごうどうじ》のような凄まじい姿である。しかも鬼のような形相で三尺もの大太刀をふるうので、源氏の武者たちも正面から立ち向かうのを避けていた。

教経は右に左に走り回って二十人ばかり討ち取ると、さすがに疲れて肩で大きく息をついた。

船縁にどっかりと座り、腰の竹筒を取って悠然と水を飲み干した。

その間も源氏勢は遠巻きにするばかりで、誰一人挑みかかろうとはしなかった。

教経は頰にこびりついた砂金を指先でぬぐい取り、不思議そうにためつすがめつしていたが、急に立ち上がって大太刀を海に投げ捨てた。

「もはやこれまでと存ずる。我と思わん者は、この教経と組み合って生捕りにするがよい。鎌倉に下って頼朝に会い、挨拶のひとつもいたそうではないか」

両手を大きく差し上げ、力士のように敵を組み止める姿勢を取った。

これを聞いて色めき立ったのは、半町ばかり離れた所にいた土佐《とさ》国の住人安芸太郎《あきのたろう》である。

日頃から三十人力を豪語する強者《つわもの》で、手柄を立てて恩賞に与る《あずか》機会を逃すまいと、大急ぎで小舟を漕ぎ寄せた。

舟には同じく力自慢の弟次郎と郎党一人が控えている。

三人で一度にかかって組み伏せようと船筏《ふないかだ》に乗り移った。

教経は郎党の足を払って海に蹴り落とし、兄弟二人を左右の脇に抱え込んだ。

「愚か者めが。死途の山の供を呼んだと気付かなんだか」

してやったりと高らかに笑い、二人を抱えたまま軽々と海に飛び込んだ。

左舷の大船に移って戦況を見つめていた新中納言知盛は、

「見るべきほどの事は見つ」

とつぶやき、乳母子の伊賀平内左衛門家長《いがへいないざえもんいえなが》に入水の仕度を命じた。

「日頃より誓いしことに偽りはあるまいな」

目を見据えてたずねると、

「何の偽りがございましょう。いずこへなりとお供申し上げまする」

家長は知盛に鎧二領を着せ、我身にも二領の鎧をまとわせ、手に手を取って海に飛び込んだ。

乳兄弟は実の兄弟に勝るとも劣らぬ強い絆で結ばれている。衆道《しゅどう》の契りを結んだ間柄であることも多いので、万一の場合には生死を共にしようと誓い合っていたのだった。


早朝卯《う》の刻（午前六時）から始まった戦は、午《うま》の刻（正午）を待たずに源氏の大勝で幕を閉じた。

生捕りになった者は、前内大臣《さきのないだいじん》宗盛、右衛門督《うえもんのかみ》清宗、大納言時忠など三十八人。女房衆は建礼門院徳子をはじめとする四十三人である。

その多くがいったんは海に身を投げながら、死に損なって助け上げられた者たちだった。

問題は先帝と神器の行方である。

義経は全軍に命じて捜索に当たらせたが、二位尼と先帝の遺体はついに上がらなかった。

神璽は箱に入ったまま波間にただよっているところを回収したが、宝剣の行方は杳《よう》として知れなかった。

「宝剣の箱は固く紐で結ばれている。海に沈むことは絶対にないはずだ」

そう信じたかったが、あたりをしらみ潰しに捜しても見つからない。

水の中にただよっているかもしれぬと水練の達者に潜らせたが、つかみ上げてくる者はいなかった。

中天にかかった太陽が、初夏を思わせる強い光を放っている。

海も晴々と青い。

潮の流れもぴたりと止まり、波もおだやかだった。

あたりには数百艘の船が集まり、千人以上もの水練の達者がもぐっては浮き、浮いてはもぐり、先帝と宝剣の行方を追っていた。

義経は気が気ではなかった。

このまま先帝と宝剣を失ったなら、朝家の神聖に傷がつく。法皇にも申しわけが立たない。そう思うと矢も楯もたまらなくなり、小手、脛当《すねあ》てをはずして鎧直垂《よろいひたたれ》を脱ぎ捨てた。

「御曹子どの、おやめ下され」

弁慶の制止をふり切り、下帯ひとつで海へ飛び込んだ。

一間ほど一気にもぐって上をふり返ると、油を流したような水面から、無数の光が棒となって垂直に差し込んでくる。

海の中は半透明で、思ったより温かい。

まわりには裸の男たちが体をくねらせて泳ぎ回っているが、入水した平家の遺体がただよっているのは、それよりさらに二間ばかり下だった。

海の浮力と遺体の重さがそのあたりでつり合っているらしく、同じ深さでただよっている。

そこには水面からの光はわずかしか届かないので、遺体は影のように見えるばかりで、男と女の見分けさえつかなかった。

水練の達者たちも、そこまでもぐろうとはしなかった。

とても息がつづかぬと思っているのか、死者の怨霊《おんりよう》にとりつかれるのを怖れているのか、一間ばかりの所から下をながめるばかりである。

これでは二位尼や先帝の遺体があったとしても捜せるはずがなかった。

（臆病者めが）

義経は力強く足をかき、遺体の所までもぐっていった。

先に進むにつれて水圧が高くなり、つるべ落としに暗くなる。

息もそれほどつづくまいと不安を覚えたが、宝剣を見つけたい一心でもぐりつづけた。

と、突然、海が真っ暗になった。

いきなり目をつぶされたかと思ったほどの急激な変化である。

義経は海の神秘に恐怖を覚え、両手を大きくかいて体を反転させ、上に向かって足を蹴った。

水面はかすかに明るく見えるばかりで、井戸の底にでも落ちたようである。

あそこまで息がつづくかという不安と戦いながら浮上をつづけていると、ふいに足が動かなくなった。

はっと下を見ると、若い女房が足にしがみついていた。

入水して仮死状態になったものの、急に気を取り戻したのだろう。

この男の力を借りて浮き上がろうと、凄まじい形相でしがみついている。

義経は足をもがいてふりほどこうとしたが、いつの間にか長い髪が巻きついていた。

息はもはや限界に達しているのに、女の重みで少しずつ沈んでいく。

義経は絶叫しそうになりながら、体を折って女の手をふりほどこうとした。

女の皮膚が腐ったようにはがれ落ちた。髪をつかんで引っ張ると、束になって抜け落ちる。

しかも喉が詰まるような強烈な死臭が立ち上ってきた。

義経は必死で女を蹴り落とし、恐怖にかられて手足をかいた。

水面までは果てしなく遠い。息がつづかず意識を失いかけた時、体が急に軽くなって吸い上げられるように水面に浮いた。

あえぎながら息をつき、命からがら近くの船にしがみついた。

「御曹子どの、いかがなされた」

船の上から伊勢三郎がいぶかしげにたずねた。

「いや、何でもない」

義経は青ざめたまま平静を装った。

寒気はまだつづいている。体は恐怖に強張《こわば》り、船に上がろうとしても身動きひとつできなかった。

第二十六章　景時讒《ざん》言《げん》

一

源頼朝が鎌倉に幕府を開いた理由は三つある。

ひとつは三方を山に囲まれ、一方が海に面した要害の地であることだ。山はいずれも五十丈弱（約百五十メートル）の高さしかないが、騎馬軍団の侵入を防ぐには充分だった。

二つ目は、鎌倉が源氏ゆかりの地だったことだ。

その始まりは、前九年《ぜんくねん》の役《えき》の時に源頼義《よりよし》が由比《ゆい》ヶ浜《はま》に石清水八幡宮《いわしみずはちまんぐう》を勧請《かんじょう》したことだと伝えられている。

以来源氏はこの地を拠点として関東に勢力を扶植《ふしょく》し、頼朝の父義朝は亀《かめ》ヶ谷《やつ》に館《やかた》を築いて東国武士の棟梁《とうりょう》としての地位を確立した。

三つ目は、鎌倉が相模湾に面した天然の良港を有していたことである。

平家が宋との貿易によって巨万の富をたくわえたように、この時代には海運による交易が活発に行なわれていた。

鎌倉は伊豆半島や三浦半島、房総半島へ通じる海運の拠点であったばかりでなく、太平洋航路と奥州への航路を結ぶ結節点でもあった。

源頼義が由比ヶ浜に石清水八幡宮を勧請したのも、前九年の役を戦い抜くには軍需物資を船で運ぶ必要があったからだ。

街道も整備されず、大河に橋もかかっていない頃だけに、荷物の運搬には陸路より海路の方がはるかに適していたのである。

頼朝の計画通り、鎌倉は順調な発展をとげていた。

二等辺三角形に似た谷形の地形の頂点には鶴岡八幡宮があり、幅十丈（約三十メートル）もある若宮《わかみや》大路が海に向かって一直線に伸びている。

大路の中央には段葛《だんかずら》と呼ばれる一段高くなった道があり、葛石《かずらいし》が整然と敷き詰めてある。これは頼朝が頼家の誕生を願って作らせた神の道だった。

日本にはあまり例がないが、韓国の墳墓や社《やしろ》には参道とは別に神が歩く道がある。

頼朝はこれを真似《まね》て、海から八幡神が上がってくるための道を作ったのだ。それは石清水八幡宮と鶴岡八幡宮が海路によって結ばれていることと、都と鎌倉がつながっていることを視覚的に表わすための装置だった。

畿内から海路やって来た者たちは、由比ヶ浜で船を下り、若宮大路を通って八幡宮の大鳥居に達すると、頼朝のこの壮大な意図に忽然と気付くのである。

また段葛は、頼朝や頼家が東国の正統な支配者であることを表わすための儀礼の道でもあった。

八幡宮の神事のたびに、頼朝は神の道を歩いて己れを神格化していった。

大路の両側には、幅一間（約一・八メートル）ばかりの側溝があった。溝は石垣を組んで作ったもので、八幡宮の池の水が海へとそそいでいた。

これは鎌倉の上水道だった。側溝に蓋をして清潔に保たれた水は、住民の飲用水として利用された。

道の両側には武家屋敷が軒を並べているが、大路に門を向けている家は一軒もなかった。すべて大路から東西に伸びた小路に向けて建ててある。

段葛の神聖さを保つためと、頼朝らが大路を移動する際に屋敷の中から不意討ちされることを避けるためだった。

八幡宮の東側には政庁である大倉御所があり、その南側では父義朝を供養するための寺の建立が始まっていた。

正式名は勝長寿院《しょうちょうじゅいん》、俗に南御堂《みなみみどう》と呼ばれた寺である。

頼朝はこの大伽藍《だいがらん》の建設に心血を注ぎ、わざわざ伊豆の奥地まで用材を見立てに行ったほどだった。

まだ作事《さくじ》にはかかっていない。山の斜面を削り、石垣を築いて敷地をととのえ、ようやく柱石《ちゅうせき》の埋め込みが終った段階である。

だが、頼朝はそれでも満足だった。

ここには阿弥陀如来《あみだにょらい》を安置した本堂、あそこには弥勒《みろく》堂と五仏堂、こちらには三重塔が建つ。

図面を片手に歩き回り、その様子を想像しただけで心が浮き立った。

大伽藍を建てるのは、政治的な意図からばかりではなかった。

平治の乱で非業の死を遂げた父の無念を晴らし、一介の流人《るにん》の身から源氏を再興した己れの勲《いさおし》を誇りたかった。

「源朝臣《あそん》頼朝、これを建つ」

数日後に迫った棟上《むねあ》げの際には、本堂の棟札《むなふだ》にそう記すつもりである。

その寺が子々孫々にわたって心の拠《よ》り所になると思うと、これまでの苦労が初めて報われた気がした。

平家との戦いに関しては、すでに打てるだけの手は打っている。これで負けるはずがないという確かな手応えを感じていた。

伊豆の韮山《にらやま》で挙兵して五年、これまで闇雲に戦ってきたが、近頃ようやく大局の見通しが立つようになっている。

その余裕と自信が、頼朝に新しい展望を開かせつつあった。

平家を倒したなら、支配地域は西国、九州にまで広がる。その後には、まったく新しい天下の創建に着手するつもりだった。

滑川《なめり》にかけられた橋を渡って御所に戻ると、大江広元《ひろもと》が待ち受けていた。

「都より院庁の下文《くだしぶみ》が参りました」

文箱をうやうやしく差し出した。

二月ほど前に、頼朝は平家追討の院宣《いんぜん》を豊後国に下すように求めた。その案文が、ようやく到着したのである。

「読んでくれ」

頼朝は文を手に取ろうともしなかった。

「それでは、僭越《せんえつ》ながら」

広元が文箱に向かって一礼し、案文を読み始めた。

「院庁下す、豊後国の住人某等《ぼうら》、いよいよ征伐を専《もっぱ》らにして勲功を遂げ、勧賞《けんじょう》を期《ご》すべき事。

右平家謀叛《むほん》の党類、四国の辺島に往反《おうばん》して、朝憲を蔑爾《べつじ》するの間、鎮西《ちんぜい》の辺民多く烏合《うごう》の群に入りて、狼唳《ろうれい》の企《くわだて》を致さしむ。しかるに当国の軍兵等、堅く王法を守り、兇醜に与《くみ》せず……」

「もうよい」

その先何が書かれているか、頼朝には手に取るように分った。

「その院宣は、いつ豊後に下されたのだ」

「先月二日と記されております」

「ならば少しは、平家討伐の役に立ったかもしれぬな」

この院宣を、亡き清盛に見せつけてやりたかった。

己れの子や孫が後白河法皇から謀叛の党類呼ばわりされていると知ったなら、平治の乱に敗れて死んだ父の無念が分るにちがいなかった。

「今頃はもう、西国での合戦は終っているかもしれませぬな」

広元が案文を丁重にたたんで文箱に入れた。

「法皇は平家が勝てぬと見極めて、この院宣を下されたのかもしれぬ」

頼朝はそんな疑いさえ持っていた。

今日は三月二十七日である。もし法皇が本当に源氏の勝利を願っているのなら、二月二日付けの院宣を今頃届けるはずがなかった。

翌日、源氏山の近くの潮音亭をたずねた。

南御堂の普請が始まってからは、視察の合間にここに立ち寄り、亀姫とくつろいだひとときを過ごすことが多かった。

頼朝は浮き立つ思いで潮音亭の門をくぐったが、亀姫はいつになく沈んでいた。

今朝から体調がすぐれず横になっていた。食欲もないので、重湯《おもゆ》を口にしたばかりだという。

「風邪《かぜ》でもひいたか」

頼朝は楽しみに水をさされた気がした。

「何でもありませぬ。殿のお姿を拝したら、元気が出て参りました」

次の間に下がって装束をととのえてきたが、化粧ののりもいまひとつである。

背中に垂らした黒髪も艶を失っていた。

「無理をせずともよい。具合が悪いのなら出直すことにしよう」

「淋《さび》しいことをおおせられては嫌でございます。この通り、大丈夫でございますから」

亀姫が頼朝の側《そば》に座って手を取った。

「もうじき南御堂の棟上げを行なう。その頃には、西国から戦勝の知らせが届くはずじゃ」

「殿の目には、戦の勝ちが見えているのでございますか」

「見えておる。余はこの国を新しく作り直すのだ」

「まあ、どのように」

「奥州から九州まで、武家が治める新しい国を作る」

亀姫が興味を示したことに力を得て、頼朝は温めつづけた構想を語る気になった。

この国は長年朝廷によって治められてきたが、まだひとつの国になったとは言い難い。

遠い昔にこの国に渡来した民族や、もともとこの国に住んでいた者たちが各地に割拠し、朝廷の信任を大義名分として勢力圏を確保してきただけである。

これを武家の力によってひとつにまとめ上げる。

全国六十六ヵ国に守護や地頭を派遣し、頼朝の命に従った統治をさせれば、真にひとつの国家となりひとつの民族となるはずだった。

「漢《から》の国とて、もとは何百もの国に分れていた。ところが武王《ぶおう》が周王朝《しゅうおうちょう》を開き、統一国家と漢民族を作ったのだ。余はこの国で同じことを為《な》し遂げてみせる」

「それでは殿は、この国の王になられるのでございますか」

「どうするかは、この先の成り行き次第じゃ」

「わたくしは早く都に戻りとうございます。平家との戦に勝ったなら、都に連れていって下されませ」

亀姫が袖を引いて身を寄せた。

「平家を討っても奥州がある。平泉を平らげるまでは、鎌倉を離れるわけにはいかぬ」

頼朝は気持の高ぶりを抑えかねて亀姫を抱き寄せた。

「お許し下されませ」

亀姫が思いがけない力でその手をふりほどいた。

「どうした。都に戻れぬので機嫌を損じたか」

亀姫は黙り込んだまま、いつになく切迫した目をしていた。

「遠慮はいらぬ。思うことあらば、何なりと申すがよい」

「殿はあまりに身勝手でございます。わたくしのことなど、少しも考えてはおられませぬ」

亀姫は胸の思いをひと息に吐き出し、顔をおおって泣き出した。

「考えておるゆえ、こうして通っておる。そのように泣かれては、何が不服か分らぬではないか」

頼朝は手を握り背中をさすって慰めようとしたが、亀姫は身をもんでむせび泣くばかりだった。

二

南御堂の棟上げは四月十一日に行なわれた。

境内に祝いの幔幕《まんまく》を張りめぐらし、鶴岡八幡宮の宮司がお祓《はら》いをした後、本堂の大屋根を支える五本の心柱《しんばしら》が運び込まれた。

伊豆の山奥から切り出した巨木を四つに割り、手斧《ちような》で丸く仕上げたものだ。

こうして木の芯をはずしておくと、乾燥しても狂いが少ない。

それでも柱の直径は二尺（約六十・六センチ）もあり、長さは十丈（約三十メートル）を越えている。

伊豆の良木だからこそ、これだけの柱が作れるのだった。

つづいて長さ十五間（約二十七メートル）の棟木《むなぎ》が運び込まれ、心柱と組み合わされた。

上端を凸形にした心柱を棟木の凹形の切り込みに打ち込むだけで、五本足の鳥居のような形が出来上がった。

これに大綱をかけ、数百人で引き起こして柱石《ちゅうせき》の上に立てる。

柱立てとか棟上げと呼ばれるのはそのためである。

頼朝は正面の桟敷に座り、頼家を膝に抱いて作業の様子を見物していた。

政子や大姫も、美しい装束をまとって側に控えている。

鎌倉にはすでにいくつもの寺が建てられているが、これほど大きな伽藍は初めてなので、大勢の者たちが見物に集まっていた。

「ここまで来れたのは、そちたちのお陰じゃ」

頼朝は政子と大姫をふり返って、ねぎらいの言葉をかけた。

「余には為すべき使命がある。天が余を伊豆に流し、御台《みだい》と引き合わせたのは、そのことを為さしめるためだったのかもしれぬ」

いくらか世辞を込めてそう言ったが、政子はにべもなかった。

「本当にそう思われるなら、もう少しわたくしたちを大事にしていただきたいものですね」

端《はな》から相手にしていない口調で大姫に語りかけ、打掛けの襟の乱れを直していた。

やがて柱立てが始まった。

「それ引け、やれ引け、南無八幡《なむはちまん》」

作事奉行の北条時政が、だみ声を張り上げて軍配をふった。

力自慢の御家人らが、紅白の布を巻いた五本の大綱を引き始めた。

鳥居の形をした棟と柱が勢い良く起き上がり、地中五尺（約百五十一センチ）の深さに沈めた柱石の上に納まった。

勢いが良過ぎて前に倒れることがないよう、後方に張った大綱を屈強の男たちが押さえている。

熟練の匠《たくみ》が垂直に立っていることを確認し、前後の綱が立木にしっかりと固定された。

その柱に梁《はり》や横木を組み込み、伽藍の形に仕上げていく。

高さ十丈、間口十五間もの広さを持つ棟木と柱は、やがて出来上がる本堂の大きさを想像させるに充分だった。

「あっ、鳥だ」

頼家が立ち上がって東の空を指さした。

二羽の白鳥《しらとり》が交叉《こうさ》しながら棟木に飛来し、しばらく羽を休めてから西に向かって飛び立った。

「これこそ吉瑞《きちずい》でござる。源氏の勝利を神明がお示しになったのじゃ」

時政が芝居がかった大げさな身ぶりで軍配をふった。

「その通りじゃ。この子が最初に見つけたのも、八幡大菩薩《はちまんだいぼさつ》のお告げに相違あるまい」

頼朝は頼家の頭をなでながら、居並ぶ重臣たちに申し聞かせた。

西国からの使者が駆け込んできたのは、その直後のことだった。

「申し上げます。先月二十四日の合戦において、身方は大勝利をおさめました」

汗と埃《ほこり》で真っ黒になった使者が、源義経からの合戦注文《かっせんちゅうもん》を持参した。

書状は巻物で、二重に封がされていた。

「広元、披露せよ」

頼朝は読み上げるように命じた。

作事場の御家人たちも桟敷脇に集まった群衆も、身動きひとつせずに聞き耳を立てている。中には地にうずくまり、両手をひしと合わせる者もいた。

「平家追討使、源九郎義経、合戦注文を進上申し上げ候。去月二十四日、長門国赤《あか》間関《まがせき》の海上において、追討軍は八百四十余艘《そう》の兵船を浮べ、平氏また五百余艘を漕《こ》ぎ合わせて合戦す。激戦数刻に及ぶといえども、午《うま》の刻に到《いた》りて逆党敗北するものなり」

大江広元はそこまで読み上げ、巻物を頼朝に渡した。

その先には「先帝海に沈みたまう」と記され、入水《じゅすい》した者と生捕りにした者の名が連ねてある。

棟上げの祝いの場で、禍々《まがまが》しい報告をすることをはばかったのだった。

頼朝は巻物を広げてみたが、読むことはできなかった。

戦勝の安堵《あんど》と喜びに頭が真っ白になり、字面《じづら》を追う気が起きなかった。

勝ったと聞いてこんな状態におちいるとは、自分でも信じられないほどだった。

だが御家人や群衆の前で、不様な姿をさらけ出すわけにはいかない。

頼朝は読み終えたふりをして巻物を巻き取ると、鶴岡八幡宮に向かって三度拝礼しただけで、ついに一言も発しなかった。

〈武衛《ぶあい》すなはちこれを取り、みづからこれを巻き持たしめたまひて、鶴岳の方に向ひて座せしめたまひ、御詞を発せらるるに能《あた》はず〉

『吾妻鏡』はそう伝えている。

棟上げ式を終えて御所に引き上げると、頼朝は改めて書状を読み返した。

入水した者や生捕りにした者の名がつぶさに記されている。

殿上人《てんじょうびと》の位を持つ錚々《そうそう》たる顔ぶれを見ると、平家一門が滅び去ったことを改めて実感した。

頼朝は書状を何度も読み返し、仇敵《きゅうてき》を滅ぼした喜びにひたっていたが、満足は長くはつづかなかった。

時間がたつにつれて、戦に勝ったことより先帝と宝剣を取り戻せなかったことのほうが気になりだした。

「九郎の使者を呼べ」

広元にそう命じ、戦の様子をつぶさにたずねた。

「矢合わせは早朝卯《う》の刻（午前六時）から始まり、平家の軍船は追い潮に乗って攻め寄せて参りました」

装束を改めた三十がらみの使者は、義経がいかに見事に戦い、鮮やかに敵を打ち負かしたかを伝えようと熱弁をふるった。

だが、頼朝が聞きたいのは別のことだった。

「戦の間、先帝の御座船はどこにいた」

「平家は先帝の在所を隠すために、御座船がどれか分らないようにしておりました。それゆえ勝敗が決する寸前まで、どの船に乗っておられるのか分らなかったのでございます」

「ならば、なぜそうと分った」

「平家は身方の船が数少なに討ち減らされると、先帝を守ろうと船を寄せました。そのため真ん中の船が御座船だと見て取ったのでございます」

使者は心外そうに答えた。

これほどの手柄を立てながら詰問されることに、納得がいかなかったのである。

「余は先帝とご神器の安全をはかれと厳命した。なにゆえそれができなかったのじゃ」

「おそれながら、九郎判官《ほうがん》どのは平家に向かって先帝のご無事をはかるように呼びかけられました。ところが二位尼《にいのあま》どのが、先帝と宝剣を持って入水されたのでございます」

「判官ではない。九郎義経じゃ」

頼朝は義経の任官を認めていない。判官などと呼ばれると、手厳しく釘《くぎ》を刺さずにはいられなかった。

「それに戦場で敵に呼びかけたところで、従うはずがあるまい。平家を袋のねずみにしたのなら、先帝をお助けする方策があったはずではないか」

「九郎どのもそうしようとなされましたが、敵にはばまれて御座船に近付くことができなかったのでございます。二位尼どのが入水されたのは、九郎どのが敵中を突破しようとなされた矢先のことでございました」

「そのように伝えよと、九郎が申したか」

「いえ、このことはどなたもご存知のことでございます」

使者は頼朝の冷淡さに憤慨し、如何《いかん》ともし難かった状況をつぶさに語った。

「その間、梶原景時《かげとき》は何をしていた」

「船団を組んで御座船に漕ぎ寄ろうとなされましたが、やはり間に合わなかったのでございます」

その問答を最後に、頼朝は使者を下がらせた。

今や勝利の喜びより、先帝と宝剣を失ったことが心に重くのしかかっていた。

「困ったことになった。法皇はこのことをさぞ憂慮し、ご立腹しておられよう」

「短兵急な御曹子《おんぞうし》どののやり方が、災いしたのかもしれませぬな」

大江広元は頼朝が何を考えているか察していた。

「朝家の重宝を失った罪は重い。早いうちに、責任の所在を明らかにしなければなるまい」

この失策は、今後の朝廷との交渉に不利をもたらすにちがいない。新しい天下の創建にも支障をきたしかねなかった。

(それを避けるためには、範頼《のりより》か義経を犠牲にするしかない)

頼朝は冷えた目で宙を見据え、二人のうちどちらを切ったほうが有利かを計っていた。

翌日、重立《おもだ》った御家人を集めて侍所《さぶらいどころ》で評定《ひょうじょう》を開いた。

「すでにご存知と思いますが、昨日平家に大勝したとの知らせが参りました」

広元が進行役をつとめた。

頼朝は一段高い座敷に座り、黙って成り行きを見つめていた。

「平家の多くは入水し、生き残った方々も囚《とら》われの身となりました。平家の所領はすべて没収され、殿の差配に任されることとなりましょう」

侍所を埋めつくした御家人たちがどよめきの声を上げた。

西国や九州まで鎌倉の支配下に入ったことを喜ぶ者もいれば、住みなれぬ国へおもむかねばならぬ不安にとらわれている者もいた。

いかに広大な所領をもらっても、言葉も通じぬ土地へ行くことに尻ごみする者も少なくなかった。

「皆様のご懸念はもっともと存ずる」

広元が強い声で動揺を静めた。

「しかし殿は、これからは西国と東国をひとつにしようと考えておられる。しばらくは三河守どのが九州に残って没官領《もつかんりよう》の沙汰をいたされようが、やがては皆様に赴任の命が下ることとなりましょう」

頼朝は九州に東国武士を移住させ、平家が二度と再起できないように支配を強化するつもりである。そのことを御家人に周知させておく必要があった。

評定が終ると、戦勝の酒宴となった。

日頃は倹約を奨励している頼朝だが、この日ばかりは酒も肴《さかな》もふんだんに用意していた。

頼朝が口をつけた朱塗りの盃《さかずき》を、御家人たちが順々に回していく。それが行き渡った後には、膝をくつろげての無礼講となった。

頼朝は義経の使者を呼び、壇ノ浦での合戦の様子を語らせた。

「遠慮はいらぬ。追討軍がいかに見事に戦ったか存分に語るがよい」

使者は得たりやおうとばかりに語り出し、御家人たちは耳を澄ませて出征した身内の働きぶりを聞き取ろうとした。

次第に熱気をおびていく話を聞きながら、頼朝は範頼と義経のどちらに失策の責任を負わせるべきかを考えつづけていた。

三

潮音亭の庭には藤棚があった。

亀姫が日々の無聊《ぶりょう》をまぎらすために作らせたもので、棚からは薄紫色の花穂《かすい》が重たげに垂れていた。

棚の下には白砂が敷き詰めてあり、黒みがかった石英質の踏み石が玄関口までつづいていた。

こうした細やかな配慮も、都育ちの亀姫ならではである。

頼朝はここを訪ねるたびに、都の空気に触れたような心地良さを覚えた。

亀姫は気分がすぐれないままだった。

二人の侍女にかしずかれ、物憂げな顔で応対に出た。

平家に大勝したことを伝えようと足を運んだ頼朝は少なからず失望したが、亀姫を責めようとはしなかった。

「どこが悪いのじゃ。薬師《くすし》に診《み》てもらったほうがよいのではないか」

「お心遣い、かたじけのうございます」

「気分がすぐれぬのなら横になっていればよい。今日は西国の戦に勝ったことを伝えに来たばかりゆえな」

頼朝は得意さを包み隠してさらりと言った。

「まあ、それでは平家に」

「そうじゃ。赤間関の船戦《ふないくさ》に大勝した。これからは源氏の世じゃ」

「おめでとうございます」

亀姫と二人の侍女がそろって頭を下げた。

「これで都との往来もずっと楽になる。父母に会いたいのなら、しばらく戻ってくるがよい」

「いいえ。別に……」

「都が恋しくて気が塞いでいるのであろう。一緒には行けぬが、供をつけるゆえ心配は無用じゃ」

「都に帰りたいのではございませぬ。実は……」

亀姫は言いかけた言葉を呑《の》み、恥かしげに身をすくめた。

「どうした。ここに住み飽きたのなら、新しい屋敷を建ててもよいぞ」

「屋敷などいりませぬ。ただ……」

亀姫は言い出しかねて切れ長の目に涙を浮かべた。

頬のあたりをうっすらと染め、はかなげにうつむいている。

「姫《ひい》さまは、ご懐妊なされたのでございます」

初老の侍女が見かねて口をはさんだ。

「懐妊……」

あまりに意外で、一瞬何のことか分らなかった。

「児《やや》が、まことに児ができたのか」

半信半疑のまま亀姫にたずねた。

「はい。申しわけございませぬ」

亀姫がぽろりとひと粒、涙をこぼした。

「すまぬことがあるか。何ゆえ早く言わなかった」

「ご迷惑ではないかと存じまして」

戦を前にした大事な時期である。御台所《みだいどころ》である政子の手前もある。あれやこれや慮《おもんぱか》って、今日まで言い出しかねていたのだ。

その奥ゆかしさが哀れで、頼朝はいっそう亀姫が愛《いと》おしくなった。

「迷惑なものか。これは天が与えた僥倖《ぎょうこう》じゃ」

「でも、御台さまが何と思われるか」

亀姫は政子の手の者に襲われ、髪を切り落とされた。その時の恐怖が生々しく残っているので、不安におののいていた。

「案ずるな。そちは余の側室じゃ。誰に遠慮することがあるものか」

頼朝は亀姫の肩を抱いて励ました。

その体がこれまでになく大切に思えて、指の力加減にさえ気をつかっていた。

大倉御所に戻ってからも、気持の高揚はつづいていた。

（わしと亀姫の子ができるのだ）

そう思うと、じわりと喜びがこみ上げてくる。大姫や頼家が生まれる時とはちがった感動があった。

二人が生まれた時には、喜んでいる余裕などなかった。

この出産を北条家での立場を強めるためにどう利用するかという考えばかりが先に立って、自分の子だという感慨はあまりなかった。

だが亀姫はちがう。

初めて心底愛した女であり、都の空気を共有できる相手である。名門藤原氏の末流に属し、教養も作法も身につけている。

その子が無事に生まれたならと、将来のことにまで思いを馳《は》せた。

男なら都に住まわせ、頼家と二人で天下の采配を取らせよう。女なら帝に入内《じゅだい》させ、外戚の地位を手に入れるのも悪くはない。

天にも昇る心地で考えを巡らしていたが、やがてこのことを政子に告げるのがいかに難しいかに思い当たった。

政子は嫉妬の炎《ほむら》を燃やすにちがいない。

まして生まれてくる子が頼家や北条家の立場を危うくするとなれば、配下に命じて腹の子を押し殺させるくらいのことはやりかねなかった。

それを防ぐには正直に打ち明けたほうがいいのか、それともあくまで隠し通すべきなのか、頼朝は決心がつけられないまま気をもんでいた。

十四日になって政子の方から表御殿にたずねてきた。

「お願いがあって参りました」

打掛けの袖を左右に広げ、小太りの体を折って平伏した。

政子が政庁である表御殿に顔を出すのは異例のことだった。

「此度《こたび》の勝ち戦は、三島大社のご加護によるものと存じます。近々祭礼がございますので、所領を寄進してご恩に報いていただきとう存じます」

「義父上《ちちうえ》に頼まれての進言か」

頼朝はにわかに表情を険しくした。

まだ八幡宮への寄進もしていないのである。その前に三島大社への寄進を迫るのは、時政が伊豆の土豪たちに己れの力を見せつけるためとしか思えなかった。

「赤間関の戦では、弟の義時がたいそうな働きをしたとうかがいました。父はそのことを謝して絵馬を奉納すると申しております。その折に殿から所領を寄進していただけば、祭りも大いに盛り上がると思っているのでございます」

「神社への寄進は、出陣した将兵の恩賞にも関わることじゃ。軽々しく決めるわけにはいかぬ」

「名目だけでもいいのでございます。これまでのご加護を思えば、それくらいのことをしていただいてもいいのではありませんか」

政子の高飛車な言い方に、頼朝はむっとした。

北条家の力があったからここまでなれたのだと、臆面もなく言われたような気がした。

だが頭の中では、このことと引き替えに亀姫のことを認めさせる手はないものかと算段を巡らしていた。

怒りをぐっと呑み込んでたずねた。

「祭礼は、いつじゃ」

「四月二十日でございます」

「分った。御台のたっての頼みとあらば、断わるわけにもいくまい」

頼朝はひとまず折れたが、吐き出せなかった怒りは時がたつにつれて増殖していった。

確かに流人《るにん》の身から婿《むこ》にしてもらった恩義はある。伊豆での挙兵が成功したのも、北条家の後押しがあったからだと肝に銘じている。

だがわずか五年で平家を倒すことができたのは、源氏の正嫡《せいちゃく》であるという旗印と頼朝自身の力があったからだ。

それなのに側室に子ができたことも話せぬようでは、どちらが主《あるじ》か分らないではないか。

頼朝は胸の中でふくれ上がる憤懣《ふんまん》を抑えかね、手にした扇でぴしりぴしりと己れの膝を打ち据えた。

煩悶《はんもん》の最中に、都からの使者が来た。

大蔵卿高階泰経《きょうたかしなのやすつね》の使いが、後白河法皇の賞賛の言葉を伝えたのである。

「平家追討が無事に為《な》ったのは、ひとえに頼朝の兵法の功によるものである」

法皇は頼朝の働きを絶賛し、出陣した武将たちを衛府《えふ》や所司に任じて手柄に報いたと告げていた。

その数は二十四人にも及ぶ。

名前を列記した交名《きょうみょう》に目を通すうちに、頼朝の顔は怒りに青ざめていった。

義経が検非違使《けびいし》に任じられて以来、鎌倉の推挙なき任官は厳禁すると何度となく命じている。

その命令が易々《やすやす》と破られたことに、強い衝撃を受けていた。

何と言っても武士たちは、朝廷に任官されることを望んでいる。

たとえそれが名誉だけの空手形に過ぎないとしても、官位を与えると言われれば犬のように尻尾《しっぽ》を振って飛びつく。

怖《おそ》るべきはその権威だった。

しかも法皇はそのことを熟知し、任官を餌に武将たちを手なずけようとしている。これを食い止めなければ、頼朝も木曾義仲や平家のように使い捨てにされるおそれがあった。

「愚か者めが」

頼朝は声に出して罵倒し、任官に応じた武将たちに絶縁状を叩《たた》きつけた。

朝廷の臣下になったからには、京都において公役をつとめよ。二度と本国に戻ってはならぬ。そう申し渡した。

〈もし違《たが》ひて墨俣《すのまた》以東に下向せしめば、かつはおのおの本領を改め召し、かつはまた斬罪《ざんざい》に申し行はしむべきの状、件《くだん》のごとし〉(『吾妻鏡』)

東国に足を踏み入れたなら、所領を没収し斬罪にするという激烈な命令だった。

四月二十一日、梶原景時の使者が到着した。

景時はいつものように合戦の次第を詳細に書き送り、最後に義経の不義を訴えていた。

合戦の最中に身勝手な振舞いが多かったばかりか、戦に勝った後には己れの手柄を誇った横柄な振舞いが多く、配下の将兵は嫌気がさしている。

しかも頼朝の命に背く行為も多いのでしばしば諫《いさ》めているが、義経はこれを怒って景時を罰しようとする。

これでは仕えることもできないので、早く鎌倉に帰参できるようにはからってもらいたいというのである。

「就中《なかんづく》に景時は御所（頼朝）の近士として、なまじひに厳命の趣を伺ひ知るの間、かの非拠《ひきよ》を見るごとに、関東の御気色に違ふべきかの由諫《よしいさ》め申すのところ、諷詞還《ふうしかへ》つて身の仇《あだ》となり、ややもすれば刑を招くものなり」

これが世に景時の讒言《ざんげん》と言われる書状である。

この讒言が義経との不仲の原因となったと評されることも多いが、頼朝はそれほど軽率ではなかった。

戦場ではこれくらいの行き違いがあることは承知している。義経との対立に業《ごう》を煮やした景時が、大げさな表現を用いていることにも気付いていた。

それでもなおこの訴えを取り上げたのは、これを理由に先帝と宝剣を失った責任を義経に取らせようと決意したからだった。

義経に峻厳《しゅんげん》な態度を取れば、東国武士への見せしめにすることができる。それに法皇は義経を子飼いの武将のように重んじているのだから、あやつの責任だと言えば失策を追及する手も鈍るはずである。

頼朝は久々に溜飲《りゅういん》が下がる思いをしながら、景時への返書をしたためた。

以後は義経を余の舎弟と思う必要はない。意に背く行ないがあれば、遠慮なく告発せよ。そう命じたものだった。

第二十七章　大路渡し

一

鳥羽口《とばぐち》は京都の南に位置している。

鴨川と桂《かつら》川の合流地点で、古くから水運の拠点となった所である。

瀬戸内海から淀川をさかのぼってきた旅人は、桂川東岸の草津の港で船を下り、鳥羽作り道を通って朱雀大路《すざくおおじ》へと入った。

都の表玄関というべき要地で、白河上皇がこの地に鳥羽殿を築いて院政を行なったのも、こうした立地の良さに着目してのことだった。

鳥羽の対岸には久我《こが》の集落がある。

壇ノ浦の合戦に大勝した源九郎義経らの一行がこの村に着いたのは、元暦二年

（一一八五）四月二十五日のことだった。

明石浦《あかし》には十日前に着いたものの、海が荒れて八日間も風待ちを強いられた。その遅れを取り戻そうと、摂津に上陸してからは不眠不休で淀川の西岸をさかのぼってきたのである。

義経は怖《おそ》れていた。

三種の神器のうち神璽《しんじ》と内侍所《ないしどころ》を奪回し、平家一門三十八人を虜《とりこ》にしての凱旋《がいせん》である。

だが安徳天皇と草薙《くさなぎ》の剣を失ったことが、大きな負い目となって心にのしかかっていた。

（今頃法皇さまは、どれほど宸襟《しんきん》を悩ましておられることか）

あれほどご両所の無事をはかれと命じられていたのに、こんな結果を招いたことが悔やまれてならなかった。

その分、自分自身や配下の将兵への態度は厳しくなった。戦勝の祝いをすることはおろか、陣を解いての自由行動さえ許さなかった。

先帝と宝剣を失わせしめた平家の捕虜に対する扱いも、いきおい冷酷なものになった。

久我に着いてからも争いは起こった。

義経が将兵に物具《もののぐ》を脱いで休息することを許さなかったからだ。

「強情を張るのも、たいがいにしていただきたい」

梶原景時《かげとき》と土肥実平《どひさねひら》が血相を変えて抗議に来た。

「兵も馬も疲れ果てており申す。何ゆえ鎧《よろい》を脱ぎ鞍《くら》をはずして休ませてはならぬのでござるか」

「朝廷からのご使者が参られる」

もうじき勅使が来て、神璽と内侍所を受け取ることになっている。その際、内裏《だいり》まで警固せよとの命令が下るかもしれなかった。

「ならば馬廻《うままわ》り衆四、五百騎を引き連れて行けばようござる。一万もの軍勢を都に入れては、かえって騒動の元になりましょう」

すでに義経の器量を見限っている景時は、歯に衣《きぬ》着せずに言いつのった。

「それに兵も馬も、昨夜から何も食べておりません。入洛《にゅうらく》した時に醜態をさらしては、鎌倉殿の面目を汚《けが》すことになりまする」

温厚な実平も腹に据えかねて忠告したが、義経は耳を貸そうとしなかった。

「勅使が参られるというのに、鎧を脱いだ見苦しい姿でお迎えできるか。それこそ源氏の面目が立たぬではないか」

待望の勅使は一刻《とき》（二時間）ほどしてやって来た。頭中将唐橋通資《とうのちゅうじょうからはしみちすけ》である。

義経は桂川の河原に全軍を整列させて一行を迎えた。

このまま神器を内裏に運ぶものと思っていたが、

「ご神器ご奉還の前に大祓《おおはらえ》を行なう。諸臣奉迎して挙行するゆえ、夕方まで待て」

通資はそれだけを申し付けると、渡し船に乗って帰って行った。

義経はようやく全軍に休息を許したが、自分は緋縅《ひおど》しの大鎧を脱ごうとはしなかった。

「御曹子《おんぞうし》どの、ご無理をなされるな」

武蔵坊弁慶が見かねてたしなめた。

「鎧は武士の常着だ。無理などしておらぬ」

「これから鎌倉まで参らねばならぬのでござる。そのように気を張っておられては、体がもちませせぬぞ」

「そちには分らぬのだ」

先帝と宝剣を失ったことは、万死に値する大罪である。このままでは法皇に合わす顔がない。

義経はそう思い詰め、腑甲斐《ふがい》ない自分を罰するために鎧をまとったままでいた。

「合戦の様子は都にも注進しております。法皇さまとて御曹子どのが最善を尽くされたことは分って下さるはずでござる」

「法皇さまのご意向を気にしているのではない。こんな結果を招いたこの身が許せぬのだ」

夕方になり、神器奉迎の使者たちが船を連ねて桂川を渡ってきた。神官である吉田中納言経房《よしだちゆうなごんつねふさ》、白河《しらかわ》宰相中将泰通《やすみち》ら十数人で、従者や護衛二百人ちかくが付き添っている。

一行は神璽と内侍所を受け取ると、水際に安置して大祓を行なった。戦場での死と血の穢《けが》れを川に流して祓い清めると、特別にあつらえた船に乗せて川を渡し、牛車《ぎつしや》に移し替えて内裏まで運んでいった。

義経は馬廻り衆五百騎をひきいて警固にあたり、内裏の東門の外で後白河の沙汰を待った。

すでに夜はふけている。

月も星もない漆黒の闇の中で、門前で焚《た》くかがり火だけが赤々と燃えていた。

義経の緊張は極限に達していた。

ねぎらいの言葉ひとつでもかけてほしいと祈るような思いで待ったが、半刻過ぎても一刻が過ぎても何の沙汰もなかった。

昨夜は強行軍で一睡もしていない。しかも朝から鎧も脱がずに気を張り詰めていただけに、心身ともに疲れ果て、いつの間にか睡魔に襲われていた。

浅い眠りの中で夢を見た。

目の前に八岐大蛇《やまたのおろち》がそびえ立ち、大きく裂けた口を開けて襲いかかってくる。

義経は蕨手刀《わらびでとう》をふるって次々に頭を打ち落としたが、斬っても斬っても大蛇の頭は生え変わり、義経の非力をあざ笑いながら襲いかかってくる。

右に飛び左に飛び、息も絶え絶えになって戦いつづけていると、

「御曹子どの、ご使者でござる」

弁慶が肩に手をかけて揺り起こした。

義経はびくんと体を震わせて目を覚まし、呆《ほう》けたようにあたりを見回した。

夢の感触があまりに生々しく、すぐには現実に戻れなかった。

「お疲れのようだが、大事ございませぬか」

「嫌な夢を見た。宝剣を失った報いであろう」

義経は改めて、素戔嗚尊《すさのおのみこと》以来伝わる宝剣を失った責任を痛感していた。

「法皇さまのご使者が、門までお出ましになっておられます。急ぎ伺候《しこう》なされますよう」

東門には白い狩衣《かりぎぬ》を着た院の近臣が立っていた。

神器が大祓を終えて戻ってきたので、全員浄衣をまとっていた。

「法皇さまがお呼びでございます。ご案内申し上げますゆえ、腰の刀をここに預けてついて来て下さい」

かくなる上は逃げも隠れもできはしない。いざとなれば自ら命を断って赤心をお目にかけるばかりだと覚悟を決めて後に従った。

後白河は神器渡御《とぎょ》の儀を終え、常の御殿でくつろいでいた。

いつものように法衣《のりのころも》姿で、両側に置いた行灯《あんどん》の明りに照らされていた。

影のように浮き上がる姿には人を寄せつけぬ厳しさがある。

義経は壇ノ浦の合戦のさなかに見た後白河の憤怒の形相を思い出し、庭先で深々と平伏した。

「検非違使《けびいし》五位尉《ごいのじょう》源義経、お召しにより参上いたしました」

「うむ。よう戻った」

後白河の口調は思いの外やさしい。だが、いつものように廻り縁に上げようとはしなかった。

「明日は平家一門の大路渡《おおじわた》しを行なうそうやな」

「捕虜の引き廻しは、武門の作法でございますゆえ」

「それは構わんが、あんまり邪険にしたらあかんぞ。朝敵とはいえ、殿上人《てんじょうびと》の位にあった者も多いんやさかいな」

「承知いたしました。そのように計らいまする」

「これからどうするつもりや」

「桂の本陣に戻り、明日の準備をいたします」

「もう遅い。夜中に蹄《ひづめ》の音がしては洛中の者たちが怖がるよって、六条の館《やかた》に泊っていけ」

有無を言わさぬ命令である。

義経はねぎらいの言葉もかけてもらえなかった失望に打ちひしがれたまま、馬廻り衆を引き連れて六条の館に引き上げた。

洛中を騒がせることをはばかり、馬に口木《くちき》をふくませていななきを抑えるほどの気の遣いようだった。

六条堀川の館に着くと、表門を広々と開けてかがり火を焚き、留守役十人ばかりが迎えに出ていた。

まるで今夜戻って来ることを知っていたような手回しの良さである。

「これはどうしたことだ」

弁慶に事情を確かめさせたが、留守役たちは法皇の使者から命じられたと言うばかりだった。

「鎌倉から兄上の使者が来たのかもしれぬ」

法皇はそれを知って六条館に戻れとお命じになったのだろう。どうせ先帝と宝剣を失った責任を追及するつもりだろうが、それならこちらにも言い分はある。

義経は先程とは打って変わった開き直った気持になり、大股で玄関に足を踏み入れた。

待っていたのは女だった。

耿々《こうこう》と明りを照らした式台に、三人の女が深々と頭を下げて出迎えた。

一人は紺色の唐衣《からぎぬ》を着て、長い髪を優雅に背中に垂らしている。

左右の二人は侍女のようだった。

(房姫か)

頼朝から押し付けられた河越重頼の娘が出迎えたのかと思ったが、たおやかな姿といいかぐわしい香りといい、房姫とは較《くら》べものにならぬほどの雅《みや》びやかさだった。

「そちは、いったい……」

「西国での勝ち戦《いくさ》、まことにおめでとうございます。法皇さまのお申し付けにより、こうしてお待ち申しておりました」

優雅な所作で顔を上げたのは静御前である。

唐衣の下には袿《うちき》を重ね着し、檜扇《ひおうぎ》を顔の前にかざしている。白拍子の男装束とは打って変わった女御ぶりだった。

「法皇さまが、何ゆえそなたを」

「源九郎さまの妻になれるように、母者に掛け合って下されたのでございます。これからはずっとお側《そば》に仕えさせていただきます」

静は義経と三日夜《みかよ》の契りを結んだものの、身分は紫雲閣の白拍子《しらびようし》のままだった。

だが今日からはその義務を解かれ、妻として仕えることになったのである。

「そうか。法皇さまは」

激怒してはおられなかったのだ。戦勝を賞して静を正式に下されたのである。

義経はそう察し、安堵《あんど》のあまり式台に座り込んだ。

二

翌朝、義経は牛車三両をともなって鳥羽の渡し場まで行き、弁慶を使いに出して全軍に渡河を命じた。

騎馬武者は馬を泳がせ、徒兵《かち》は上流の浅瀬まで迂回《うかい》して、次々と川を渡ってくる。

平家の捕虜や女御《にょうご》たちは渡し船に押し込まれ、身動きもならないまま川を渡された。

壇ノ浦から連行される間に手厳しく扱われ、誰もが衰弱しきっている。

衣服も汗で臭うほどに汚れていたが、平宗盛《むねもり》もその子清宗《きよむね》も一門の誇りばかりは失うまいと、背筋を伸ばして真《ま》っ直《す》ぐに前を見据えていた。

義経は鳥羽殿の西にある寺に一行を入れ、体を洗い衣服を改めるように命じた。引き廻すのは捕虜ばかりで、建礼門院をはじめとする女御たちは寺に留めて朝廷からの指示を待つことにした。

寺の本堂で仕度がととのうのを待っていると、梶原景時が境内の砂利を踏み鳴らしてやってきた。

「捕虜を牛車に乗せると聞きましたが、まことでございましょうか」

「三位《さんみ》以上の公卿《くぎょう》ばかりだ。他の者は馬に乗せる」

「おそれながら、それは鎌倉殿のご意向に背くものでございます」

長身の景時が、おおいかぶさるように立ちはだかった。

「兄上は何とおおせられた」

「平家は武門の家ゆえ、特別の配慮をする必要はないと」

平治の乱で非業の死を遂げた義朝の首は、市中を引き廻された上に獄門にさらされた。捕虜となった者たちも大半が打首となった。

その時の恨みが骨髄に徹しているだけに、頼朝は平家を同様に扱うように命じたのだった。

「それに公卿だからとて特別に扱えば、我らは目上の者を討ったように見られましょう。それでは鎌倉殿のご威光に傷をつけることになりかねませぬ」

「平家を討ったのは、勅命を奉じてのことだ。そのような気遣いなどいらぬ」

「世の聞こえということがござる。これ以上鎌倉殿のお申し付けに逆らわれては、どのようなお叱りをこうむるか分りませぬぞ」

「それは脅しか」

義経はむっとして景時を睨《にら》んだ。

「軍監としての進言でござる」

「武士には情というものがある。捕虜となった敵を丁重に扱えば、兄上の器量を天下に知らしめることもできるではないか」

「平家は義朝公の仇《かたき》でござるぞ」

「戦はもう終った。父の仇はすでに討ったのだ」

平家を倒してからは、父の仇という思いは消え失《う》せている。

今は惨《むご》く扱ってはならぬという後白河の命を果たすことしか頭になかった。

この日は朝から梅雨入りを告げる小雨混じりの空模様だった。

これでは陰気な大路渡しになると案じていると、出発予定の巳《み》の刻（午前十時）には初夏を思わせる澄みきった青空が広がり、東からの涼しい風が吹き始めた。

小雨のせいで空気も樹木も美しく洗われて、三方の山々が瑞々《みずみず》しく輝いている。中でも青空を背にした比叡山の美しさはたとえようもないほどだった。

罪人用の浄衣に着替えた平家の公達《きんだち》は、言われるままに八葉の車に乗り込んだ。

先頭は白い狩衣を着た前内大臣宗盛、二番目は右衛門督《うえもんのかみ》清宗、三番目は内侍所を守護した大納言時忠。

縄は打っていないものの、車の前後の簾《すだれ》を上げ、物見の戸を取りはずして姿をさらすようにしていた。

車の後ろには白い直垂《ひたたれ》を着た平家の侍二十人ばかりが、後ろ手に縛られて馬に乗せられていた。

引き廻しの人数はこれだけである。

義経は選《え》りすぐりの二千騎を前後に配し、鳥羽の作り道を北に向かった。

鳥羽の南門から朱雀大路の入口へつづく広々とした道の両側には、大路渡しをひと目見ようと数万の群衆が集まっていた。

木曾義仲の上洛《じょうらく》から平家の都落ち、源平の争乱と、この三年絶え間なく戦乱がつづいている。

群衆の多くは、ここ数年の厄災を招いた平家の凋落《ちょうらく》を喜び、世が改まることへの期待を寄せているだけに、一の谷、屋島、壇ノ浦と平家を立てつづけに破った義経を、戦神《いくさがみ》の化身のようにあがめていた。

義経は戦と同じように先頭を進んだ。

緋縅《ひおど》しの大鎧《おおよろい》をまとい、栗駒《くりこま》にまたがって意気揚々と洛中に足を踏み入れた。

後白河の許しを得たことで胸の重しが取れ、心は今日の空のように晴れている。

群衆の賞賛の声をあびながら、天にも昇る心地だった。

朱雀大路を北に向かい、六条大路を東へ折れた。

東洞院《ひがしのとういん》通りには殿上人が牛車を並べて見物していた。

平治の乱以後の平家の台頭を内心では苦々しく思っていた藤原一門の公卿たちが、ずらりと牛車を並べて冷笑と哀れみを込めた眼差《まなざ》しで見つめていた。

その中には、ひときわ贅《ぜい》を尽くした後白河法皇の車もある。

御簾《みす》は下ろしてあったが、義経は法皇の視線を感じていた。

「ようやった。上出来や」

そんな言葉さえ聞こえる気がして、胸を張って車の前を通り過ぎた。

旧知の公卿や法皇の前でさらしものにされることは、内大臣をつとめた宗盛にとって身を切られるように辛《つら》いはずである。

だが打ちひしがれた様子は露ほども見せず、周囲の視線をしっかりと受け止めていた。

年若い清宗はさすがに耐えられないのか、顔を伏せたまま目を上げようともしなかった。

大納言時忠も神妙な顔で牛車の尻に座っていた。

警固の役目を終えた義経の一行は、鴨川の河原で馬を返して六条堀川の館に戻った。

主殿では静が酒宴の仕度をととのえていた。

「お申し付けの通りにしたつもりどすけど、よろしゅうおすやろか」

仕度に手落ちがないか見てくれと、義経を大広間に案内した。

五十畳ばかりの板張りの部屋には、鹿革の円座が百人分ほど並べてある。上座には祝いの幔幕《まんまく》を張り、下座には色鮮やかな屏風《びょうぶ》を立て回していた。

坂東武者の重立《おもだ》った者を招いて、戦勝の酒宴を張ることにしたのである。

これまで厳しくいましめてきたが、この日ばかりは金に糸目をつけるなと命じていた。

「料理は五の膳まで用意しております。冷めたら味が落ちるよって、皆様がお越しやしてから掛からせます」

料理人はすべて紫雲閣の職人で、二十人ばかりの白拍子も呼んでいた。

「ようやった。今日はそちのお披露目でもある」

静は万事にそつがなく、女房姿もよく似合っている。

こんな女を拝領したと知ったなら、坂東武者たちがどれほど驚くだろうと、義経は得意で仕方がなかった。

皆が集まるまでにはしばらく時間がかかる。

義経はその間に北の館を訪ね、宗盛、清宗と対面した。

鎌倉に護送するまでの間、二人をここに軟禁することにしていた。

「今日はさぞ甲斐《かい》なき思いをなされたことでしょう。これからは気ままに過ごし、ゆっくりと寛《くつろ》いでいただきたい」

義経は道中扱いが厳しかったことを詫《わ》び、必要なものがあれば何なりと用意すると申し出た。

「もはや望みなき身ゆえ、必要なものはありませぬ。ただ、往生の仕度もありますので、今後どうなるのかを教えていただきたい」

宗盛は左手に阿弥陀如来《あみだにょらい》の懐中仏をしっかりと握り締めていた。

「鎌倉へお連れ申せとの命を受けております。出発はいつになるか分りませぬが、長の道中となりますので今のうちに養生していただきたい」

「このようなことになると分っていながら、入水《じゆすい》して死ねなかった我身が悔やまれます。されどこれも亡《ほろ》びの先を見届けよとの、御仏《みほとけ》の思《おぼ》し召しかもしれません」

宗盛は淡々としていたが、清宗は強張《こわば》った表情のまま口を開こうとはしなかった。

大広間に戻ると、朱塗りの折敷《おしき》に若鮎《わかあゆ》の塩焼きや山菜の吸い物などを盛った一の膳が据えてあった。

すでに弁慶や佐藤忠信、伊勢三郎ら股肱《ここう》の臣は席に着いていたが、景時や実平ら坂東武者の姿は見えなかった。

「どうした、申《さる》の刻（午後四時）には始めると触れておいたではないか」

刻《とき》を告げる鐘はすでに鳴り終えている。

夏に向かって日が伸びているとはいえ、あたりには夕暮の気配がただよい始めていた。

「各々《おのおの》宿所に戻って着替えておられるゆえ、遅くなっているのでございましょう」

弁慶が配下の者を使いに出し、急いで集まるように伝えさせた。

「何やらお預けをくらった犬のような気分ですな」

酒好きの伊勢三郎が、舌なめずりして体をゆすった。

「遅れた者を待つことはない。先に始めても構わぬ」

そう言ったものの、義経は盃《さかずき》を取ろうとはしなかった。

合戦後初めての酒宴である。皆がそろって祝盃を上げ、戦勝の喜びをわかち合いたかった。

四半刻（約三十分）ほどして使者が戻った。

景時も実平も所用があって出席できないという。北条義時も中原親能《ちかよし》も、申し合わせたように同じ返事だった。

「所用とは何じゃ」

義経は血相を変えた。

「分りませぬ。ただ、そうおおせられたばかりでございます」

「あるいは鎌倉から、何かの沙汰があったのかもしれませぬ」

弁慶が気遣わしげに耳打ちした。

この推測は当たっていた。

景時から義経専横の報告を受けた頼朝は、さっそく使者を都につかわし、以後は義経を余の弟と思う必要も非拠《ひきょ》の命に従うこともないと申し付けた。

大路渡しの後にこのことを知った景時らは、坂東武者に牒《ちょう》を回していっせいに酒宴への欠席を決めたのだった。

「そうか、ならば是非もない」

義経は素早く気持を切り替え、平泉から付き従ってきた馬廻り衆と伊勢三郎の配下を酒宴に呼ぶように命じた。

一の谷でも壇ノ浦でも、常に義経の身近に具して戦ってきた者たちである。

義経が数々の奇襲を成功させることができたのも、彼らの命を惜しまぬ働きのお陰だった。

酒宴は度はずれて陽気なものになった。

奥州から従ってきた者たちの大半は蝦夷《えみし》であり、三郎の配下は土蜘蛛《つちぐも》である。

大和朝廷が畿内《きだい》に征服王朝を打ち立てて以来、数百年にわたって服従を強いられてきた者たちなのだ。

それが一躍勝者の地位に立ち、都大路を凱旋行進したのだから、喜びに我を忘れるのは無理もなかった。

「これも皆、御曹子どののお陰でござる」

三郎が義経の前に座って酌をした。

髭《ひげ》におおわれた顔は、喜びと酒の酔いに赤く染っていた。

「その方らが働いてくれたから、戦に勝つことができたのだ。今日は朝まで酔《え》い食《くら》おうではないか」

義経も上機嫌で盃を干した。

酔うにつれて皆が席を立ち、馬廻り衆と三郎の配下が膝を突き合わせて酒をくみ交わした。

初めは西国言葉を用いていたものの、そのうち面倒になって自分たちの言葉を使うようになる。

すると互いにまったく通じないものだから、都で流行《はや》っている歌や踊りで意のあるところを伝えようとした。

「よい踊りっぷりだ。私が調《しらべ》を添えてやろう」

義経は中央に立って笛を奏で始めた。

これを見た白拍子たちが、舞いを披露し始めた。

男たちも一人立ち二人立ち、その優美な動きを真似《まね》ようとする。やがて全員が輪になり、歌いながら踊り回る始末だった。

「誰か歌の上手はおらぬか。うまく歌えた者には、この盃を取らす」

義経が笠《かさ》のような大盃をふり上げた。

「んだば、我《わ》が」

髭面の男が側《そば》に立って歌い出した。

あな尊《とうと》　今日の尊さや

古《いにしえ》も　はれ　古も

かくやありけむや　今日の尊さ

あわれ　そこよしや　今日の尊さ

野太く力強い声で、歌いっぷりも見事だった。

「おう。法皇さまにも劣らぬよい歌手《うたいて》だ」

義経はまず自分で飲み干して大盃を手渡した。

これをうらやんだ男たちが我も我もと歌を披露する。

そのたびに大盃のやり取りをするので、やがて足許《あしもと》も定かならぬほどに酔っていた。

義経は酒宴の途中で席を立ち、寝所に入るなり夜具の上に倒れ込んだ。

「そんなに無茶しはったら、お体にさわりますえ」

静が冷たい水を差し出した。中に蕗《ふき》の葉をひたしているので、ほんのり甘くさわやかな味だった。

「いいのだ。今日くらいは」

「鎌倉の兄上さまは、どのようなお方やろ」

「なぜそんなことを聞く」

「何やら行きちがいがあると聞きましたさかい」

静も義経と頼朝の不仲の噂《うわさ》を耳にして心を痛めていた。

「そうだな。頭ばかりが大きくて、足は不格好なほど短い。鐙《あぶみ》に足が届かぬので、馬にも乗れぬほどだ」

「まあ、ほんまどすか」

「その上、冷たくて嘘《うそ》つきで、見苦しいほどの恐妻家でな。いつも女房どのの尻に敷かれているものだから、背中に尻の跡がついておる」

「いややわ。嘘《てんご》ばっかりお言いやして」

静が口許をおさえて弾《はじ》けたように笑った。

その笑顔に惹《ひ》かれ、手を引き寄せて抱きすくめた。

「私の留守中、法皇さまからお召しがあったであろう」

義経は頬をすり寄せてたずねた。

「そんなん訊《たん》ねられたかて困ります」

「責めておるのではない。それでよいのだ」

この頃の貴人には、女の貞操にこだわる気持はほとんどない。法皇の寵愛《ちょうあい》を受けていたからこそ、義経には静がなおさら愛《いと》おしく思えた。

「何があっても、私についてきてくれるか」

「源九郎さまこそ、うちを見限らんといておくれやす」

「見限るものか。この命のある限り」

義経は静を抱きすくめた。

焚《た》き染《し》めた香りに、妖《あや》しく情欲をそそられる。そのまま横にして袴《はかま》をほどき、熱くうるおった陰《くぼ》を貫いた。

静がせつない声を上げて背中に回した手に力を込めた。

大広間ではまだ歌と踊りがつづいている。

義経はその熱気に後押しされて体の動きを早めていった。

三

四月二十七日、朝廷は平家討伐の功によって頼朝を従二位《じゅにい》に任じた。

これまでは正四位下《しょうしいのげ》だったのだから、従三位、正三位を飛び越えての破格の昇進だった。

同じ日、壇ノ浦の戦勝を伝えるために鎌倉につかわしていた使者が戻った。

「兄上のご機嫌はどうじゃ。何かお言葉をたまわったか」

義経は勇んでたずねた。

あれほどの大勝をおさめたのである。これまでの行きちがいなど水に流し、賞賛の言葉と恩賞の約束が与えられるものと思っていた。

「これが返書にございます」

使者は険しい表情のまま油紙に包んだ書状を差し出した。

前内大臣宗盛とその子清宗を、五月二十日までに鎌倉に連行せよ。そう記されているばかりである。

しかも頼朝ではなく、大江広元《ひろもと》が下した書状だった。

「兄上には会わなかったのか」

「お目にかかりました。ちょうど南御堂《みなみみどう》の棟上げに臨席しておられました」

「では何かおおせられたであろう。ねぎらいの言葉など、かけて下さったのではないのか」

「残念ながら、先帝と宝剣を失った責任を厳しく追及されたばかりでございます」

まるで科人《とがにん》として責めを受けている気がしたと、使者は悔しげに様子を語った。

義経は失望のあまり血の気が失《う》せていくのを感じた。

確かに先帝と宝剣を失った罪は重い。だが、あの状況では誰が指揮を取っても同じだったはずだ。

それに法皇ならともかく、頼朝にそのことを責められるいわれはないと思った。

「察するところ鎌倉殿は、御曹子どのが検非違使《けびいし》に任ぜられたことがご不快のようでございます」

「そのことならすでに釈明してある」

「九郎判官《ほうがん》どのとお呼びしたところ、手厳しく叱責なされました。鎌倉に住む縁者の話では、梶原景時どのが讒言《ざんげん》なされたとの噂があるようでございます」

「景時の奴《やつ》、私に罪を負わせて責めをまぬかれるつもりだな」

義経はそう取った。

景時とて御座船《ござぶね》に漕《こ》ぎ寄せながら、先帝と宝剣を奪い返すことができなかった。しかも景時の配下は真っ先に御座船に乗り込み、内侍所《ないしどころ》や女房衆に狼藉《ろうぜき》を働いた。この罪を問われたならどんな処罰を受けるか分らないので、義経に責任をなすりつけようとしているにちがいなかった。

「昨夜の酒宴に多くの者が出なかったのも、奴の差し金に相違あるまい」

「御曹子どの、任官の件についてでござるが」

弁慶が脇から申し出た。

「先に法皇さまから任官された方々に対して、鎌倉殿からきついお叱りがあったそうでございます。豊後の蒲冠者《かばのかじや》どのも、三河守を辞されたとの知らせが参りました」

範頼《のりより》は頼朝の推挙によって三河守に任じられていたが、失策の責任を取って朝廷に辞表を出したという。

「この際、検非違使の位を辞して謹慎の意を示されるべきではござるまいか」

「法皇さまは此度《こたび》の働きを賞して静を下されたのだ。今さら職を辞しては、ご叡慮《えいりよ》に背くことになる」

義経は言下に拒んだ。

「それに兄上は従二位に叙されたではないか。陣頭に立って戦った私が、従五位下に留まったところで罰は当たるまい」

「ならば、異心のないことを誓う起請文《きしようもん》をお書きなされ」

「兄上の意に背くようなことは金輪際しておらぬ。命を賭して戦ったことは、そちとて知っておるではないか」

「矢を射かけられた時には、物陰に身をひそめるものでござる。悪いことは言いませぬ。起請文をお書きなされませ」

弁慶の説得に負けて起請文をしたためたものの、義経の気持は納まらなかった。

翌日、珍しい来客があった。

奥州平泉の金《かね》売《う》り吉次《きちじ》が、荷を満載した荷車を連ねて来た。

「このたびのお働き、まことにおめでとうございます」

吉次は砂金の仕入れに平泉に戻っていたが、義経が都に凱旋すると聞いて予定を早めて上洛したのだった。

「一昨日の大路渡しを拝見いたしました。長年の念願がかない、我事のように嬉《うれ》しゅうございました」

「これもそちが鞍馬寺から平泉まで導いてくれたお陰だ。あれから十余年、思えば長いようで短い歳月であった」

義経は吉次に手引きされ、弁慶と二人で鞍馬山から駆け下りた日のことを思い出した。

あの頃は平家の権勢が強く、身辺にも危険が迫っていて、夜陰に乗じてかろうじて脱出したものである。

「秀衡《ひでひら》さまも五位さまもたいそうお喜びで、祝いの品を届けよとお申し付けになりました」

吉次がうながすと、供の男たちが三つの俵を重たげに縁側に積み上げた。

「砂金でございます。ご自由にお使い下されませ」

「ありがたい。お二人とも変わりないか」

「元気に過ごしておられます。ただ、近頃は源氏の勢いが強くなり、奥州と坂東の境でいさかいが起こることが多く、お心を痛めておられます」

これまでは奥州藤原氏の力に怖れをなしていた地侍たちが、頼朝の命と称して勝手に所領を押領しはじめている。

平家が滅びて源氏の世になれば、その動きはますます激しくなるだろうと、秀衡も藤原基成《もとなり》も懸念していた。

「このままでは、奥州と関東の戦になりはせぬかと案じられまする」

「そのようなことがないよう、私から兄上に申し入れておく。お二人にそう伝えてくれ」

「そうしていただければ、さぞお喜びになられましょう。後の荷車には兵糧米《ひようろうまい》を積んで参りましたので、御倉に納めさせていただきます」

米十俵ずつ、二十両の荷車に積んでいる。

三つの倉に納まりきれずに、納屋や勝手にまで運び入れたほどだった。

「ところで、お冴《さえ》はどうしておる」

「若狭《わかさ》の小浜《おばま》におります。この春には二人目の娘を産みました」

「結構なことだ。私が懐しんでいたと伝えてくれ」

吉次の後添いのお冴とは情を交わした仲だが、それも遠い昔のような気がした。

「昨日蓮華王院《れんげおういん》を訪ね、法皇さまにも祝いの品を届けてまいりました」

「秀衡公のお申し付けか」

「さようでございます。勅命によって源氏の無法を抑えていただこうと考えておられますので」

「法皇さまからお言葉をたまわったか」

「奥州は鎮守府将軍の采配に任せてあるとのおおせでございました」

「ならば案ずることはあるまい。兄上とて勅命に背くことはできぬのだからな」

義経は内心ほっとした。

自分が直接申し入れるより、法皇から命じてもらった方が角が立たないからである。

「御曹子どのに会ったなら、早く伺候《しこう》するように伝えよとおおせられました。ご都合はいかがでございましょうか」

「いつでも構わぬが、法皇さまのお心積りはどうなのだ」

「今日でも明日でもよいと」

「ならばすぐ行こう。先日の礼も申し上げねばならぬ」

午後から配下の武将たちと評定を開く予定だったが、法皇のお召しとあらば行かないわけにはいかなかった。

後白河法皇は蓮華王院の法華堂《ほけどう》にいた。

ここは後白河が作り上げた芸術サロンである。

いつものように白拍子や楽人、陰陽師《おんみようじ》や放下僧《ほうげそう》などを集めて酒宴を張っていたが、浮かれ騒いではいない。誰もが申し合わせたように黙り込み、一人の男にじっと目を注いでいた。

折烏帽子《おりえぼし》を後ろ向きにかぶった常盤《ときわ》源二光長《みつなが》が、床にはいつくばるようにして絵筆をふるっていた。

義経の伯父《おじ》に当たる隻眼《せきがん》の絵師である。

近頃は老齢のせいで視力が劣え、鼻をすりつけるほど紙面に近付かなければ絵を描けなくなっていた。

その姿には大和絵に生涯を捧《ささ》げた男の異様なばかりの気迫がみなぎっている。

周りの者たちは気を呑《の》まれたように見入っていた。

描いているのは安徳天皇と二位尼の入水の場面だった。

夕陽《ゆうひ》に照らされて美しく輝く海に向かって、二人は今まさに身を投げようとしている。

側にいる女房たちは悲嘆にくれた絶望的な表情をし、武士たちは悪鬼羅刹《あっきらせつ》となって戦っていた。

天皇と二位尼だけは、覚悟の定まったおだやかな姿ではるか彼方《かなた》をながめている。戦に敗れて入水するのではなく、この世の業《ごう》を逃れて極楽往生をとげる瞬間をとらえたものだった。

後白河は義経が来たことにも気付かずに絵をのぞき込んでいた。

孫に当たる安徳天皇の最期を見て、哀れさに身を切られる思いなのだろう。涙で頰がぬれていたが、ぬぐうことさえ忘れていた。

光長は震える手で筆をひと刷《は》きすると、ゆっくりと上体を起こした。

「酒が切れよった。今日はここまででございます」

その言葉で皆の緊張がふっと解けた。

まるで止っていた時間が急に動き出したようだった。

「源九郎、来とったんか」

後白河が袖を当てて涙をぬぐった。

「お召しと聞き、急ぎ参上いたしました」

義経は改まって静を拝領した礼を述べた。

「あれは天下一の舞いの上手や。大事にせなあかんぞ」

「ご高配をたまわり、かたじけのうございます」

「今度の戦を絵巻にさせとるが、光長の絵はどうや」

その問いには、安易な返事を許さぬ厳しさがあった。

ここでは誰もが身分の隔てなく物が言える。その分、技能や見識のない者は容赦なく放逐された。

「入神の出来と拝見いたしましたが、あまりに美し過ぎるのではないかと存じます」

義経が見た二人の姿はこんなものではなかった。

二位尼は敗戦の絶望に自暴自棄となり、鉄漿《かね》を塗った歯を見せて不気味な笑みを浮かべていた。

先帝は二位尼の手をふりほどいて逃れようとなされたが、無情にも水底へと引きずり込まれた。

だがその現実はあまりに惨《むご》く、法皇に告げるのはためらわれた。

「確かにそうや。人は業が深いよって、こんなに美しくは死ねんやろな」

「これを拝見しておりますと、先帝をお救い申し上げられなかったことが悔やまれてなりません。重ね重ねおわび申し上げます」

「そちのせいやない。言仁《ときひと》はこうして死ぬことで平家の御霊《みたま》を鎮めたんや。そやからこんな絵を残してやらないかんのや」

「おおせの通りと存じます」

義経はそつなく応じたが、後白河の真意がいまひとつ分らなかった。

「源九郎、この世は現世がすべてやない。魂の世界というものがあるんや。いくら戦に勝ち、富と力を手に入れても、権力というものはいつか滅ぶ。そやけど人の心を打つものは滅びんのや。その滅びぬ世界に生きつづけることが、俺の念願でな」

保元《ほうげん》の乱以来の権力抗争に明け暮れてきた後白河は、どんな権力にも屈せぬ精神の王国を打ち立てることに朝家の活路を見出《みいだ》そうとしている。

そのために芸能と信仰を手厚く保護していたのだった。

やがて酒宴となり、白拍子の舞いが披露された。

「今日は源九郎さまのために、珍しき趣向をこらしておりますので」

光長が妖《あや》しげな笑みを浮かべて謎《なぞ》をかけた。

「何でございますか」

「それは見てのお楽しみでござる。ほら、出て参りましたぞ」

鼓と笛に合わせて奥の間から出てきたのは、五十がらみの白拍子だった。

立烏帽子をかぶり太刀《たち》を佩《は》いた姿は美しく、舞いも静に劣らぬほどの上手である。

顔立ちも整っているので、若い頃にはさぞ美しかったにちがいない。

だが、年のせいであごも腰もたるんでいて、義経はさして興味を覚えなかった。

(珍しい趣向と言うからには、何か面白味があるのだろう)

そんなことを考えているうちに舞いが終った。

「どうや。覚えとるか」

後白河にたずねられ、義経は無遠慮に白拍子を見つめた。

相手はさも懐しげな科《しな》を作っているが、会った覚えはなかった。

「乳呑《ちの》み児《ご》の時に別れたんや。覚えとらんのも無理ないな」

そう言われて、はっと思い当たった。

「すると、このお方が」

「源九郎さまの母者人《ははじゃびと》。その昔、やつがれが売り飛ばした妹でございます」

光長は絵を描いている時とは別人のように卑屈だった。

義経は改めて目を向けたものの、何と声をかけていいか分らない。だが周囲の目があるので、このまま黙っているわけにもいかなかった。

「母上……、でございますか」

「はい。お懐しゅうございます」

高く澄んだ美しい声だった。

かすかに聞き覚えがある。

この声であやされた記憶が、脳裡《のうり》のどこかに刻み込まれていた。

「平家の本営におられたと伺いましたが」

「法皇さまのお申し付けで、使いを務めたのでございます」

常盤は清盛の妾《そばめ》となって女子《おなご》を産んでいるので、平家にも知り合いが多い。その縁故を頼って、三種の神器と先帝の無事をはかるようにという法皇の勅命を伝えに行ったのである。

「すると、時忠公にも」

「お目にかかり、綸言《りんげん》をお伝えいたしました」

平時忠が体を張って内侍所《ないしどころ》を守ったのは、この指示に従ってのことだった。

「源九郎、今日は初めて身内がそろうたんや。ゆるりと酒を過ごしていけ」

後白河が盃を回した。

「身内……」

義経は解せぬ思いでくり返した。

その意味深長な言葉が以後の運命を大きく変えることになろうとは、想像だにしていなかった。


（下巻につづく）

この作品は二〇〇七年七月、新潮文庫として刊行された『天馬、翔ける』上・下を改題し、上・中・下巻の三分冊に新編集したものです。

初出　「小説新潮」二〇〇一年九月号から〇四年十一月号
「天馬の如く」として連載

単行本　二〇〇四年十二月　新潮社

集英社文庫

天馬《てんま》、翔《か》ける　源義経《みなもとのよしつね》　中《ちゅう》

2012年11月25日　第1刷
2022年4月13日　第3刷

定価はカバーに表示してあります。

著　者　安部龍太郎《あべりゅうたろう》

発行者　徳永　真

発行所　株式会社　集英社
東京都千代田区一ツ橋2-5-10　〒101-8050
電話【編集部】03-3230-6095
【読者係】03-3230-6080
【販売部】03-3230-6393(書店専用)

印　刷　大日本印刷株式会社

製　本　大日本印刷株式会社

フォーマットデザイン　アリヤマデザインストア　　マークデザイン　居山浩二

ISBN978-4-08-745005-7 C0193